LOS GIROS QUE DA EL VIENTO

LOS GIROS QUE DA EL VIENTO

AZUL BERNAL

Créditos de Portada y contraportada:
Fondo: Hilando vidas, Florencia Rosas Tron
Recuadro: Mujer al Viento, Rodrigo Aldrett

Número de Control de la Biblioteca del Congreso de EE. UU.: 2015903922
ISBN: Tapa Dura 978-1-5065-0127-7
Tapa Blanda 978-1-5065-0128-4
Libro Electrónico 978-1-5065-0129-1

Esta es una obra de ficción. Cualquier parecido con la realidad es mera coincidencia. Todos los personajes, nombres, hechos, organizaciones y diálogos en esta novela son o bien producto de la imaginación del autor o han sido utilizados en esta obra de manera ficticia.

Información de la imprenta disponible en la última página.

Fecha de revisión: 13/03/2015

Para realizar pedidos de este libro, contacte con:
Palibrio
1663 Liberty Drive
Suite 200
Bloomington, IN 47403
Gratis desde EE. UU. al 877.407.5847
Gratis desde México al 01.800.288.2243
Gratis desde España al 900.866.949
Desde otro país al +1.812.671.9757
Fax: 01.812.355.1576
ventas@palibrio.com
708005

INDICE

Escribo para ti, mujer amada.
Para ti, que tanto iluminaste mi vida con tus pasos,
que te confrontaste una y otra vez
con las ideas y con la vida.
Para ti, porque sé que me leerás
entre tus horas muertas
y tus madrugadas.
A ti que te llevaste en la mirada
nuestros ríos y montañas,
nuestro lago, nuestro pueblo, nuestro sol.
Conservo un racimo de camelias entre las manos,
la sombra de un Erizo,
el recuerdo de tus ademanes,
de tu risa, de tu voz.
Me doy a la tarea de llenarte de lecturas,
para tocarte a la distancia,
acaso como una mirada,
así, levemente.

Te amo,
Azul

CAPÍTULO 1

Eco Sordo

Cuando tus pisadas produzcan un sonido,
te regresen el eco sordo de tus pasos, alégrate, es el sonido de tu presencia en el mundo.

DEAMBULA POR LA casa aún en bata, recogiendo los vestigios de la noche anterior: ceniceros repletos y pestilentes; vasos por doquier; cojines en el piso; platos sucios. El cansancio que se cuelga de sus hombros bien vale la pena como pago por el desenfreno de la noche vivida. Un festín de abundancia para el paladar, para el alma. Brisa fresca renovando el tedio en el que la naturaleza suele estancar a la pareja de vez en vez. Bailar hasta reventar los pies, reír con los amigos quebrando la voz. Abrazos a diestra y siniestra. La felicidad.

Pero la fiesta ha terminado y se ha ido con la madrugada llevándose todas las voces, los festejos y las miradas, dejando en lugar del alboroto, un espacio desaliñado que contiene el olor de sudores agrios y de cigarros. Sigue recogiendo el desorden, como queriendo planchar y almidonar la casa. Desinfectarla para dejarla pura como la ropa blanca que suele mandar tender al sol. Con las manos repletas de trasnocheos, se dirige a la cocina y al pasar frente al espejo, evita mirarse, pues nunca antes había permanecido en bata y sin bañar hasta tan tarde, y eso le asquea. Al entrar a la cocina recuerda que Jovita, la muchacha, no está, pues ha ido a las fiestas del pueblo junto con Artemio, el mozo, y se sorprende extrañando su presencia. Entonces cae en cuenta de que impera un silencio ensordecedor. Nada se mueve. Está sola, totalmente sola. Nadie en la cocina; su hija ha volado del nido; el marido se ha tomado el día para sí. Una pesadez terrible comienza a recorrer sus venas, a colgarse de su piel, a engullir la poca energía con la que a duras penas logró desprenderse de la cama hace apenas un rato. ¿Cómo es posible que el tiempo devore tantas voces, pláticas sueltas, tantas presencias? Gira sobre sobre sus pasos, avanza con la cabeza baja dirigiéndose de vuelta al espejo que momentos antes ha evitado. Se detiene frente a éste y se toma su tiempo para armarse de fuerza y poder enfrentarse a sí misma. La imagen que el espejo le devuelve la deprime aún más. Ve un rostro de mujer cincuentona, marcado por ligeras arrugas que empiezan a parecerle cicatrices de vida. No ve una mujer bella, sino cansada, acabada. Sin maquillaje y en bata, es como la fodonga imagen que había que evitar a toda costa y que en ese momento tiene ante sí misma: Ella.

Vergüenza. En su mirada no encuentra ni rastro de la alegría que sentía anoche, cuando todo eran risas, abrazos, copas, cigarros... No, ahora es una mujer patética, de profunda tristeza, de mirada ceniza. Su imagen le asquea. Se aparta del espejo y sus ojos recorren el espacio. La casa está exageradamente quieta y silenciosa. Siente como si hubiese una presencia escondida tras las cortinas. Un algo muerto, vivo, asechándola. Es la nada. Los grandes muros de casa antigua parecen alejarse de ella, dándole la espalda, como si la evitaran. En cambio, la nada se le viene encima con intensión de sofocarla. Da un paso, el piso de madera cruje bajo su pie, y el inmenso espacio le regresa el sonido de un eco sordo que le aturde. Silencio. La ausencia de sonido se secretea con el aire detenido. Se siente empequeñecer. El vacío se acrecienta en torno a su garganta e intenta asfixiarla. Casi puede abrir el silencio con las manos, casi puede escuchar las motitas de polvo suspendidas en el espacio. Casi puede, pero no, porque un miedo a la gran nada la ha paralizado, y no logra ni mover siquiera la mano. ¿Cómo puede ser que el silencio ahuyente la cordura y la paz? ¿Cómo puede llenarla de temor a dar un paso más? Quizá es que el silencio nos engulle cuando no logramos decir palabra y bañar con ella el aire frente a nosotros. Melancolía. Sólo queda su respiración como sonido. Con todos habiéndose marchado de ahí, habiéndose llevado su voz, sólo le queda buscarse a sí misma y esperar encontrarse para conversar. Acompañarse, platicarse frente al espejo o lejos de él. Escucharse aún los secretos no pronunciados, los escondidos. Dejar fluir la conversación con la ausencia de los demás, con la suya propia. Tal vez sea ahora inevitable, por más pequeñas que sean las cosas que trae entre las cejas y los miedos.

Sin dar otro paso, ahí detenida, observa su casa. Una casa sobria en el corazón de San Ángel, de techos altos y muebles antiguos, con ventanales enormes hacia un jardín maduro. Todo, de pronto, le parece patético, carente de sentido. El tamaño del silencio se impone implacable, y ella se siente desvanecer, y se deja caer en el sillón de orejas, abatida. Una tras otra, las lágrimas se aventuran al espacio haciendo piruetas en torno a sus pupilas, se lanzan en pos de sus pestañas, se cuelgan de la comisura de sus ojos, marcan surcos en su rostro, y caen en picada sobre sus manos. Deja que la mirada se nuble de llanto, porque su vida de equilibrio, de abundancia, se le está cayendo de entre los brazos hecha migajas, por más que ella la ha abrazado con ansias locas aferrándose a ese sueño por tantos y tantos años.

Lágrimas. ¿Qué son las lágrimas sino perlitas del sudor de vivir envueltas en llanto? Líquidas cicatrices del alma convaleciente. Pequeñas historias que calladitas salen al mundo apenas pronunciando lo que el corazón discretamente calla. Nacen de tormentas personales. Surgen de pasos que han tropezado en la búsqueda de paz. Brotan al saber a ciencia cierta que del cielo no existe nada más allá que cuentos bíblicos, y que la vida es esta y es ahora, que no hay nada después de la tumba, nada que no sea la tumba misma.

¿Qué son las lágrimas sino pequeños fusiles para darse uno mismo? Ya que no nos damos a escribir en tinta o teclado el contenido nuestro, tal vez por no gastar papel, quizá por no encontrar el adecuado, o por carecer de la palabra exacta que abarque nuestras madrugadas. Entonces llegan las lágrimas, que entregamos al mundo. Las damos a manos, a ojos llenos. Las damos en solitario y calladito, o entre la muchedumbre a grito pelado, aún si la muchedumbre no nos conoce ni nos nombra. Pero vaya, que tenemos el derecho de llorar de frente y con dos manos, dos ojos, dos senos y hasta con los pies cojos. Y podemos pasar-gastar nuestra vida ahorrando lágrimas. Pero llega un día en que la palabra "verdad" se entreteje con la conciencia del sí mismo, y la nostalgia, el dolor, nos llevan a mirarnos las manos. Nos llevan a abrir compuertas y dejar surgir los ríos internos. Vaya, que si ha de haber libertad para algo debe ser para sentir plenamente, aunque sea un día, un solo día. Si esto es posible, entonces pues, debemos permitirnos nacer de nuevo, resurgir puros y resplandecientes, cuanto menos ese día, el día del llanto, el del quiebre.

Y hoy es ese día para Graciela. Hoy, ahora mismo, está sentada con las manos entrelazadas viendo una a una las lágrimas estamparse contra la piel de sus dedos y sus palmas. Las mira y se sorprende cayendo en cuenta de que llorar ha sido en su vida algo del pasado, una infantil etapa. Años ahora sin llorar, hasta hoy. Hasta hoy. Y llora.

Y mientras llora, de la chimenea brota el recuerdo de las voces de ayer. Amigos reunidos en torno a unas copas. Amigos. Graciela comienza a recordar a cada uno, su cara, su voz, sus ademanes… ¿Son en realidad amigos suyos?, ¿o compañeros de trabajo, de golf, de infancia de su marido? ¿Quiénes de los que estaban anoche son realmente sus amigos? Si bien le tiene algo de cariño a la mayoría de ellos, hoy siente que ella no tiene amigos. ¿Acaso ha vivido a la sombra de Juan? Él tiene los amigos, el golf, los viajes de negocios… Ella tiene la casa, a su hija, a su marido… Responsabilidades, nada más que eso. Añora. Añora sus días de juventud. Añora los días de enamoramiento, cuando Juan lo era todo. Pero hoy… sombras.

Graciela comienza a pensar que hay tantas sombras en su vida, ¡demasiadas! Sombras que se proyectan sobre la pared. Pero las tiene también bajo el sol y otras alrededor. Tiene sombras que nacen de la propia mirada, y también de la presión exterior. Pero para hablar de sombras, si ha de entenderlas, tiene que entender también la propia desnudez. Y para hablar de desnudez, se requieren palabras, imágenes, deseos ¡y tanta piel! Y ella no las tiene. Luego sólo quedan sonidos de lo que ha sido su paso, dejando en los claros un rastro de su pensar, una estela de su sentir. Pero no, de ella y de su paso no queda rastro ni queda huella. Ella vive bajo la sombra de Juan, y su existencia no proyecta nada más allá que otra sombra. Queda entonces únicamente su temor de Dios, o más bien, hay que decirlo, su temor porque finalmente no existe ese Dios. Existe ella, existen los árboles, existen los ríos. Y hay animales, y vientos y fortunas y desenfrenos. Existen los hombres pisando a las mujeres, y los hay también, apenas unos pocos, que las besan con sabor de verdadero amor. Pero más que nada, existe esta vida como un huracán de todo y de nada. Sueños revueltos, vidas cruzadas. Madres que amamantan iluminadas, otras que dan la espalda y que golpean como la suya. Las hay llorando de emoción ante los pequeños logros de sus hijos, y las hay llorando en la desesperación del madrazo recibido. ¡Tanta lágrima, pues! Y sólo algunas son de dicha. Ella ha tenido una vida de privilegio, y sin embargo, sabe que el mundo se ahoga en lágrimas, ¿qué el mundo?, ¡su propio país! Porque a nuestro lado va surgiendo la violencia por debajo de la tierra. Se rompen las calles y surgen de la tierra ríos de sangre que tiñen las paredes de nuestros pueblos y ciudades con el mismo color de la muerte brutal. Se adornan nuestras calles con cabezas sin cuerpo. Y con el uniforme derivado de quien ya no puede hacer justicia, porque para hacerla tendría que saltarse al estado de derecho, y como eso no es posible, no le queda más que respetar a todo hombre, fortaleciendo así, aún sin querer, a quien no tiene ley, ni amor, ni conciencia, ni ejemplo. A quien por flojera o desespero se permite escuchar la tentación del dinero a toda costa. Matar, violar y robar. Y surgen en nuestro planeta redes que acercan hombres, y redes que venden niños para su tortura y destrucción. Este es el mundo nuestro y de Graciela. ¡Ah, qué tiempo tan magnífico este que nos ha tocado vivir! Todo lo bueno y todo lo malo que ha existido a lo largo del tiempo humano, conviviendo hoy, aquí. Lo más cruel y lo más bello, tan cerca y claro como nunca antes. ¡Que torre de Babel ni qué cuentos! ¡Qué Dios omnipresente! ¡Nada! ¡Y todo! Ahora todos somos omnipresentes, todos hablamos el mismo idioma, y tenemos todas las respuestas, y aun así, aun así… ¡Graciela tiene tantas razones por las que llorar!

Sentada en el sillón, desdobla sentimientos. Tristes, cabizbajos, los moldea entres sus manos. Los deja caer sobre la duela y desfilar ante ella. Los puede ver por fin, de frente, claros, limpios, tristes… Tristes.

Su casa, su grandiosa, hermosa casa se le viene encima. Su casa = su sepulcro. Una tumba que la encarcela en vida. ¡Tanta belleza! ¡Tanta categoría! ¿Para qué? No tiene con quién compartirla. Su hija no vive más ahí, su marido simplemente pernocta. No tiene amigas a quienes invitar. Su madre = continente distante, sus hermanos = mundos lejanos. Esa casa, esa inmensa, impecable y hermosa casa, para ella y su soledad. Para la muchacha y el mozo. Jovita, Artemio y ella. ¡Que sinsentido! ¡Tanto esfuerzo, tanta energía!

Tristeza. Su marido pernocta en esa casa. ¡Pernocta! ¿Dónde han quedado los días de júbilo? ¿Dónde las noches en que ansioso le buscaba? ¿Hacia dónde se fueron pláticas, planes, anécdotas? Nada. Su marido, Juan, se limita a pasar la noche en casa. Se levanta puntualmente antes que el sol, se baña, desayuna sin decir palabra. Se lava los dientes, enciende su coche, se despide con dos bocinazos, y sale a la vida... ¡Sale a la vida!

La casa se ha vuelto tumba, para ella, para él. Su marido sale a la vida y no regresa hasta entrada la noche. Llega cansado, agotado. No cena, se pone la piyama y duerme. Pocas palabras le dirige, pocas pero cordiales. Le quiere. Se quieren. ¿Cómo podría ella esperar que los sentimientos de juventud enamorada siguieran inalterables? Ha llegado la cotidianidad de los años, se ha instalado en su matrimonio como en todos los demás, está en su naturaleza. La rutina engulle a las parejas, pero al mismo tiempo, les da la compañía que necesitan. Nunca solos. Ahí está el amor, en el permanecer... Permanecer aún sin vida, sin vida... Dejándose llevar por los días, por lo usual. Tristeza. Ella quiere vida, añora vida.

Pero luego entonces, ¿cómo decirlo? Así van siendo los pasos de la vida, y nunca los acaba de entender. Mira con espanto, no tiene fuerza para arremeter al día. Todas las sombras le caen encima, con ventanales y pedradas. ¡Ha sembrado tanto!, pero los frutos no están visibles, se han desintegrado al viento. La vida ha resultado ser un misterio indescifrable. Todo es intriga. Rumores de árboles que bailan bajo corrientes de aire, que no se pueden entender, por más audaz que se sea. La vida transcurre en las calles, pero ella tras cortinas mira a las tardes desenvolverse. Ella espía los periódicos de su marido y se da cuenta de que el mundo tiene dolores tan ajenos a los de la pequeñez de su vida estable y armónica, predecible. Pero aun así existen. Existen los problemas del mundo y el sufrimiento aunque ella no les mire ni les escuche.

Ahora ha decidido convocar a sus emociones. Desprende de su cuerpo la bata. Está desnuda, y desnuda se levanta y avanza hasta el espejo, una vez más. ¿Hace cuántas madrugadas nadie ha arrancado a su cuerpo los temblores? ¿Cuántas veces se sintió sofocada bajo los vaivenes de aquél a quien ya no conoce? La luna, siempre vigía, ha de preguntarse ¿Por qué ya no se deshacen las sábanas en su cama? ¿Por qué ya no se queda sin aliento tras los torrentes de amor de aquellos primeros años? Pero ella misma se produce un gran espanto. La juventud pareció tan sólo pasar por ahí, como casualmente, sin detenerse siquiera. La vida, dicen, es poesía, pero ¿acaso les ha faltado completar... poesía cruel? Que infame puede ser ese abrazo que ya no está. Que se ha esfumado llevándose a cuestas la grandeza del existir. ¿Tiene algún sentido su vida ahora? Pues ella está ahí sólo por él, por Juan. Y por ella, su hija. ¿Ama acaso al mundo? ¿Ama respirar profundo y despacio? ¿Goza, vive, ama? ¿Saltaría de nuevo al mundo entero para llegar a él, a su marido, al hombre que eligió con la vida y hasta la muerte?

Su cuerpo delgado, bronceado, cuidado, no es más que un boceto armado por distintos cirujanos. Le han pintado rayas, cortado, metido, sacado, cosido. Su cuerpo es un canto a la belleza anti natural de revista. Su cuerpo es la inversión en un sueño alcanzado, a la renuncia de la identidad propia en pos de un ícono. Se tapa con las manos, se avergüenza. Va por su bata y se mete en ella como queriendo ocultar bisturíes que ya no se ven.

¿Por qué ha operado así su cuerpo? ¿Qué miedos la han empujado a perseguir ese sueño de tener un cuerpo ideal que no se parece al suyo natural? ¡Perder al marido! Se sabe que los maridos dejan a la mujer madura para acostarse a devorar mujeres jóvenes. Ella no ha querido eso. Se ha casado para toda la vida y conservará a su marido a su lado cargando cuanta cruz deba cargar, como esa de perder libertad y vida. Como torturar su cuerpo en quirófanos y centros de belleza. Como también someterse por tantos años a pasiones que ella no siente, pero debe fingir para que el marido goce. Eso le ha tocado vivir, eso es ser mujer. Pero también están las lenguas que critican la fealdad, y envidiosos ojos que admiran la belleza. Por todo ello ha operado su cuerpo hasta estar así, magnifica y tan poco natural.

Hubo un ayer, un ayer de puro crecimiento con mil soles. Hubo un ayer de amanecer sonriendo, de soñar riendo. Si realmente se pudiera realizar el prodigio de amar extensamente y sin fronteras temporales, ni altos, ni baches… Si todo el mundo lo lograse, y si fuera alcanzable, ¡qué mundo sería este! No habría más que la locura del amar.

Pero parece ser que la vida se va construyendo de saltos de barda, obstáculos cayendo bajo los pasos firmes de quien sigue adelante, con más alas a la espalda que miedo en los ojos. La vida y el matrimonio no son un chelo y un violín, ni un cantante a capela. Nada de armonía como los cielos plenos. Un basurero de kilómetros a la redonda. Periódicos rojos y avenidas atestadas de smog. Eso es la vida, eso y una que otra sonrisa. Llega una edad en la que Santa Claus ya no está, pues se ha ido con los

Reyes, con la fe y con la inocencia de creer que la vida es grandeza y felicidad. Cuando uno abre los ojos, ve que la vida es un estanque donde uno se ha atorado, y aun así, debe juntar fuerza y sonreír. Hacer una lista de bendiciones recibidas y dar gracias, porque la vida se va, se va y no regresa. Se va y nos lleva al hoyo, a la tumba y nos deja sepultados y podridos bajo la tierra. Se abren los ojos y no hay cielo, ni ángeles ni caricaturas. Todo ha quedado aquí, detrás. Eso es la vida. Abrir la puerta, abrocharse la sonrisa. Tender la ropa interior, dictar el menú, acomodar el periódico. Cruzar palabras cariñosas con quien se pueda. Regañar al jardinero, esperar al chofer. Dar la medicina, limpiar la mesa. Arreglar clósets, ordenar el sótano. Preparar la lista de la compra. Tintorería, remendar la ropa. No quejarse de nada, no pedir, ni preguntar. No sacar el alma, ni tenderla a la mesa. Ser prudente, discreta. Interesarse en el marido y armarse de paciencia. Eso es la vida, lo único que hay, y se le toma todo completo como viene, o se lanza uno directo al hoyo, bajo la tierra. Cerradas todas las miradas, acabadas las caricias.

Tristeza: Amigas. Tuvo dos amigas, amigas del alma, pero la vida se las llevó. A Bárbara la llevó a navegar mares y a cruzar océanos. París. Bárbara vive en París. Bárbara, con quién hilaba chisme y se acompañara durante el embarazo. Bárbara, la que reía de todo desbordando alegría por el simple hecho de estar viva. Bárbara, compartían la ida al mercado, a los pediatras, los primeros pasos de sus hijas. ¡Bárbara! Y luego estaba Karina. Karina que tanto se quejaba del marido que fumaba en la recámara. Karina que llevaba tequila para todas. Karina… El cáncer. ¡Qué vida tan corta! ¡Justo cuando estaba en la cima de su carrera!

Sí, ella tuvo dos amigas, dos amigas del alma, pero vida y muerte las separaron. ¿Hace cuántos años no se ha vuelto a sentir tan querida, tan acompañada, tan en armonía?

Tristeza. Su familia. Ajena a su propia familia, a las vidas de sus hermanos. Tan distante siempre de su madre que nunca la ha hecho sentir querida, deseada, amada. Tan adorada de su padre. Tristeza, su padre enfermo, ya postrado ante el altar de la muerte. ¡Tristeza de tristezas!

Graciela camina hasta la cantina. Se sirve un poco de Jerez. Se lo va tomando despacio, como despacio va sintiendo que éste desciende por su garganta quemándola. Un trago y mira alrededor. ¡Qué fácil ardería toda esa madera, toda la casa, si la salpicara con el mismo Jerez que la quema ahora a ella! Otro trago. Sigue en bata. No tiene energía ni voluntad para bañarse.

Camina hasta la chimenea, el piso de madera cruje bajo sus pies. Otra vez la casa le devuelve el eco sordo de sus pasos. Ahí están sus sentimientos. Nunca antes los había visto de frente, y menos aún nombrado. Levanta la copa y brinda por cada uno de ellos, por todos a la vez. Uno, otro, otro, no son sino la acumulación de lo mismo. Soledad, tristeza, soledad. Da la vuelta, regresa a la cantina. Toma un vaso más grande, lo llena hasta el tope de Tequila. Avanza hacia el ventanal principal, mira el jardín lleno de sol. Se le estruja el corazón. Se aleja de ahí, sus pasos siguen crujiendo mientras avanza. Se desploma de nuevo en el sillón blanco de orejas. Bebe.

Bebe y comienza a entender el concepto de "ahogar las penas". Bebe y comprende que Karina llevase el Tequila consigo desde el día que vio impresa la sentencia: cáncer. Bebe y entiende.

Su cabeza empieza a nublarse con una marea de alcoholes, temores y tristezas. Recuerdos hermosos y terribles "facts" de la vida. Va gastando silenciosas palabras. Jamás se ha visto tan honestamente. Jamás detenida en lo que ella siente, piensa, teme.

A pesar de llevar la sangre revuelta en alcohol, logra ponerse de pie. Enciende la música, Silvio Rodríguez. Se tambalea, en el cuerpo, en el alma. Con la música ha terminado el silencio. Silvio piensa, Silvio siente. Ella levanta su vaso de Tequila, se mece bajo el encanto de las letras donde Rodríguez piensa y se cuestiona todo lo que ella nunca antes. No. Ha llevado por la vida el corazón obscuro, lleno de muros. Sólo su padre lo ilumina y pinta con melodías y llamadas al amor. Sólo su padre y su hija. Pero ahora su tiempo extenso transcurre sin su padre, sin su hija. Ella, y sólo ella. Ahí, en sus días, sus noches y madrugadas. Y no hay manera de huir de uno mismo ni de su vida. Tiene que apretarse el pantalón, colocarse una sonrisa aunque sea a martillazos. ¡Ah! Pero como le está ayudando hoy este alcohol. Bendito Tequila, bendita música. El espacio vacío se ha llenado, su soledad se ha alcoholizado, sólo por hoy. Sólo por hoy.

Recorre la sala lentamente con los pasos aún tambaleantes de alcohol. Las mesas de madera brillan, encima hay muchos libros viejos, apilados apenas, y candelabros, fotos, esculturas. En un rincón, la mesa de ajedrez. Más allá, sillones tapizados en blanco, las mesas barnizadas color caoba, y todo, todo salpicado con hortensias, libros, cuadros. Cuadros, sí, sobre los libros, en las paredes.

¿Cuántas vueltas ha dado por la sala hoy como ave perdida, como mayate? ¿Acaso se está volviendo loca? ¿Por qué ha permitido hoy que su mente dé tantos bandazos? ¿Por qué, justo hoy que se ha levantado con 50 años encima, ha decidido ofrecerse a sí misma su corazón? ¿Por qué ha abierto su pecho y sacado el alma? ¿Por qué hoy y no antes, nunca antes? Hoy ha hilvanado tristezas con pensamientos, recuerdos con temores, penas personales con penas del mundo entero. Y entre tanto entretejer con su cabeza el alcohol, se siente perdida, confusa y sola.

Se deja caer en otro sillón, al lado de un gran ventanal. Cierra los ojos intentado dormitar para que su conciencia sea llevada poco a poco hacia donde la nada es manta blanca que la cubre, y se deja guiar a ese espacio de limbo en el que la mente no tiene que esforzarse por bailar con pensamiento alguno, ni danzar con un pie en cada esquina debatiéndose entre ensueños y temores. Nada de darse de frente contra el muro de la realidad, cuando la realidad que uno se ha inventado para sí mismo es verdaderamente hermosa, y tan suave que aleja el vacío de la presencia ajena y el dolor del mundo que sufre injusticias y atrocidades. Sí, cierra los ojos y se esfuma como esos papelitos de arroz que ha visto prenderse en el aire, y desaparecer ante los ojos sin dejar rastro. Hasta ahora nunca ha caído en la tentación a la que tantas de sus amigas han sucumbido: pasar de admirar el papelito de arroz consumiéndose en el aire, a liar un churrito y aventarse unas jaladas de mota, como adolescentes descarrilados.

Se deja llevar por sueños ligeros, nada cegador ni grandes visiones. Sueños pequeños, tranquilos y discretos, de estrellas en las manos y flores volando en alas de mariposa. Recuerdos puestos en papel. Secretos de hermosura que nadie pronuncia. Canciones para amigas que vuelan al viento. Luces y puertas que abren. Misterios con respuesta y claridad. Sueña con oleajes de armonía. La música se detiene mientras ella dormita el alcohol y las tristezas. El silencio regresa inmenso, gritando la tragedia que es vivir sin Dios, sin amigos y sin sentido. Sobrevivir. Tremendo.

Y mientras Graciela duerme cobijada por el coctel de Jerez, Tequila y Mezcal, el día va desenvolviendo sus horas, y el sol desvaneciendo su luz a través de las cortinas que visten la casa. Las flores entre cierran sus ojos, porque la luz les comienza a hacer falta. Tienen ganas de mojarse, tienen sed. Las nubes descuelgan sus sombras, el silencio se ha instalado firmemente en la casa de San Ángel. La nada se acerca mucho a la mujer, la observa. Es una mujer que inconsciente vive y respira. Una mujer que ha abierto las manos, acaso soltado todo, acaso no. No tiene forma de saber, pobre mujer, que su lluvia apenas comenzará. Le lloverá sobre mojado. El parteaguas no ha llegado, no la ha tocado, pero está a la vuelta de la esquina. Pobre mujer, blanca, limpia, casi desnuda. El verdadero llanto no ha comenzado aún, pero se aproxima. La tomará la vida entre sus manos, ella no tiene forma de saber, y la exprimirá. Una llamada para crecer. Una invitación para vivir, para madurar, llorar, dejar ir, madurar. ¡Vaya forma de crecer! Le va a llover, a la vuelta del día. El sol atardece ya, pero no quiere dormir, porque la desamparará. No la quiere abandonar, porque cuando caigan sobre ella las verdaderas sombras, y la rocen apenas, le hará falta todo sol en el sufrimiento de su alma. Rutas nuevas y desconocidas. Grietas bajo los pies. Ojos ciegos en caminos tortuosos. ¡Pobre mujer! Su cuerpo será sombras, agua, deseos, piel ardiente, llanto tremendo. La vida se tornará en un baile de tormentas, pasos con tropiezos, una noche de terror. Pero la vida conlleva cierta paz, porque llega un momento en el que las heridas ya no duelen ni supuran, porque son cicatrices para las que llega la madrugada y comienza ésta a ser constante. ¡Pobre mujer! Ojalá se pudiera aprender a soltar sin perder ni llorar, pero no. Se le olvidarán todas las palabras que conoce, tendrá que inventar conceptos nuevos y nuevos anclajes.

Todavía abatida por el silencio y la soledad, Tequila y Mezcal la ayudan a sentirse cobijada por ese momento de no tener que pensar, de dejarse llevar por la respiración como por las olas. De no ser nada más allá que una presencia inerte en esta vida sintiendo el alivio del no ser, cuando un fuerte sonido, como grito de una garganta sin voz, la sobresalta violentamente, poniendo sus nervios en punta y dilatando sus pupilas. El sonido es un rugido tan inesperado y repentino, que truena en el medio de la sala partiendo el silencio por la mitad. Un ruido tremendo que se ha presentado de pronto, como ser casi corpóreo, como trueno retumbando la casa. ¡Que susto se ha pegado Graciela! El corazón se le acelera, los ojos se le desorbitan, la respiración se le ha cortado y el cuerpo se le ha tensado de miedo. Transpira. Es el teléfono. En cuanto se recupera del susto que le pega sonido tan fuerte y repentino, se dispone a contestar, como si el sólo hecho de hacerlo la salvara de sí misma, del abatimiento y la soledad, del abandono que ha sentido. Esa llamada puede ser la puerta hacia la vida. Al descolgar, aferrada a la ilusión del contacto, algún contacto con alguien, quien sea, una voz enmarañada revienta la bocina del auricular, y entra invadiendo la quietud de su sala, desparramándose sobre la alfombra y trepando las paredes en una desesperada inundación de confusiones. Contesta, y no es el marido, sino la enfermera de su padre que la urge a ir a verlo, pues su padre está consciente y desesperado por verla a causa de un detalle del que nunca antes le ha hablado, y no quiere morir sin transmitírselo. La voz de la enfermera denota aprensión. Hay algo importante en la cabeza de su padre, algo que es para ella y nadie más. Un algo tan importante, que tiene la fuerza de despertar a su querido papá, de ponerle palabras en los labios y la mirada. Su padre agoniza, y sin embargo, guarda bajo sus canas una idea para regalarle. ¿Será una idea? ¿Un sueño, un consejo, un hecho? Su padre nació junto a los ríos que dan al mar. Creció al lado de palmeras con la sed amamantada por cocos. Su padre fue un niño de arena y oleajes. Su padre dormía bajo luna y estrellas, el calor de playa era la manta que cobijaba las noches de su infancia. Su padre fue un apuesto joven, con la musculatura de lanchas y cuerdas, de hortalizas y costales llenos de grano. Estudios de agronomía, matrimonio de amor que babea por la niña. Su padre volcando amor sobre sus todos los hijos, pero sobre todo por ella. Por ella. Su padre de manos fuertes y caricias tiernas. Su padre que encendía ilusiones para su hija, una infancia de mundos mágicos.

Graciela irá cuanto antes. Adora a su papá enfermo, muere de ganas de verlo. Es más, quisiera espantar la muerte del lecho de su padre, extender los días de vida a sus pies. No quiere que él muera, no quiere perderlo ahora que se pierde a sí misma. Muere de ganas pero además, ¿qué será eso que su padre le quiere decir antes de morir? Cuelga el teléfono sintiendo la adrenalina rugir en su sangre. ¡Ha vuelto a la vida!

CAPÍTULO 2

El Llamado

Cuando la vida te llama, no espera tu permiso, abre tu boca
y saca las palabras que no has pronunciado,
esas que ella sabe están ahí, mudas.

HABIENDO COLGADO EL teléfono, Graciela se apresura escaleras arriba, escoge ropa cómoda y prende la regadera. En lo que el agua se calienta, envía un msj a su marido:

<*Cariño, ¿cómo estuvo el golf? ¿Te surgió algún imprevisto? En cuanto puedas llámame, si no estoy aquí, estaré en casa de mis papás.*>

Lo envía, y en seguida escribe otro:

<*Pd., gracias por la fiesta anoche, mi camioneta, las flores.*>

Piensa en mandar un tercero para poner algo como <*Te quiero*>, pero lo siente muy artificial y decide no hacerlo. Se mete a bañar tallándose con fuerza, como queriendo borrar de sí cualquier rastro de tristeza y aprovechar el impulso que le ha dado esa llamada de la enfermera para sonreír y salir al mundo. Apaga la regadera, se seca de prisa y se viste y maquilla de manera sencilla. Recoge su pelo en una cola de caballo. Toma su celular y su bolsa y baja al garaje.

La camioneta nueva es hermosa. Una BMW color plata, aún con el gigantesco moño de regalo sobre el techo. Lo quita. El olor a coche nuevo le gusta. Oprime el botón que acciona la puerta eléctrica de la cochera, y sale en reversa por el camino que cruza el jardín. Se detiene unos segundos a contemplar la belleza de su casa, luego atraviesa la enorme barda de piedra que delata la edad de la construcción. Rodea la Plaza de los Arcángeles donde vive, y sale rumbo a casa de sus padres cruzando Altavista. Baja por Reyna y sube por Jardín hasta el número 37. Se estaciona con dos llantas sobre la banqueta, puesto que la calle es muy angosta, y baja por el lado del copiloto. Toca el timbre. Doña Catita, la cocinera, le abre y la invita a pasar.

-"Niña Graciela, pase, Nitlahui está arriba con su papá, y su mamá en la cocina."

Evita la cocina, evita a su madre. Entra por la sala, sigue hacia la ancha escalera de madera tallada y antiguos cuadros al óleo, y mientras sube, piensa en lo que la enfermera le ha dicho: ¿Ha dicho un mensaje? ¿Algo así como un secreto?, ¿su papá quiere develarle algo que nadie más sabe? Esto le intriga, pero no descarta la posibilidad de haber confundido las palabras, o que el mentado secreto no sea sino un alucine de su querido y avejentado papá. Al instante mismo de entrar en la habitación le es claro que su papá duerme, lo cual no le parece terrible, pues supone que en cualquier momento despertará de nuevo, y en caso de que exista un mensaje para ella, se lo dirá entonces. Pero esta seguridad se viene abajo cuando Nitlahui, la enfermera, le dice que su padre ha estado queriendo hablar con ella desde hace tiempo, pero su madre zanja el asunto con determinación cada vez que él saca a relucir el tema. El estado de salud de su padre ha empeorado significativamente, y a la par ha aumentado la desesperación de éste por hablar con su hija Graciela, pues cree de vital importancia hablar con ella de una vez por todas de "aquello" que su madre está igualmente determinada a acallar.

Nitlahui parece estar muy preocupada por este asunto, sobre todo porque el señor ha dicho que a la enfermera anterior le dictó una carta para Graciela, y que Doña Elena la desapareció, así que está resuelto a hablarlo con su hija en persona y ha dicho que no podrá morir en paz hasta sacar esa espina de su pecho, ese secreto a la luz.

Graciela se sienta junto a la ventana a esperar que el sueño de su papá transcurra tranquilo, y despierte de nuevo. Mirando el colibrí que va de flor en flor en la tarde de la jacaranda, recuerda que le ha enviado un par de mensajes a su marido y no ha recibido respuesta alguna. Siendo sábado, no es posible que saliendo del golf haya tenido alguna junta, ni que se haya ido a comer con los amigos dejándola a ella totalmente sola en casa. Se le frunce el entrecejo con una leve preocupación, y en ese momento su padre se queja un poco, arrastrando la atención de Graciela hacia la cama. Pero su padre sigue con la inconciencia perseguida por dolores que descomponen la paz del cuarto. Entonces se pregunta ¿por qué su papá la busca precisamente ella para contarle su "secreto" y no a cualquiera de sus 5 hermanos? ¿Por qué esperar, si existe ese "secreto de familia", hasta encontrarse acunado por la muerte y no haber hablado antes? Y sobre todo, ¿por qué esa determinación de su madre de acallar el asunto?

Nitlahui está inquieta. Le dice que su papá se muestra cada vez más alterado por ese asunto, y que en todo momento de vigilia demanda verla. Que si no le había avisado ella antes, es precisamente porque *la señora* se molesta profundamente con el asunto. Nitlahui realmente cree que hay algo "gordo" que su papá quiere decirle, y no que son alucines traídos por la vejez como la vejez trae arrugas, canas, insomnios, o pierde memorias y destrezas.

Debido a los dolores tan severos que el cáncer produce a Don Alfonso, las dosis de morfina y somníferos no lo dejarán despertar en varias horas. Pero Graciela no quiere regresar al silencio que canta la inmensidad de su casa vacía, así que se dirige a la cocina a saludar a su madre, a pesar de que su sentido común le dice que mantenerse lejos de ella es lo más sensato que puede hacer.

En la cocina, doña Elena prepara la comida para el siguiente día con ayuda de Catita, mientras Eliseo, el chofer, saca brillo a la plata.

-Y ¿a qué viniste, si tu papá ya ni se da cuenta de nada?

-A saludarlos, madre.

-Pues no avisaste que venías.

-Pasaba por aquí y quise visitarlos. Por cierto, ayer fue mi cumpleaños. Juan me organizó una fiesta sorpresa y me regaló una camioneta. Estuve muy contenta.

-¿Y por eso traes esa cara? ¿Por desvelada?

-¡Me arreglé para venir!

-¿No que pasabas por aquí?

-Ma, podrías de hecho felicitarme.

-¿Por qué? Tú no hiciste nada más que nacer. Eso no es ningún mérito tuyo.

-¿Qué te parece por demostrar cariño? ¿Buena razón?

Doña Elena hace una mueca de fastidio y le da la espalda con el pretexto de lavar el cucharón.

-Ma, ¿qué hay de ese secreto que mi papá quiere decirme? ¿Qué sabes de eso?

-¿Secreto? ¿Qué ya andas como la mensa de Nitlahui? ¿Qué no ves que tu papá ya de nada se da cuenta y dice pura tontería? ¡Nomás eso me faltaba!

-Bueno, aunque sea una tontería, cuéntame lo que sepas, ya me dio curiosidad.

-¿A eso viniste? ¿Qué no tienes marido? ¿Qué haces aquí donde no se te necesita si tienes marido e hija?

-Juan fue a jugar golf y Alex ya no vive con nosotros. Hoy quiero estar aquí con ustedes.

-Pues yo estoy muy ocupada y tu papá no está para visitas, así que ya ves.

Graciela suspira cansada de esa relación madre-hija tan desgastada. Hoy parece que vive entre fantasmas. Va a la sala, se sienta al piano, y comienza a tocar *Claro de Luna*. De inmediato se siente envuelta por una fogata de amor y un poco de vida. Por el cariño de su papá, ya que de niña ella y su papá pasaban juntos las horas muertas dándoles vida con el teclado. Aligeraban la carga de sus pequeñas penas y responsabilidades sentándose juntos al piano, dejando volar y correr libres los dedos por las teclas. Armonizaban las melodías, ella siempre el acompañamiento y su padre sosteniendo el tema. La imagen de las manos de su adorado padre toma forma al lado de las suyas. Esas manos grandes, fuertes, viriles. Esas manos que olían a *Coñac*. Y siente la calidez que da el amor, esa que abraza desde dentro, que abre caminos, ampara ante los miedos, y acompaña paso a paso por los senderos de la vida. Un par de lágrimas salpican las teclas de marfil. Esta casa también muere, pero al menos tiene ese piano que puede cimbrar las paredes, levantar los techos y acariciar el tiempo.

Su madre entra a la sala, cierra la ventana y sale sin mirarla siquiera. Ella sigue tocando sin saber si resentirse o reír de la simpleza que tiene de la hostilidad que su madre siente hacia ella. Hacia ella y no hacia sus hermanos. De Beethoven pasa a Mozart, a Bach, a Yanni. Su papá no despierta, su marido no da señal de vida. Deja el piano y pasea por la sala mirando las fotos de familia que hay en todas las mesitas. No hay ninguna de ella, sí de sus hermanos, sí de su primo Gonzálo, sí de sus sobrinos, sí de su hija. Hace mucho que se ha percatado de ello, pero no le molesta. La relación con su madre siempre ha sido tensa. Observa las flores, los cuadros, las carpetas bordadas. Las paredes están tapizadas de madera tallada, con antiguos óleos colgando. Sale de ahí y entra en la biblioteca, que es también el estudio de su papá.

La biblioteca fue en otro tiempo una capilla. Ahora es un lugar de techos inmensos tapizado por libreros. El mobiliario consta de algunos sillones en torno a las dos chimeneas, un par de escritorios, y mesas y cajoneras que contienen las colecciones de timbres, insectos, billetes y grabados. El lugar tiene un aroma a incienso, un ambiente de biblioteca de antaño, como si fuese un viejo ya entrado en canas. Un viejo lleno de historias, aventuras, mundos mágicos.

Las colecciones de libros están empastadas en piel de distintos matices. Se acerca a la más antigua, que consta de unos 100 ejemplares pequeños, de no más de 15 centímetros de altura, y de variables grosores. Toma uno sin dar importancia al título ni al autor. Esa es una colección heredada de su tatarabuelo que contiene, por tanto, únicamente autores clásicos. Se sienta pensando en cabalgar las horas de espera dentro de ese pequeño mundo que sostiene entre sus manos. Mundo que desgranará hoja a hoja hasta que su padre vuelva a la vida. Pero antes, envía otro mensaje a su marido:

<Cariño, ya estoy muy preocupada. No sé nada de ti, por favor repórtate.>

Deja el celular a un lado para comenzar a leer, y éste inesperadamente vibra con la respuesta:

<Todo bien, no te preocupes. No me esperes hoy, luego te cuento.>
<¿Qué no te espere? ¿No duermes en casa hoy? ¿Sucede algo?>
<Nada de preocuparse. Estaré fuera unos días, todo bien>
Graciela no frunce el entrecejo, éste la frunce a ella por completo.
<No me habías dicho nada de que saldrías de viaje, ni preparaste maleta. ¿Algo anda mal? ¿Pasó algo?>

<Te digo que no te preocupes. Estoy bien, ha sido inesperado. Me tengo que ir, estate tranquila.>

No hubo nada más. Graciela vuelve a sentir que el vacío se atraganta con ella, echa raíces en sus pies, y le pesa en el cuerpo y el corazón. Y siente la cabeza aprisionada por la resaca de su tarde de alcoholes cruzados. Haciendo un gran esfuerzo por no perder la compostura estallando de impotencia, abre el libro y se sumerge en la lectura. Las hojas tienen el color amarillento de antaño. La prosa es lenta, barroca y enredada. Le cuesta trabajo dejarse llevar por las palabras hacia las calles de Venecia de un tiempo que ella no conoció; pero unas hojas adelante llega el momento en que sus poros forman parte del mismo entramado que los párrafos tejen para sus ojos.

Apenas percibe como sonido de fondo el canto de los canarios, cenzontles y clarines de su madre que despiden al sol de la tarde desde los aviarios que tiene en el extremo del jardín. Su cuerpo se ha zambullido por completo en otra época, su alma en otras vidas. La historia describe un callejón en el que los balcones se precipitan hacia el piso cargados de flores. Señoras con incómodos vestidos largos atravesando portones tras los cuales los guantes son guardados y los abanicos agitados. Una voluminosa señora, toda empanizada en polvos de arroz, deja escapar al querubín que canta por su garganta. Bordados, rencores, chismes, rezos… El libro cuenta detalles de una época que ciñe a las mujeres tan fuertemente como sus corsés.

El atardecer en la casa de Jardín va cayendo a los pies de la luna. El viento comienza a correr y va en busca de la lluvia.

Con las luces encendidas, la casa de sus padres no es solamente una casa de gran categoría, sino además, un hogar acogedor. Coloca el hilo apartador, característico de los libros viejos, en la página en que se ha quedado, y sube hacia la habitación de su padre. Éste duerme aún, y esto le extraña. Baja entonces a la cocina a preparase un café y a tomarse un par de aspirinas para alejar de su cabeza la pesadez y despejar las ideas. Esperará más. No sólo porque la lluvia ha llegado y crece contra los vidrios, sino porque sabe que de igual manera crecerá el silencio de la soledad que encontraría en su casa a su regreso. Sirve el café en una taza alta, se toma el par de aspirinas, y vuelve a la biblioteca a retomar su lectura.

Los hombres cabalgan hacia la guerra. Las mujeres se persignan derramando lamentos tras ellos. Graciela se pregunta si aquellas mujeres realmente amarían a sus maridos, o si serían plañideras cumpliendo su papel de esposas afligidas al vivir bajo el yugo y la dictadura del machismo de la época. Tan distinto del machismo actual en México, pero siendo simplemente otra voz cantando la misma melodía dramática, castrante, dominante. ¿Sería el amor entonces como el actual en las parejas? ¿O todo se limitaría a la dependencia a la que se veían obligadas las mujeres con respecto al marido para ellas elegido?

Nitlahui irrumpe en la biblioteca apresurándola a subir. Su papá ha despertado y vuelve a preguntar por ella. Ambas corren escalera arriba con entusiasmo. Entusiasmo que se estampa contra sus pies en el momento mismo en que se encuentran en la puerta del cuarto de su papá, pues Doña Elena ya le administra más morfina.

-¡Espérate mamá! No he podido hablar con él y a eso vine.
-A qué viniste no sé, pero tu papá tiene que descansar, así que déjalo tranquilo.

Nitlahui le hace un gesto a Graciela como expresándole un <se lo dije, su mamá no permite nada>.

Graciela empuja un poco a su madre e intenta comunicarse con su papá, que perciba que ella está ahí, que lo quiere profundamente. Pero su papá ya ha vuelto a dejar la conciencia flotando en las mareas de las benditas drogas medicinales. Don Alfonso se ve empequeñecido, delgado, débil. Su papá, su enorme papá, es ahora un saquito de huesos que la muerte comienza a roer. Toma su mano y la sostiene entre las suyas sintiendo que desmorona su vida entera en el lecho de casi muerte de su padre. En cuanto está segura de que su mamá ha salido del cuarto, abre su corazón para su padre. Le habla, le cuenta todas las ocurrencias que su paralizada mente logra sacar de la nada. Le describe el cielo rompiéndose en lluvias, y los charcos extendiéndose fríos y líquidos por el jardín.

De pronto, su papá parece ganar un poquito de conciencia, abre los ojos, le aprieta la mano e intenta decirle algo. Se le ve agitado, como perseguido por un apremio. Es claro que tiene clavado en la mente algo que le es menester contarle a ella, y sólo a ella. Pero Don Alfonso no logra decir nada claro, se retuerce entre dolores, y vuelve a la dulce calma que se encuentra al otro lado de la muralla que divide el sueño de la realidad. Nitlahui intenta despertarlo de nuevo, lo urge a que hable con su hija, que caiga en cuenta de que es el momento indicado, pues ambos están ahí, juntos, tomados de la mano. Pero, sueños o no, Don Alfonso está ya muy lejos. Esperan un poco, lo miran con tristeza. Doña Elena vuelve a la habitación, y pide a Graciela que deje tranquilo a su padre. La insta a salir de ahí, y esto la molesta sobremanera. La ayuda a definir que de la vida actual, lo más importante es permanecer en el transcurrir de su padre hacia otros planos.

-Mi papá está muriendo y no me permites gozarlo. ¿Qué te molesta de que yo esté con él y lo disfrute antes de que muera?

-A tu papá lo disfrutaste toda tu vida, y ese que ves ahí ya no es el papá que conociste. Ya no es más que un despojo.

-¡¿Cómo puedes hablar así?! No hay ni pizca de cariño en lo que dices.

-¡Ay por favor! Como si no llevara 62 años viendo por su vida. Todo, todo se lo he resuelto yo. Todo le he aguantado. Tú no tienes derecho a estar aquí, ésta ya no es tu casa. Ve con tu marido y atiéndelo como yo he atendido a Alfonso todos estos años que parecen no tener fin.

-¡¿No tener fin?! ¿Lo que quieres es ya librarte de él? ¡Carajo Mamá! ¡No entiendo cómo puedes ser tan cruel con él!, y conmigo para el caso. Nitlahui, ya me voy a mi casa, no dejes de llamarme si vuelve en sí, ¡aunque sean las tres de la mañana!

A grandes zancadas, Graciela sale de casa de sus padres en medio de la lluvia, con el corazón hecho migajas y los puños apretados en una furia tan primaria que arde. Enciende la camioneta, prende los faros, y enfila rumbo a su casa. La buganvilias de la Plaza de los Arcángeles se ven hermosas, todas en flor, bajo la luz de su coche, tras las cortinas de lluvia que cuelgan desde el cielo. Abre el portón automático de la entrada y avanza despacio por el camino del jardín hacia el garaje, y mientras lo hace, recuerda que no hay nadie en casa. Artemio y Jovita, su mozo y su muchacha, han salido unos días al pueblo. Y Juan, su marido… ¿qué pasa con Juan? ¿Por qué tanto secretismo? ¿Cómo es posible que no le avisara que saldría de viaje?

En los 29 años que llevan de casados nunca, jamás, se había comportado así. Viendo su casa, se da cuenta de que todo está obscuro, y esto le incomoda. Se estaciona, toma sus cosas y baja del coche. El garaje tiene acceso directo a la cocina. Entra y prende la luz. El silencio sigue ahí, cómodamente instalado en su casa. Se asoma a la sala y enciende las lámparas. Quietud. Revive el miedo raro, extraño, que le invadió toda la tarde, y de nuevo se apodera de ella. No recuerda haber estado nunca totalmente sola en esa casa tan inmensa y ahora, de alguna manera, también tan ajena a ella. Pero el silencio no es el mismo, ha cambiado. El silencio está contenido dentro, mientras que desde afuera la agrede el tremendo rugir de la lluvia nocturna que asoma sus brillantes ojos por la ventana y la mira, que baja por los vidrios en líquidos dedos, y que se acrecienta a cada minuto que el reloj, en voz baja, cuenta. La lluvia deja caer sus faldas y las tiende al piso. Le grita a Graciela con un grito cruel que agrede al silencio que impera dentro de la casa. Y se enoja, Graciela, se enoja con Juan y con la vida. Toma el celular para mandarle otro mensaje, pero mejor le marca. Tendrá que aclararle lo que sucede. Tendrá que ofrecerle su voz y ampararla de esta tormentosa noche en soledad.

-Por favor, quiero que me digas qué está pasando. ¿Cómo es posible que te vayas de viaje sin mí y sin siquiera avisarme?

-Graciela, ahorita no puedo hablar contigo. Estoy en medio de algo. Regreso el viernes temprano, y no voy a ir a la oficina, así que te contaré con calma, pero el viernes. No me traje el cargador del teléfono, así que no podremos hablar hasta el viernes, pero no te preocupes por mí, aprovecha estos días para hacer todo lo que siempre te quejas que no puedes hacer porque no te da tiempo.

-¡Estoy sola Juan! Jovita y Artemio se fueron a la fiesta de su pueblo. ¡La casa está muy vacía y tú ni me dijiste que te irías!

-Graciela, no pasa nada. De sobra sabes que la casa es muy segura, y tú ya eres una mujer adulta. Ve una película, de esas que te encantan. Ya voy a colgar, te veo el viernes.

-¡Pero Juan…!

Graciela no puede decir nada más. Su voz se ahoga en un oleaje de llanto que estalla dentro de su cuerpo. Llora a sacudidas sin tener claro el porqué. Llora pensando en su padre que muere creyendo tener un secreto para ella y sin podérselo contar. Piensa en su madre, toda hielo, toda hiel. En Alex, su hija ausente. En la casa vacía y silenciosa. En Juan, tan extraño ese día. No entiende nada. Se siente dando vueltas en un remolino de incongruencias, de crueldades de la vida... Vuelve a la cantina, y esta vez se empina la botella... Casi de inmediato se le nubla el pensamiento. Quiere ahogar las ideas que la han torturado con tanto esmero hoy.

Su padre está inconsciente allá, en su casa, en su cama. Pero ella desde aquí le habla, le dice, porque aquí no está su madre, ni la tensión que siempre lleva consigo. Aquí en su casa, Graciela tiene por primera vez la libertad de hablar, decir, gritar, llorar, reclamar. Sin testigos. Sin muchacha, sin mozo, sin jardinero, ni chofer, ni marido. Está enojada y reclama, no a Dios en quien no cree, sino a la vida, a la muerte:

- ¿Por qué eres tan cruel? ¿Por qué estás tan decidida de entregar a mi papá a los brazos de la tumba? ¿No sabes que todos tienen el derecho de vivir hasta el momento en que están convencidos de haber terminado sus pasos por aquí? ¿No sabes que siempre hay un propósito, aunque a veces lo perdamos de vista, como ahora yo, que ya no sé ni para qué vivir? Pero mi papá todavía se quiere expresar. No es su momento de partir, por tu culpa las palabras se le atoran en las ganas de hablar, y tú no lo dejas. Mi papá aún ocupa un espacio vital, y lo merece. Es invencible. Es mi ancla y mi continente. Mi madre, puede que lo haya soltado ya, pero estoy yo. Yo que sin mi papá no soy ni puedo ser nada. No tengo marido al parecer, ¿no ves? No tengo marido y a mi hija ya ni le intereso. Si vivo hoy es porque también soy hija de mi papá. Tengo los ojos llenos de él. Y me pregunto ¿para qué la pinche muerte? ¿Para qué en quien no sufre tortura? Me estremezco. Tú no debes de existir, ni de arrancar a la gente de quien le quiere. No debes coartar los caminos de los pies que aún quieren caminar, ni debes dar por terminadas las miradas en los ojos que tienen tanto para ver, que aún les quedan tantas lágrimas para llorar. No está bien que a las manos las cierres y les evites caricias que aún pueden dar. Que cierres labios que quieren cantar. Que pudras pies que contienen música para bailar. Que calles los gritos de júbilo y llenes de tierra y de gusanos las bocas. No es justo, ¡no! La única que no debe existir eres tú. Tú, destructora de besos y de amores. Tú, terrible llanto eterno. Mátate a ti misma y deja libre a mi padre. Regrésale las alas con las que solía volar. Devuélvele la risa que sacaba para mí entre chistes y cosquillas. Libera nuevamente su abrazo, para que me rodeé con él, para que vuelva a ser mi amparo. Deja que los días de mi papá fluyan a una eternidad presente, como los ríos fluyen hasta el vasto mar, que no es de otro mundo, sino de éste. No más entierros, ni lutos, tumbas ni cementerios. Que los panteones dejen ir sus flores y desaparezcan para que todo sean jardines. Que las generaciones no se gasten unas a otras. Que convivan todas, con el tiempo uniéndolas sin pasar a separarlas. Que se abran todas las puertas y se terminen las sombras. Que la luz no queme, ni el amor se desvanezca.

Hoy te hago una llamada, pinche muerte, mientras mi corazón se derrumba. Y no te perdonaré si no cambias radicalmente y permites que la gente resurja con sus cuerpos completos. Quiero que renuncies a tu cotidianidad. Que no lleves niños a otros parajes, donde nadie los ve. Que ya no rompas familias, ni sueños, ni coartes historias. Porque no quiero estar lejos de mi padre, al otro lado del muro. No quiero perder su voz en mis días, ni su olor en mi casa. No quiero que lo desaparezcas tras velos que no existen, ni que hagas del horizonte un engaño. Quiero que vayas más allá de ti, que salgas de ti misma. Quiero que te exijas reinventarte. Que rompas la relación que sostienes con el fin eterno. Quiero que me dejes en paz, que regreses a Karina, que me acerques a Bárbara, que…

Por favor, me entrego a ti, y por lo que más quieras, escúchame. En medio de todo este silencio, no pido más, no quiero más, no puedo pensar más que en esta súplica. Casi puedo tocarte y percibir tu aroma. Casi puedo ver directo a tus pupilas. Sé que estás aquí, ahí. Sé que guardas todas las memorias del hombre, y entre ellas, las mías y las de mi padre. Sé que tú sabes qué es lo que él me quiere decir antes de morir. ¡No lo mates! ¡No te lo lleves! ¡No lo engullas todo, pinche muerte!

La noche ya va por la mitad, Graciela cae vencida por la impotencia, la cruda, la tristeza. Y el sueño la ataca en el mismo piso donde anoche bailó envuelta en risa. Hoy la acompaña su soledad, y es el silencio quien se ríe. El reloj camina despacio hacia una hora que ella no quiere vivir, y que quedará impresa en el acta de defunción. Graciela quisiera poder frenarlo con los pies. Matarlo con sus puños, pero no puede. Graciela duerme llena de dolor, acompañada por puras ausencias. Ha hecho un llamado a la vida, tratado de espantar a la muerte. Pero no puede, no puede porque la vida es la muerte. Graciela duerme.

CAPÍTULO 3

La Muerte

No es la muerte una vieja pálida, de huesos y capucha. No.
La muerte es esa brisa que trae consigo una corona de azahares, para coronar la vida nuestra.

TEMBLANDO DE FRÍO y de dolor, navegando de nuevo entre los vendavales de emociones intensas y el agraciado alcohol, Graciela ha arremetido las horas nocturnas hasta la madrugada. Sus ojos han cerrado, vencidos por la lucha interna y la confrontación con la vida. Todas sus lágrimas han quedado desparramadas en torno a ella, y brillan como extensión del rocío que despide a la luna, allá afuera, en la plaza, en el jardín, en medio mundo.

El llamado de la vida, el susurro de la muerte, se aproximan a ella mientras duerme. Se hacen casi corpóreos en torno a su cuerpo dormido. Vida y Muerte danzan ahí mismo. Ambas han llegado como invitación del despertar para Graciela. En el abrazo de este baile, vida y muerte se confunden en una danza interminable de creación y recreación. La Muerte siente que debe abrazar a la vida en su afán por llevarla consigo, pero no ha podido, porque en cada abrazo, la Muerte cae un poco, un poquito más en el pozo de su coqueteo. Sí, la Vida le coquetea. Mira directamente en sus profundidades, la desnuda, quiere todos sus misterios desgranar. Pocos seres encuentran arte en los intentos de la Muerte. La vida lo hace. La Vida, en cambio, se ve a sí misma como sombra de la Muerte. La ve como el camino sobre el cual sus pies avanzan la locura. Siente que la Muerte es el canto, ella su eco. Se siente tan atraída a ella, que se acerca para aspirar un poquito de su aroma. Quiere seducirla para que caiga ante sus pies, por ello le cierra un ojo al pasar. Así existen ambas, de cada lado del mismo espejo, a cada extremo del mismo abrazo, y hoy danzan aquí, casi tocando a Graciela. Se excluyen y contienen mutuamente. Graciela pega un ligero respingo, ¿acaso las presiente?

A las cinco de la mañana Vida y Muerte se hacen voz en el llamado para Graciela, y lo hacen desde el teléfono, que la sorprende acostada en un sillón. Es Nitlahui. El doctor ha estado ahí, y dice que es cuestión de horas. Su padre agoniza. Ninguno de sus hermanos ha sido avisado aún, ella es la primera.

- Apúrese Ud. señorita, antes de que vengan sus hermanos. Ya ve que su papá tenía algo que decirle, y a mí nadie me quita de la cabeza que él no va a morir sin antes hablar con usted.

Graciela vuela. Esta vez no pierde tiempo en bañarse ni arreglarse. Toma su bolsa, corre al coche y acelera hacia casa de sus papás. No tiene que tocar el timbre, Catita la espera en la puerta llorando.

-¡Ay niña, dice el doctor que Don Alfonso ya no ve otro día! ¡Se nos va a petatiar!

Graciela se apresura al lado de su padre. No le sorprende que su mamá no esté ahí, pues es típico de ella ocuparse de las cosas prácticas y enterrar los sentimientos, si es que los tiene. No recuerda haber visto muestras de cariño de parte de su madre para con su papá. Y si lo piensa mejor, tampoco para con sus hermanos. Ya con ella, bueno, es otra cosa. Su madre ha sido abiertamente una espalda para Graciela. Jamás le ha ofrecido su frente, su sonrisa, su abrazo. No es secreto, todos lo saben, Elena no tolera la presencia de Graciela, al menos no muy bien. ¿Por qué nació siendo aceite si su madre era agua? No, su madre tiene la sangre pesada, su madre es el aceite. Ella, Graciela, nació ligera y pura como gota de agua, como manantial, pero cayó en el aceite pesado y viscoso del alma de su madre.

Su papá resbala entre conciencia e inconciencia. De pronto abre los ojos y se queja, pues los dolores lo tienen sometido a un huracán de torturas. Ha entrado al infierno estando aún vivo. El coctel de morfina y fármacos danza en vanos intentos por rescatarlo de tales sufrimientos, mientras Nitlahui hace lo posible por traerlo a la vigilia. Le repite que su hija está ahí, que es momento de sacarse de dentro ese atorón que no le permite descanso. A Graciela le sigue llamando la atención el grado de importancia que Nitlahui le da a este asunto. Parece más intrigada, incluso, que ella misma. Ambas continuamente echan un ojo a la puerta, como temiendo que Doña Elena entre y ponga orden zanjando el asunto de nuevo. Pero no es Doña Elena quien entra, sino Sandra y Eugenio, dos de los hermanos mayores de Graciela. Al verlos, algo se quiebra dentro de su corazón, pues se siente invadida, y cae en un llanto quedo, profundo. Sandra, en cambio, laza el pecho por la garganta. Eugenio se muestra nervioso, este llanto le saca de su cajita predeterminada de sentimientos listos para utilizarse en cada ocasión, no sabe si será bueno llorar también. Le da unas palmaditas a Sandra en la espalda sin saber cómo darle consuelo, aunque tiene claro que en verdad no le preocupa el dolor que en ella está viviendo. Eugenio actúa como supone que se debe de actuar en cada momento. Si debe verse triste, pues se pone triste, si debe parecer fuerte, pues lo hace. En el fondo, realmente se siente vacío de cualquier sentimiento, no encuentra compasión, ni tristeza, ni nada que no sea un ansia por lograr algo en la vida, lo que sea, que haga que otros le volteen a ver con envidia. Así es que hoy está aquí, asistiendo a la muerte de su padre, y la única preocupación que logra permanecer labrada en su cabeza es si habrá algo para él en el testamento.

Eugenio tiene 54 años. Es divorciado. Un hombre al que nunca le ha ido bien en los negocios, que ha perdido todo el dinero con el que su papá le ha apoyado. Anda con los hombros bajos, con la autoestima arrastrada entre los pies. Tiene el pelo totalmente blanco, desde muy joven, pero aunque sus canas son auténticas, él no suele serlo. Acompaña de exagerados ademanes su voz cada vez que habla, levanta las cejas dándose una importancia que ni él mismo se cree. Se sabe un "fantoche", y se asquea de sí mismo. Quisiera anotar un golazo en la vida, por ello siempre juega a la lotería, con la esperanza de darle al gordo y restregárselo en la cara al mundo entero. Lo ha dejado su mujer, y sus hijos no quieren saber de él. Sus hermanos lo reprueban con la mirada, y su madre pasa junto a él como topándose con un compromiso que ha traído la vida sin uno buscarlo. ¡Ah! Pero si se llega a sacar la lotería, está seguro, volarán en torno a él, atraídos todos por la luz de su logro, de su triunfo. Se comprará un Porche rojo, o un BMW negro. Mandará a sus hijos a estudiar al extranjero, y se rodeará de mujeres jóvenes y guapas. Desatará los demonios de la envidia, y se dejará crecer inmenso e imponente a los ojos de todos. Ese día llegará, lo sabe, pero puede tardar mucho, por eso es tan importante, apremiante en realidad, que su padre le haya dejado una buena herencia. Lo más importante es no tener que esperar hasta que su mamá muera para recibirla, porque para entonces el acumulo de sus fracasos lo podría tener ya lisiado, o tendido bajo la tierra. No, debe recibir algo ya, y algo grande, porque los puños de las deudas comienzan a asfixiarle, y no ha tenido suerte en la vida, por más que a su parecer ha hecho siempre todo lo necesario para vivir como sus hermanos. Su papá lo entendía, ese sí, el único. Y aunque ahorita mismo muere la única persona que ha tenido fe en él, que lo ha apoyado con consejos, compañía, dinero, él no siente nada que no sea el ansia de recibir dinero, contante y sonante, en dólares, de ser posible. Ojalá sus hermanos reconozcan que de todos, él es quien requiere más, sí es posible, incluso, que en un buen gesto de solidaridad le cedan algo del propio. Soledad pudiera también requerir casi tanto como él, vaya, vive con muy poco dinero, todos los saben, pero para ella así es como la vida es hermosa y tiene sentido, por eso nunca ha tomado un préstamo del banco, por ello no tiene deudas. En cambio, a él el banco le sigue los pasos para echarle mano, y Elektra le salta encima cada vez que da la vuelta a la esquina. Ya no puede entrar en *El Refugio,* su billar favorito, ni en *El Danzón*, ese bar de mala muerte en el que fue a parar llorando sus penas todo el último año. Debe de recibir dinero, es lo justo, porque no merece acabar tras las rejas por asuntos financieros. Vaya, no ha matado a nadie ni robado. No secuestra ni vende drogas ni hace nada ilegal. Es sólo que la vida ha sido cruel con él, muy cruel, y de todos los negocios que ha emprendido, ninguno se ha salvado de una quiebra inmediata. Es culpa del mercado, de la gente tacaña que no suelta la lana. Son las trabas de la burocracia, o el peso de los gastos que lo han drenado antes de que sus asuntos logren dar frutos. Espera el dinero sí, hoy mismo. Lo huele, lo saborea, lo siente ya pesado en las bolsas del pantalón. ¡Que su papá muera ya, para que descanse de tantos dolores, y que le entreguen a él lo que le corresponde, para que descanse del peso de su vida de una buena vez!

El llanto de Sandra rasga las ropas de todos, raya las paredes, retumba contra los vidrios. Pareciera que le han prendido fuego y su piel se derrite poco a poco, quemándole cada capa, consumiendo toda su carne. ¡Muere su padre, su padre muere! ¡Que Dios se apiade de su alma! ¡Que Dios tenga piedad de su querida madre y de la familia entera! ¿Cómo salvar del fuego eterno al no creyente? ¡Se condenará su padre, ella lo sabe, por haber negado la existencia de Dios! ¿Cómo puede un hijo negar a su propio padre? No puede causarse un dolor más enorme al padre, que el rechazo de su propio hijo. Pero ella puede, ***debe*** salvar a su papá. ¡Ella es la última esperanza! Lo sacrificará todo. Ofrecerá, incluso, renunciar al placer más inmenso que conoce en la vida: comerse un chocolate cada día, por la tarde, acompañando el café y la telenovela. Pero aun si logra salvar el alma de su papá con su devoción y sacrificio, ¿cómo puede sobrevivirse a dolor tan grande, a tamaña tragedia que es quedar huérfano de padre? ¿Por qué los demás no lloran realmente? ¿Acaso no temen a Dios? ¡Claro que no! ¡Se han revelado todos contra la Madre Iglesia y ahora pagan su desfachatez! ¡Que se deshaga el mundo! ¡Que tiemble la Tierra y caigan rayos negros del cielo! ¡El mundo está poblado de pecadores y hombres sin fe, y ha llegado el momento para que Nuestro Padre regrese a imponer Justicia! ¡Ay, ¿pero quién es ella para decidir ese momento?! ¡Ha pecado de soberbia! Solo Dios puede darle consuelo, solo Él. Sólo Dios, en su Divina Gracia, conoce el Plan Perfecto que está llamando a su papá ante la Divina Presencia. Llora sí, se sacude. ¡Cuán sola se siente en su fe, y en la agonía de asistir a la muerte de su padre rodeada por ciegos del alma!

Nitlahui la observa algo incrédula. No sabe si está presenciando una tragicomedia, o si está ante un muro, impenetrable y gris. Una gota de Doña Elena hecha agua y grito. Sandra, al contrario que todos sus hermanos, es creyente, pero parece ser que se aferra a una religión de formas, sin fondo alguno. Nitlahui siente una súbita repugnancia contra aquella mujer que se ha presentado las 6 de la mañana totalmente arreglada, con peinado de salón y vestida tan elegantemente como para un gran evento social, y que llora a gritos por un padre al que no ha amado nunca. ¿Qué clase de mezcla es esta? Los mira a todos con un profundo desprecio, y se da golpes de pecho en un gesto sin sentido. ¿Cómo entiende la fe esta mujer que les golpea con la mirada, que cree en la vida eterna y hace un espectáculo tremendo del descanso que al fin se aproxima para Don Alfonso?

Graciela aún sostiene la mano de su papá, cuando Eugenio la hace a un lado. Su papá está totalmente inconsciente. Pronto llegan también Soledad y Paco.

Soledad, Soledad. El extremo opuesto de Sandra. Si Sandra exagera en el arreglo y la presencia personal donde todo está perfectamente coordinado, calculado y tan controlado que ni un pelo en su cabeza se mece con la viento ni con la vida, Soledad lo hace en la vestimenta hippie y extravagante. Una mezcla de intelectualismo y "niña bien". Soledad es la que más mérito ha tenido siempre, en los estudios y el trabajo. Es graduada con honores del Colegio de México, y de los seis hermanos Gutiérrez, Soledad es la única con gran compromiso social. Trabaja en albergues, aboga por las mujeres víctima de violencia, acude a marchas y escribe artículos en defensa de los más marginados de la sociedad. Vive con simpleza en un pequeño depa en la Narvarte. Nada de coche, nada de lujos. Soledad pertenece a lo que Sandra cataloga como *Spiritual New Age,* terrible movimiento de moda que remplaza la sabiduría y divinidad de la Iglesia por la propia mente, cambia la Perfecta Oración por la mentada Meditación con tintes budistas. Y tal cual, ahí, ante la cama de su papá moribundo, Soledad se sienta en flor de loto, cierra los ojos, y se sumerge en un estado que a Sandra le parece vegetativo. <En vez de orar como Dios manda> piensa.

Paco se acerca a abrazar a Graciela, pues el bien sabe que ella es la única que realmente siente la pérdida que está próxima. No podrían tener vidas menos parecidas. Graciela se rige por el equilibrio, el compromiso y la armonía, en cambio Paco es aventurero, arriesgado, mujeriego. Como sus hermanos, salvo Sandra, no cree ni en Dios ni en la Iglesia, pero él, además, cree aún menos en la fidelidad. Vive una vida ajetreada, de reventón en reventón como si aún fuese adolescente. Ha hecho buenos negocios y magnificas inversiones, lo que le permite darse la vida que quiere. Viajes, museos, fiestas, yates, lo que sea. Paco lleva el espíritu alegre que siempre inyecta vida en la familia. Él es el mediador, el que desintegra las tensiones. Todo lo ve hermoso, fácil, jocoso. Y le quieren, cada uno a su manera. Alguno con envidias cruzadas, otra con cierto desprecio por los valores con los que rige su vida, pero todos, todos, le quieren bien. Tan guapo y libre, que es un codiciado galán en todo el sentido de la palabra. Graciela lo mira agradecida por el abrazo, luego dirige los ojos a su padre, que sigue buceando en la inconciencia, quizá persiguiendo estrellas, quizá otros mundos.

Recorre con la mirada el cuarto, ahora lleno de gente, y siente que le invaden la intimidad padre-hija predilecta. Le estorban todos. Sandra ha dejado de llorar a gritos, y ahora le ha entrado una locura nueva: repetir incesantemente "mi papá, mi pobrecito papá… mi papá, mi pobrecito papá…" Soledad ha salido de su meditación y ríe de alguna ocurrencia de Paco, mientras Eugenio los mira con una seriedad ensayada. Cada uno ahí presente es para ella como un nubarrón negro. Cada palabra que se dice, como un trueno rompiendo la calma. Se hace rollito en una esquina. Se tapa los oídos como cuando niña se asustaba. Quiere que todos desaparezcan, que no existan. La muerte de su padre debería ser una danza entre ellos dos únicamente. Ninguno de los demás entiende la profundidad del asunto, nadie reverencía el momento con silencio más que Soledad. Pero Soledad no comprende que ese momento debe ser sólo suyo y de su papá. Se engaña al creer que ella puede hacer algo por su padre tan sólo con meditar. Si quiere realmente hacer algo por él, ha de retirarse y respetar ese momento que les corresponde únicamente a ellos dos.

Súbitamente alterada, Sandra se levanta. Ha entrado en su cuerpo, en su mente, el pánico. ¡Nadie ha pensado en imponerle los Santos Oleos a su papá, y morirá sin el Sacramento! ¡No lo permitirá! Los demás pueden ser tan ateos como ellos quieran, incluso su madre, pero ella sabe más, tiene mucha más claridad. Con las manos temblando como gitanas, le marca al párroco y le suplica que envíe un Padre o un seminarista sin tardanza, Don Alfonso muere.

Alex, la hija de Graciela, llega a acompañar la muerte de su abuelo. Es incluso más atea que sus tíos, su mamá y su abuela. Alex adora a su abuelo, y perfectamente se da cuenta hasta qué punto le afecta mucho más esta muerte a su madre que a sus tíos. No intenta consolarla, no la abraza. Respeta el ovillo en que se ha convertido su madre y sabe que todos, ella incluida, le estorban.

Cuando llega el Padre, todos se retiran de la habitación, incluso Graciela, pues ninguno ve con buenos ojos al catolicismo, sin embargo respetan a Sandra, para quien la ceremonia que se llevará a cabo tiene profundo significado. Nitlahui se queda dentro. Ella es también creyente, no superficialmente como Sandra, para quien la fe es un papel a interpretar, sino en las venas y los huesos. Los demás se han quedado en el pasillo para no alejarse. Eugenio enciende la luz, pues el pasillo, con sus paredes, piso y techo de madera barnizada en obscuro le parece muy tétrico hoy. El Padre lleva a cabo el procedimiento, y nadie de los que esperan afuera se entera de en qué consiste el asunto. Una vez terminado, el Padre dobla cuidadosamente sus ideas, empaca sus sermones, y se marcha, dejando tras de sí una Sandra conmovida, doblada de piedad, que limpia secas e inexistentes lágrimas de sus mejillas.

Volviendo al lado de su padre, Graciela comienza a sentirse sofocada por la cantidad de estupideces que dicen sus hermanos. Baja a la sala y, como no reza, se concentra en mandarle buena vibra a su papá, y a pedirle que se entregue ya a la muerte. Curioso que haga esto, pues unas horas antes suplicaba a la muerte que los dejara en paz. Sin embargo, su papá sufre. Sufre y sólo la muerte le traerá descanso. Y mientras ora a su manera, como colocando flores de ofrenda y cirios a los pies del altar de la vida, escucha el trajineo que se trae la familia entera. <Ojalá muriera en la paz del silencio y no rodeado de tonterías y palabras necias> -se dice.

Álvaro, el más joven de todos los hermanos, el más lejano, llega. Quizá la distancia que cada uno por él siente se deba a que llegó como inesperado pilón, o tal vez la desfachatez con la que vive, pero para cada uno de los hermanos y sobrinos, Álvaro es el olvidado. Si Paco es la alegría de todo, Álvaro encarna lo que no pueden tolerar, y no entienden por qué. Será porque es la ternura hecha piel, hecha mirada, hecha hombre. Sus ojos verdes se derriten en dulzura, sus pestañas negras enmarcan su amorosa mirada. A todos les incomoda su presencia, aunque en el fondo le quieren. Su arreglo es siempre perfecto, quizá demasiado. Un joven que fue el *Santanazo*. Creció un tanto solo, por culpa de la diferencia de años. Nadie ha prestado mucha atención a los detalles de su vida, y eso le ha dado la libertad de ser quien es. Graciela sabe que, así como ella ha sido la consentida de su papá, Álvaro ha sido el menos querido por él, como si Álvaro hubiese llegado demasiado tarde a la vida.

Álvaro saluda a Graciela, sin intención de interrumpirla. Él es como los demás, ateo de hueso colorado. Sube a ver cómo van las cosas con la agonía de su papá. Ese papá que ama sólo a una, a Graciela. Ese papá que pasaba tantos meses lejos de la familia. Ese padre bueno, justo, lejano.

Todos en el moribundo cuarto discuten, incluso Nitlahui. La carta, hablan de la carta que Don Alfonso dictó un par de meses antes. Que si se trata del testamento, que si es una carta de despedida. Lo último que dijo Don Alfonso mientras pudo, fue que le dieran la carta a Graciela. Y tal como Nitlahui supusiera, está muriendo sin hablar con su hija. Hay 6 personas en la habitación, Nitlahui y los cinco hermanos de Graciela, y ninguno presta atención al cuerpo inerte de quien les invitó a la vida. Ha muerto. Don Alfonso ha muerto.

Doña Elena entra y ordena que todos salgan del cuarto, pero no para pasar unos minutos a solas con quien ha sido su marido, sino para imponer un orden que le da sentido a su cabeza. Cierra la puerta del cuarto saliendo detrás de los demás. Esperarán a que llegue el servicio funerario. Los demás han bajado a la sala, y le participan a Graciela que su padre ha descansado del todo. Pero el tema de la carta sigue en sus bocas. Todos se están colgando de esto para no poner atención a esto de vivir la muerte de su padre, porque no saben si lo sienten en el alma, o si el alma se les ha liberado. Lo clásico, lo esperado, es dolerse y llorar, pero ellos no son una familia como otras.

Nitlahui sigue la conversación aferrándose a cada palabra que se dice. Pero ella sabe todo, lo sabe bien. No se trata de ningún testamento, de ese todos tienen copia y los asuntos están claros. Esa carta es la viva voz de Don Alfonso, voz pronunciando el detalle que los oídos de Graciela han de escuchar. Pero ¿dónde ha quedado la carta? Nitlahui lo sabe también. Algo hay en esa carta, algo que molesta a Doña Elena sobremanera, y por eso la carta no aparece. El pobre de Don Alfonso llegó a darse cuenta de que la carta corría peligro, por eso su empeño de hablarlo en persona con su hija. Empeño vano. Nitlahui sospecha que, incluso, la manera tan rara que tiene la ahora viuda de comportarse en esos momentos, se debe en mucho a la mentada carta. Y Nitlahui decide no guardar silencio…

Nitlahui jala a Graciela a hacia la cocina.

- Tengo una idea con respecto a la carta- le dice.

- Espérame tantito- responde Graciela- tengo que avisar a mi marido que mi papá acaba de fallecer. Entonces toma su celular y le marca a Juan, pero su marido no toma la llamada. Esto la enfurece tanto que da una patada a la puerta. Nitlahui se espanta, pero a Graciela eso no le preocupa, y suelta por enésima vez el llanto. Nitlahui titubea entre abrazar a esa mujer que tanto le simpatiza, o dejarla sola, puesto que no tiene mucho de conocerla, no son "de tanta confianza". Se decide por ir a la despensa y reunirse con Cata para ayudar con lo que sea necesario.

Graciela vuelve a marcar a su marido... su marido vuelve a ignorar su llamada, por lo que ella le escribe un mensaje, y al escribirlo, siente la rabia salir por las puntas de sus dedos, como el agua sale a borbotones de las alcantarillas cuando llueven las tempestades de cuidad. El mensaje dice:

<No tengo idea del porqué me ignoras, pero eso no es importante ahora. Mi papá acaba de morir y tú no estás a mi lado. No entiendo tu juego, no a estas alturas, no en este momento. Ha muerto tu suegro y tú no estás con tu familia.>

Acabando de escribirlo, respira profundo y espera unos momentos para recuperar la compostura.

Tiene la compañía de su adorada hija. Esa hija que es tan talentosa, tan independiente, tan cercana a ella. Da gracias al cielo por haber tenido la claridad de entretejer con su hija una relación de tanto cariño, tan humana y real, tan lejos de su propia experiencia como hija de su madre.

Regresa a la sala. Todos están ahí. Las discusiones siguen. Que si la funeraria que contrató su papá antes de morir es muy chafa y le cambian a otra. Que si respetan los deseos de su padre. Que si todo ha quedado claramente establecido en el testamento... Idioteces, piensa Graciela. Idioteces que ocupaban las mentes vacías de sus hermanos. ¿Qué no se dan cuenta de que su padre acababa de morir? ¿Qué no saben que esos son momentos de guardar silencio y concentrarse en el alma de su papá? Le parecen unos materialistas de primera, y esto, la enoja más.

Sale a dar un paseo por el jardín para estar a solas. El amanecer ha avanzado con una luz alegre y viva. Recorre el laberinto de arbustos en el que tanto se perdía de niña, y del que siempre la rescatara su papá cuando no encontraba la salida. Presagio, quizá, de años por llegar. Pasea por el invernadero de orquídeas en las que tanto se esmeraba su gran papá. Visita el aviario, donde se sienta a escuchar los cantos de los pájaros. Y lo nombra, a su padre, lo nombra.

Nombrarlo es tocar tierra firme. Nombrarlo es volver al hogar. ¡Que tristeza que sus hermanos y su madre no comprendan esto, que no tengan esa experiencia, este consuelo en un momento así!

-Hola ma. ¿Cómo te sientes? – Alex ha venido a acompañarla. Alex su adorada hija. Alex que jamás la abandonaría ante esta experiencia como lo está haciendo su marido. Alex, que comprende el amor entre su abuelo y su mamá. Alex, Alex, Alex… ¡Gracias al cielo!

-¡Ay Alex! Que bueno que viniste. No entiendo para nada a tus tíos y a tu abuela. Es como si no les importara lo que le acaba de pasar a mi papá. ¡Como si no se dieran cuenta!

Alex la toma de la mano muy cariñosamente. Suspira como queriendo decir algo. Pero su madre tiene algo de su abuela, puede convertirse en un tempano de hielo cuando le parece que le llevan la contraria. Así es que prefiere no decir nada, acompañarla en silencio, sin embargo, su mamá lo menos que necesita ahora es silencio. Quiere hablar, desahogarse. Necesita ser escuchada.

-No entiendo el comportamiento de tu papá, desaparecido en vez de estar aquí, donde debería estar, a mi lado, en un momento como éste. Y luego mis hermanos, que si la carta, que si el testamento, la funeraria, pura tontería… ¿Y mi papá qué? ¿Acaso les importa?

Graciela rompe en llanto, un llanto rabioso, enojado. Alex percibe los destellos de tristeza en ese llanto, pero ve también coraje, mucho coraje e impotencia. La abraza y le acaricia el pelo. La comprende, aunque no comparte sus puntos de vista. Alex se identifica más con sus tíos en asuntos como el que viven ahora. Alex, comprende que su madre esté triste y devastada, pero también le parece auténtica la manera como se comportan sus tíos. Es real que ellos no han gozado de una relación cercana con el abuelo que ahora les haga vivir su muerte como una gran pérdida. No, ellos le tenían cariño y respeto, sólo eso. Su muerte es un cambio, de sutil tristeza, pero más bien un algo con lo que deben lidiar en sentido práctico. Y sí, ciertamente su madre es la única ahí que realmente experimenta una pérdida tremenda, pero es también la única que espera que las cosas se hagan "como deben hacerse": llorar rompiéndose de tristeza, guardar respeto por el muerto. Alex, en cambio, piensa que el muerto, muerto está. Da lo mismo, por tanto, si uno llora o no, si ríe y se divierte en el sepelio, si habla del muerto bien o mal. Es lo que es. Por su parte, adoró a su abuelo, pero no siente una gran pérdida. Su abuelo fue un gran hombre, un gran abuelo para ella. Lo gozó inmensamente de pequeña, pero ahora ella ya tiene su vida, su hermosa vida que comienza apenas, y está totalmente en armonía con el hecho de que su abuelo descanse por fin, sobre todo luego de tal agonía. Festeja su paso por esta vida. De tristeza, sólo una brisa ligera.

Alex levanta a su mamá del banco de piedra en el que se encuentran, y la anima a salir del aviario y entrar a la casa. Todo sigue igual. El cuarto de Don Alfonso cerrado con llave. Aún no llegan los de la funeraria, ni el doctor a firmar el acta. Doña Elena organizando lo que se pondrá para el velorio. Los demás, continúan en el tema de la dichosa carta desaparecida. Nitlahui, al ver que Graciela regresa, se apresura a su lado para recordarle que tiene una buena idea con respecto a la carta, pero Graciela no pone atención, de plano en ese momento no le parece digno de creerse que haya una carta para ella conteniendo un "secreto de familia". Lo importante es hacer entrar en razón a sus hermanos. La muerte de su padre no puede pasar así, tan superficialmente. Es importante que todos comprendan la profundidad del asunto, que lo vivan con la solemnidad que requiere. Han de guardar silencio, por respeto, como Sandra con sus rezos o Soledad al meditar, y no atorarse en discusiones vanas. Entonces, con una voz iracunda que Alex jamás había escuchado en ella, habla:

-¡Bola de inconscientes! ¿Qué no se dan cuenta de que nuestro papá acaba de morir? ¿Ni eso le pueden respetar? Una cosa es que no seamos creyentes, ¿pero hoy? ¿Hoy que ha muerto nuestro papá no pueden salirse de sus mentes materialistas? ¿Es mucho pedir que guarden silencio en señal de respeto? ¡Hagan lo que quieran con sus vidas, pero no con la muerte de mi papá!

El silencio cae sobre ellos. Están sorprendidos. ¿De dónde ha surgido tanta rabia? El abuelo era papá de todos ellos, no sólo de Graciela. Si bien ella tenía una relación especial con él, era papá de todos parejo. Suena el timbre. Ha llegado el doctor. Es hora de atender asuntos prácticos.

Alex convence a su mamá de que se vayan a su casa para encontrar consuelo lejos del trajineo que se llevará a cabo ahí. Sus tíos son buenos para resolver asuntos prácticos, ella puede entonces dedicarse a sí misma tras tan tremenda pérdida. Graciela accede y, acompañada por Alex, regresa a su casa. En el trayecto va cayendo en cuenta de los sentimientos tan distintos que experimentó anoche al regresar de casa de sus papás. Ayer estaba enojada con su madre por ser un témpano de hielo, con

Juan por largarse como Juan por su casa, y con la vida por traerle tanta soledad de un baldazo. Ahora, en cambio, su padre está muerto. Nada más le importa. Su papá, su pilar, su ancla. Ido para siempre. Jamás su risa, jamás su voz, jamás sus manos ni su mirada. Su querido, adorado papá, convertido en una nada.

Al entrar en la sala se encuentra con Juan. Está sentado en el sillón de orejas, meditabundo. Al verla se pone de pie y le da un beso en la frente. No dice nada, ni una sola palabra, tan solo la abraza. Graciela se sorprende no sintiendo rencor. Ya no tiene enojo contra él, ni preguntas, ni nada. Todo se le resbala entre las manos. Su padre ha muerto, lo demás da lo mismo. Se zafa del abrazo de su marido. Ni siquiera lo mira. Da la vuelta y sube a cambiarse, pero al pasar junto a la cómoda y ver la foto en que su papá y ella se abrazan frente a la cascada de Valle, una tristeza aún más profunda la invade. Toma la foto, la lleva su cuarto y se acuesta abrazándola. Llora quedito, como niñita perdida y abandonada. Eso es ahora, una pequeña sin su papá, solo eso. Y duerme, duerme entre sueños y llantos. Llora entre sueños y lágrimas.

Alex y Juan se quedan en la sala. Platican sobre los cambios que se vienen para Graciela, y que ella ni siquiera sospecha. Cambios que nada tienen que ver con la muerte del abuelo, ni con la crisis de los cincuenta años cumplidos. Cambios que no juzgan prudente traer a colación esta noche. Y con lo del abuelo, no saben ni para cuándo. Acuerdan ir dejando que las cosas se den por sí solas. Si se abre el espacio para introducir alguno de los puntos que tienen que tratar con Graciela, lo aprovecharán, independientemente de la muerte del abuelo, porque tampoco se trata de sobreproteger a Graciela, por más que la quieran, y si las cosas pasaron al mismo tiempo, se debe a coincidencias de la vida. Que el abuelo muriera justo el mismo día… El mismo día que ponía un alto definitivo y marcaba para Juan un viraje como ninguno otro. La vida es la vida, hay que cambiar, hay que seguir.

CAPÍTULO 4

Velación

Respeta al vivo en la forma con la que quiere vivir,
y al muerto en cómo quiere morir

Y MURIÓ SU PADRE, Don Alfonso. Murió con las palabras detenidas en los labios. Las palabras que no pudo emitir ni enfundar en su voz. Se fue aferrando en los puños aquello que quería decir, que la vida no le permitió. Lo que dejó escrito en un dictado sobre papel amarillo y con faltas de ortografía, por que quien tomó el dictado era un ser humilde, transparente, alegre: Julieta.

Julieta atendía a Don Alfonso con una compasión que se extendía por el dormitorio, como se extienden los bosques junto al río. Llenaba de risas la recámara porque sus palabras se adornaban con negro humor que hasta al enfermo, retorciéndose de dolores, lo hacía estallar en risas. Era humilde sí, Julieta. Humilde y llena de graciosos dichos y anécdotas. Su voz se trababa en la dificultad del leer, pero mucho más lo hacían sus manos en el intento de escribir. Sin embargo, lo había logrado, desde el principio hasta el fin. Una semana de dictado lento, pausado. Interrumpido por los padecimientos del enfermo que dictaba, obstaculizado por los temblores de la mano que escribía. Julieta había logrado poner en papel lo que el corazón de Don Alfonso quería dejar de callar. Todo había quedado amparado en tinta negra sobre papel amarillo, y cerrado en un sobre del mismo color. Por fuera sólo un destinatario: Graciela. Sin direcciones, porque esa carta no sería tocada por las manos del correo, sino entregada en persona a quien portaba los ojos que la habrían de leer.

Julieta había sido luz para Don Alfonso. Su caminar zambo le daba un toque extra de hilaridad a la forma que tenía de hablar y de moverse. Pero Julieta fue reemplazada, y es que a los ojos de Doña Elena, Julieta había perdido la inocencia. El hecho de haber escrito la carta en el papel amarillo, letra a letra, siguiendo las palabras airadas por la voz de Don Alfonso, la sentenciaron a la culpabilidad de saberlo. Saber eso que nadie debía saber. Que nadie tenía derecho a saber, porque la vida de Doña Elena era suya y de nadie más. No de Graciela, no de Álvaro, no de Don Alfonso, no de su sobrino Gonzalo. Ella y sólo ella. Así pasó que Julieta fue alejada de la vida de Don Alfonso, despedida sin miramientos. Una mujer que llenaba el día con sus flores de azahar, que había parido un hijo muerto como flor silvestre, y luego adoptado dos que educaba inspirándose en el viento y en la sabiduría de la chamana. Julieta era una mujer a la que le brillaban los ojos. Salió de la casa de Jardín con el paso cojo y la tristeza enorme. Servir a Don Alfonso en su enfermedad le había dado sentido a los meses de su vida empeñados en la casa de Jardín. Colocar el pañal, lavar el viejo cuerpo, atender los vómitos, poner paños húmedos en la frente. Administrar el medicamento, cambiar las sábanas sin incomodar al paciente... Todo con cariño, porque lo más importante no era atender el cuerpo, sino llenar de felicidad al alma que estaba por partir a otros mundos. A Julieta se le entregó una maleta para que empacara sus contadas posesiones, y se le llevó hasta la puerta de la calle. No llevaba a cuestas atorones ni culpas, sólo su rebozo, la maleta y un bonche de pan dulce. La auxiliar que era Julieta fue reemplazada en un dos por tres por una verdadera enfermera. Mejor preparada, enfundada en filipina blanca, e ignorante de la carta escrita en papel amarillo: Nitlahui.

Pero Nitlahui sí supo de la carta. En su tercer día de trabajo atestiguó una fuerte discusión entre Doña Elena y el enfermo. El Sr. que estaba encamado suplicaba ante una mujer con mirada de hierro. Él se había aferrado a un sobre amarillo entre sus manos, pero ella se lo había quitado haciendo alarde de la superioridad de su fuerza. Don Alfonso lloraba de impotencia, Doña Elena se erguía poderosa. Jamás entregaría esa carta. Jamás mientras viviera, y mucho menos estando muerta.

Y el enfermo sollozaba. Su almohada se fue tornando líquida. La mujer, en cambio, se endurecía. Con el sobre amarillo en mano, Doña Elena dio vuelta y salió del cuarto con paso firme y resuelto. Nitlahui quedó ahí, acompañando a un enfermo terminal que se hacía lluvia dentro de sí mismo. Un enfermo terminal que no lloraba de dolor ni por la enfermedad, sino porque el horizonte se le venía encima acortando sus respiraciones, y poniendo punto final a toda oportunidad. Casi se podría ir sin pendientes, pues sus asuntos de dinero estaban en orden. Pero se negaba a dejarse someter por la muerte sin antes poner en orden la historia de la familia. Porque su hija no podría tener una vida plena basada en mentiras y fábulas. Tenía derecho a saber la verdad, a confrontarse con ella para reinventarse como quisiera. Él se lo debía por todo el amor que habían compartido. No pondría un pie en la tumba hasta no haber pronunciado las palabras. Era la única manera de liberar a Graciela para que emprendiera el vuelo. La única manera de liberarse a sí mismo de ciertas cadenas, y la única forma también de liberar a Doña Elena de esa máscara de hierro para traerla de nuevo a la carne y mostrarla humanamente vulnerable.

La carta en el papel amarillo no era cosa de los demás hijos y sin embargo... Lo era.

No era el sólo hecho de permitirles conocer a su madre más allá de las murallas. Era también mirarse unos a otros con ojos nuevos. Descubrir en ese primo al hermano, en ese hermano al desconocido.

Don Alfonso ha fallecido, y su hija le llora. Le llora a él que murió con un pendiente. Se llora a sí misma que ha quedado huérfana de quién tanto le amó y amparó durante los años de la vida.

Alex entra en el cuarto de su madre, se da cuenta de que no sólo no se ha bañado aún, sino que duerme. Pero el cuerpo del abuelo ya va rumbo a la funeraria, y sabe que su madre querrá estar al tanto, así es que la despierta con cariño, y la anima a bañarse y a cambiarse. Hay que vivir esto, no queda de otra.

Ya en la funeraria, Graciela ve que Sandra parece haber encontrado consuelo en las tías abuelas, que rezan y rezan. Sus hermanos, en cambio, le parecen lejanos. Escucha a Sandra que pregunta en voz baja, como hablando consigo misma "¿y la misa?"

¡Hay que tener una misa! Sandra se disculpa con las mujeres que rezan, y sale a encontrarse con sus hermanos para preguntarles si ya se ha hecho algún arreglo para la misa, pero ninguno ha hecho nada al respecto. A Sandra la inunda un rencor tremendo, líquido. Pero antes de que Sandra comience a reclamar, Alex llega:

-Tía, evidentemente no han arreglado nada de misas porque para ellos eso no es de importancia, pero lo es para ti, y todos van a respetar una misa si eso es lo que tú quieres. No te enojes con ellos por ir con sus creencias. Si para ti es importante, hazlo tú, tú también ve con tus creencias.

-Ay mi hijita, es que no sabes lo que es ver que todo les da lo mismo. ¡Míralos! ¡Ni una sola lágrima! ¡Sólo tu mamá y yo parece que lo sentimos! Es como si no hubieran querido a mi papá. Nada de respeto, nada de fe, puro papeleo...

-Tía, este proceso de que el abuelo haya muerto, cada quien lo va a vivir a su manera. Cada uno tenía una relación única con el abuelo, ninguna era igual a la otra. Y cada uno tiene sus creencias, y sus herramientas para afrontarlo. Los estás juzgando desde tus esquemas, desde lo que para ti hace sentido, pero eso no es para ellos. Ellos no pueden expresar el dolor que tú expresas porque ese es tuyo, ni el de mi madre, porque ese es sólo de ella. Mis tíos tienen el suyo, y es distinto, no menos, no más, distinto. Tú eres creyente, por eso te es tan básica la misa. Pero ellos no son creyentes. No es que les dé lo mismo el abuelo, lo adoraban, pero si no creen en la misa, no la van a buscar, como tú no traerías a un Rabino porque no eres judía. Traer a un Rabino no está en tus creencias. Eso pasa con mis tíos. Mi abuelo está en su amor, pero la misa no está en sus creencias. Eso no es cosa tuya. Si para ti es importante vivir este proceso con una misa, hazlo. Sólo no te pongas a interpretar a los demás desde tu mirada, respeta, deja libre a cada quien, y ocúpate tú de cómo tú quieres y necesitas vivirlo.

-Alex, no es creencia mía, es la Iglesia quien lo dice. La misa es un sacramento. Y, por cierto, el matrimonio es otro que a ti te está faltando.

Alex no discute más. Ayuda a su tía a conseguir un padre y a preparar la misa. La funeraria se va llenando de gente. Amigos cercanos, amigos de compromiso, primos hermanos, primos segundos. Y llega, también, el Padre. Un Padre de sotana negra y cuello alto, de expresión contrariada, y entrecejo cansado. Un padre que comienza la misa con tal solemnidad, que a Alex y a sus primos les cuesta mucho trabajo reprimir las carcajadas. Jamás han visto tal teatralidad en una misa. Alex, sentada al lado de su madre, ya no sabe hacia dónde mirar para no reírse. Su tía Sandra, en cambio, parece tocada por la mismísima mano del señor. Está extasiada. Esas palabras, ese entusiasmo del Padre son justo lo que necesitaba. ¿Por qué sus hermanos carecen de espiritualidad? Ahora sí, en medio del dolor de perder a su padre, Sandra se siente acompañada por iguales, por seres que la comprenden.

La sala de velación se perfuma con un entramado de aromas que desprenden los arreglos florales. Eso todos pueden percibirlo, pero hay otro entramado, uno que carece de aromas, incoloro. No suena, no se ve, no se siente, pero ahí está. Es el entramado que tejen las mentes presentes. Una de esas mentes es la de Alex, que rebota miradas de callada risa con sus primos. El padre les parece lo más cursi y fantoche que han visto en la vida. ¿Cómo hacer para no reírse? Esa misa, por telenovelezca que parezca, es un consuelo enorme para las tías abuelas y la tía Sandra, y sería terrible soltar la carcajada justo a su lado.

Por su parte, Graciela sigue distraídamente las palabras del Padre, hasta que sus ojos terminan siguiendo, sin darse cuenta, el trayecto que recorren las manos del padre al hablar. ¡Tantos ademanes con los que bailan para recalcar sus palabras!, y de pronto, siguiendo la trayectoria de esas manos de danza exagerada, ve a Juan parado exactamente a espaldas del padre. Eso le extraña por un momento, pero no se detiene más en ello, y regresa su atención al padre.

El padre llega al colmo de los colmos: se pone a cantar como si de una ópera se tratara. Alex siente que ya no puede contener más la risa, y de plano se para y sale de la sala de velación para calmarse. Graciela, al ver que su hija sale, le ofrece a Juan que se siente a su lado, pero él, dándole a entender que no quiere atravesarse e interrumpir la misa, se niega.

Álvaro, quince años menor que Graciela, al percatarse de que su cuñado Juan no se sentará con su hermana en el lugar que había dejado Alex, ocupa el lugar. No porque quiera estar en la misa, sino porque se le parte el corazón al ver a su querida hermana, toda "Deber Ser", toda ceguera, triste por el dolor de perder a su papá, pero pronto rota por otro dolor del que ni sospecha aún, y el cual él ya conoce.

Alex, recuperada, regresa a sentarse al lado de su madre, pero se para en seco al ver a su tío Álvaro (su consentido, por irreverente, por gay) sentado con su mamá. Entonces observa algo que nunca antes había visto. Su mamá y su tío Álvaro son igualitos, con varios años de diferencia, pero parecen gemelos idénticos, salvo también, que son de sexo contrario. Si su madre supiera... Si tan sólo. Y pronto lo sabrá. ¿Cuál será su reacción?

Detrás del padre, Juan evita la mirada de Graciela, ¿cómo decirle ahora? Se siente incómodo rodeado por su familia política. Detesta a su suegra, que en esos momentos se comporta como anfitriona de boda, recibiendo las visitas con una amplia sonrisa y manteniéndose ajena a la misa. Sabe que tiene que decírselo, enfrentarlo ya, pero ¿por qué justo cuando ha muerto el abuelo? Está por ocasionarle un dolor inmenso, que se juntará con la pérdida de Don Alfonso. Si tan sólo pudiera postergarlo...

Observa a Graciela, su mujer. Un mar hay entre ellos. Un mar inabarcable, denso, peligroso. Mira ese mar con sus oleajes, cuando al otro lado del padre, sus ojos se encuentran con los de Graciela. Graciela lo ve a través del mar. De ese mar que hay entre ellos, ahí mismo y ante todos. Graciela lo mira a través del agua, medio borroso, lejano, inalcanzable.

Graciela se sorprende preguntándose quién es ese marido suyo, ese hombre. Los brazos y las manos del padre se interponen entre sus ojos y los de su marido, cuya mirada incómoda acaba de huir de la suya. Se pregunta, furtiva, rápidamente, si en verdad lo ama aún. Pero tan pronto como se plantea la pregunta, la zanja con la certeza de que su matrimonio es hermoso, está bendecido por la permanencia, y Alex es el fruto innegable de ese amor.

Cuando el Padre da por terminada la misa, Graciela se percata de que Álvaro, su hermano más joven, está sentado a su lado y le estrecha la mano. Nunca ha tenido claro qué siente con respecto a Álvaro. Lo ve brutalmente guapo, lo adora, pero hay también algo que no le agrada. A veces ha llegado, incluso, a sentir rechazo por él, pero no encuentra ninguna razón específica. Pero ahora que está ahí, claramente acompañándola a ella, vuelve a escuchar la voz de su papá, cuando se refería a Álvaro – "Al fin que éste ni es mío"-. Sí, eso decía su papá, que

Álvaro no era suyo. ¿Sería por eso que ella se asqueaba con Álvaro? ¿Por ser ella la consentida y Álvaro el desconocido? ¿Por qué, si no? Graciela se pierde en estos pensamientos. ¿Será ese el contenido de la carta? ¿Que Álvaro es hijo de otro hombre? ¡Claro! ¡Tiene que ser! Por ello su mamá no deja salir el asunto a la luz, ¡porque se expondría a sí misma en una infidelidad tremenda!

Graciela se retira a su mente. Fuera, a lo lejos, escucha continuamente que le hablan, pero no sale de sí misma. Está en otro planeta, lejos de todos. Mira sin mirar, hasta que sus ojos llegan a Alex. Lorena, la *roomate* de Alex ha llegado y la abraza. <Ojalá con su amiga llore y lo saque todo, porque conmigo no se permite romperse, quiere ser inquebrantable>. Por la manera como Lorena abrazaba a Alex, Graciela da por hecho que Alex llora al fin la muerte de su abuelo. <Ojalá conserven esa amistad, sobre todo si, como parece, las dos se quedan solteras por darle tanto tiempo y esfuerzo a sus trabajos. Van a necesitarse mutuamente. No, mejor que las dos encuentren marido y tengan sus hijos al mismo tiempo, como Bárbara y yo, para que se acompañen en todo, sobre todo si yo le llegara a faltar a Alex, dios no lo quiera, pero ella sin hermanas...

Como sonámbula, Graciela recorre el resto del día. Un café tras otro, intentando perderse dentro del vaso, encontrando en él un refugio de todo y todos en la funeraria. El reloj avanza lento, muy lento, hasta que por fin la noche se acrecienta en el firmamento. Graciela, junto con Juan, regresa a casa. Se tumba en su cama, pero no lo espera a él ahí, no lo quiere ahí. Sin embargo, pronto escucha el sonido del coche, de la puerta del garaje, y comprende que se ha ido. Juan se ha ido de nuevo dejándola sola la noche de funeraria y velorio. Con los puños reventados en coraje, se clava en la noche, en la cama y cae vencida de tristeza y cansancio.

No se da cuenta ni cómo, pero la noche ha transcurrido y el despertador la tira de la cama. A duras penas vuelve a ponerse en pie para asistir al panteón. Está tan perdida dentro de su mente, que no se percata de cómo ni cuándo ha llegado ahí, pero se encuentra ya entre las tumbas. No ve las flores, ni entiende las palabras. Está sumida en un dolor desgarrador. Su mirada comienza a extenderse entre las tumbas, y pronto sus pasos la llevan hacia allá. Lápidas con nombres y fechas... ¡Tanta gente! ¡Tanta muerte! De pronto está buscando tumbas de niños... Algo en ello le da paz, y es que si los niños han atravesado la muerte, su padre puede hacerlo también, sin más peligro que el que trae el propio morir.

Sus hermanos la buscan, pero ella les rehúye. No tiene nada más que tratar con ellos, no por ahora. En estos momentos existe un solo sentimiento, un solo pensamiento, una sola palabra: Papá.

Juan está presente, pero distante. Alex pegada a Lore. Los tíos cabizbajos... Graciela siente que es ella quien muere.

El aire se ha ido poniendo pesado. La tierra ha caído sobre el ataúd. Ahora sí, Don Alfonso ha terminado su existencia, y su voz calló lo que tenía para decir. El silencio se pasea por entre las tumbas. El sol las pisa agachando sus sombras. El tiempo, aunque lento, ha pasado. Es hora de irse a casa.

CAPÍTULO 5

El Abandono

Abrázate como sólo el sol y el viento lo hacen, porque para los demás, la vida está en soltarte.

BAJA UN PIE del coche y mirando su zapato, pisa temerosamente. Siente que este es el primer paso en la triste vida sin su papá. Ha llegado a casa después de arrastrar las horas del día entre tumbas y capillas, escurriéndose de las miradas lastimosas de sus hermanos, manteniendo una amurallada distancia de su madre. Sabe que respira, porque es lo único que siente, lo único que escucha. Flotan sus pies o simplemente no existen. Le pesan a cada paso, y desaparecen. Respira sí, lo que implica que vive, y eso, hoy, le parece una cruel condena.

Entra a la casa, la cual se ha vuelto vasija que amablemente recibe su llanto. Las paredes se han tapizado de liquidas lágrimas. Los sillones blancos, el piso de madera, los libreros... Todo hecho de sal, de sal primaria, oceánica, amniótica... reflejo universal del origen de la vida, oleaje humano del dolor. Apenas hace una semana que vivió la felicidad de su cumpleaños y luego, de sopetón, le cayeron los días lúgubres que ha vivido esta semana. La vida, a veces, no tiene clemencia. Cada día de esta semana le ha echado el lazo, y la ha zangoloteado como volador de Papantla. Centrífugos giros sin control. Vértigo. Envuelta en su silencio como mujer en rebozo, se dirige a la sala.

Juan le sigue en silencio, cabizbajo. El pecho se le comprime, lleva a cuestas su propio dolor. No el ardor y el vacío que pintan el interior de la víctima, no. A él lo constriñe el dolor de la culpa. Y no es la culpa del hecho en sí, sino del tiempo presente. Juan sabe que la coincidencia de tiempos es la responsable de haber entretejido estos dos sablazos que la vida está asestando a Graciela, el de su padre, y el que él está a punto de pronunciar. Sí, Juan se sabe responsable del hecho, pero el dolor de que Graciela tenga que vivirlo simultáneamente con la muerte de su papá es cosa del tiempo, de cómo éste ha ido hilvanando los sucesos, de cómo éste ha ignorado que coincidencia tal puede llevar a la locura a cualquier mente, por más cuerda que sea.

En la sala, Graciela se dirige a la cantina. Se sirve del Xtabentún que su papá le trajo desde Hol Box, cuando todavía era fuerte, era inmenso, eterno. Se deja caer en un sillón.

Juan se sienta abatido y fuerza las palabras dentro de la voz:

- Tengo que hablar contigo.
- No tengo ganas, no tengo oídos, sólo tengo vacío.
- Lo sé, y lo siento mucho, aun así, no puedo posponer esto.
- Haz lo que quieras, eres libre, pero hoy no estoy aquí ni contigo. Soy sólo lo que ha quedado de la muerte de mi padre. Soy como su ceniza. Nada me importa, nada me ilusiona, nada me brinda aliento.
- Graciela, sé que me ausenté toda la semana, que no estuve cuando me necesitaste, cuando tu padre moría y un abrazo era lo único que pedías, y créeme, lo siento en el alma.
- ¿Qué te traías? No contestabas, no aparecías. ¿Era trabajo? ¿Era el golf, o el Super Bowl te tenían cegado?
- Graciela, me voy.
- Vete pues. Yo ya he abierto las manos, lo he soltado todo. ¿Sabes? Todo se me resbala hoy, hasta mi propia vida.
- Lo entiendo.
- ¿Vuelves?
- No.
- ¡¡¡¿Me estás diciendo que me dejas?!!!
- Graciela, hemos tenido un matrimonio bueno, armónico, sereno.
- ¿A qué viene al cuento eso?
- Alex ha crecido ya, no necesita que sigamos una vida conyugal tan estéril, tan ficticia.

Graciela se pone de pie, aprieta fuertemente la copa en su puño. Ese puño que sentía haber abierto soltándolo todo, en este momento se aferra a la copa como si ésta contuviera su vida entera.

- ¡Un matrimonio amoroso, estable!
- Vacío.
- ¿De qué estás hablando?
- Graciela, tú no eres creyente, pero has llevado este matrimonio como si lo fueras. Todo debe de estar metido en el esquema del matrimonio perfecto, tú en tu papel de esposa y madre entregada, y yo en el mío de hombre proveedor, fiel, íntegro.
- ¿Y por dónde te ha parecido que esas cualidades estén mal?
- Este matrimonio hace años que es un muerto embalsamado. Parece vivo, incluso bello, pero no lo es. No hay fondo, no hay vida, no hay aventura, ni extremos, ni dicha.

Graciela se lleva las manos a la sien, y se talla, como si tuviera dolor de cabeza e intentara calmarlo.

- Juan, de plano no estoy de humor para esto. ¿Qué no entiendes que mi papá falleció? ¿Por qué traer a colación tanta tontería cuando tengo desecho el corazón?
- Siento mucho que tenga que ser justo en este momento.
- ¡¿Lo sientes?! ¿Entonces por qué me sales con esto justo hoy?
- Porque el sábado nació Sara. ¿Te acuerdas que me buscaste y no podías contactarme ni yo comunicarme contigo? Estaba en el quirófano. Sara nació prematura y ha estado muy delicada, lo mismo que su mamá. Por eso no he estado está semana contigo, ellas me necesitan.
- ¿De quién carajos me estás hablando?
- Sara es mi hija. Su mamá, Andrea, ha sido mi amante 7 años. Tenemos otra hija, Emma, de dos años.

Graciela comienza a temblar de rabia. El rostro se le descompone, y el llanto aflora. Con una rabia que se le ha enraizado en las vísceras, arroja la copa contra la chimenea, y ésta estalla en mil reflejos pequeños, rápidos. Ella cae de rodillas y llora. Llora el llanto de todas las mujeres. Llora con la impotencia de quienes han sido violentadas, comercializadas, desaparecidas. Llora los torrentes, los reclamos, las torturas. Ruge. Brama en sus huesos un resentimiento como nunca antes. Grita. Abre los volcanes que queman su voz y su garganta. Deja que el cuerpo se agite y convulsione. Graciela ha caído herida como bandera a los pies del asta.

Juan no se mueve. Es consciente de la profundidad del dolor de Graciela por esta noticia, y aunado a la muerte de su padre. Se hunde en el sillón, quisiera desaparecer. Ser responsable de este momento en la vida de Graciela le pesa como nada nunca antes. Sabe que no ama a esta mujer que ha sido toda rigidez, pero sí le tiene cariño y agradecimiento por tantos años compartidos, por Alex, y porque finalmente, Graciela es una buena mujer de le ama. Se hunde en el sillón y lucha consigo mismo, pues un resorte en él lo impulsa a brincar, ponerse de pie, y acercarse a esa mujer que delante de él llora en el piso, sangrando por una estocada que él, sí él y nadie más, le acaba de arremeter. Pero se controla, se vuelve un frío amurallado. Debe ser firme y distante porque hoy se va y ya no vuelve. Mantenerse claro y enfocado, pues la pequeña Sara está suspendida en el limbo que se encuentra entre el vivir y el morir. Le necesita aún más que Graciela, lo mismo que Andrea e incluso Emma.

Él nunca planeó que Sara naciera el mismo día en que su suegro falleciera. ¿Quién podría saber? Las cosas pasaron así, porque así es la vida. Pero tener consciencia de esto no le da descanso a su ánimo, por que ama a Andrea. La ha amado desde hace años. La ha amado con la libertad y la voluntad de hacerlo, y es este hecho y no la fecha, lo que tiene a Graciela hecha pedazos en el suelo. Juan aspira profundamente incómodo. Mira al techo, a la chimenea, al ventanal. Evita mirar directamente a Graciela, quién convulsiona en lamentos de pueblo devastado, humillado, sometido.

- ¿Por qué no me habías dicho antes? ¿Por qué hoy, justo hoy?

- Porque sabía que esto te lastimaría, por eso no te lo había dicho. Y hoy, bueno, hoy te lo digo porque Sara está en peligro. Lleva dos transfusiones, y no puedo separarme de ellas. Ellas son mi nueva vida y yo soy responsable de los suyas.

- ¡Vaya responsable que eres!

- Alex se ha independizado. Ella fue mi prioridad y me entregué a ella mientras me necesitó, pero ahora están Emma y Sara y ellas me necesitan a su lado.

- ¿Y yo? ¿En algún momento se te ocurrió que yo podría contar? ¿Fui tu prioridad en alguna vez?

- Lo fuiste.

- ¿Y aun así me saliste con esto? ¡Nos casamos para toda la vida, Juan!

- Lo sé. Siento causarte tanto dolor.

- ¿Que lo sientes? ¡Nunca hubieras hecho tal monstruosidad! ¡Y ahora esas niñas! ¿Qué culpa tienen ellas de todo esto? ¡Eres tú, tú y tu dichosa esa!

- Andrea. Sí, ella y yo somos responsables. Sobre todo yo, que opté por cambiar el rumbo de vida que me había trazado. Sí, nos casamos para toda la vida cuando éramos jóvenes, pero ya no soy ese muchacho. Hoy soy un hombre que ha cambiado de ruta.

- ¿De ruta? ¡Me has sido infiel todos estos años! ¡Dilo! ¡Llámalo por su nombre, Juan!

- Sí, te he sido infiel durante 7 años, y hoy tengo dos hijas más. No niego mi responsabilidad al causarte este dolor, pero tampoco voy a dejar de vivirlo. No voy a desamparar a Andrea ni a las niñas por evitarte aflicción. Son mis hijas y las amo. A ti te di lo mejor de mi vida durante veintitantos años.

- ¡¿Veintitantos?¡ ¡¿Ni siquiera sabes cuántos años llevamos juntos?!

- No, ya perdí la cuenta. Pero independientemente de la cantidad, te he dado una muy buena vida y seguiré proveyendo para ti. En eso puedes estar tranquila, porque nunca te voy a desamparar.

¿De qué habla Juan? ¿Se ha vuelto loco? ¿Cómo que nunca la desamparará, si hoy mismo piensa salir de la casa para siempre? ¡La abandona sin mayores miramientos!

Graciela estalla.

- ¡No quiero oír más! ¡Vete, si es lo que quieres! ¡Vete con tu fulana y haz lo que quieras! ¡Pero eso sí, si sales de aquí, no vuelvas nunca más! ¿Me oyes? ¡Nunca más!

Juan se levanta del sillón. Titubea. No se atreve a mirar a Graciela, ni a recibir su mirada hinchada de odio y resentimiento. Siente que salir así nada más es una bajeza, pero ¿qué otra cosa puede hacer? Tiene que ir al hospital, Sara podría morir en cualquier momento. Con gran pesar y la cabeza gacha, da unos pasos lentos. Avanza hacía a entrada, pasa al lado de Graciela. Siente la furia de ella, sus ojos clavados en él. Incluso escucha en su respiración a la mismísima hoguera a la que ha sido condenado, y justo cuando va un paso más allá de Graciela, ésta se le va a los golpes. Son golpes débiles de llanto, rápidos de furia, fallidos como estertores de muerte. Y se aleja. Juan se aleja de Graciela, sale por la puerta principal, y avanza hasta la calle sin volver la mirada.

Graciela ha quedado sola.

La soledad es irse para dentro y no encontrar nada más que vacío. Nada por qué luchar, nada por qué vivir, nada para lo cual respirar. Se deja caer en uno de los sillones largos. Siente el abatimiento como cemento en su piel. Y tiembla. ¿Quiénes de sus amigos lo sabían ya? ¿Acaso su fiesta fue algo más que un teatro en el que todos jugaban el papel de inocente ignorancia? ¿Cuantas personas se reían de ella? Juan la ha ridiculizado ante todos. La pendeja que hablaba de su matrimonio como ejemplar, no es sino una engañada, una idiota más.

Decide servirse otra copa, pero al llegar a la cantina, se asquea de sí misma. Se odia. Está claro, ya no tiene para qué vivir. Decide meterse a la cama, quedarse ahí quietecita esperando que la muerte se apiade de ella. Ya no ve a la muerte como una sentencia cruel que arranca el derecho de vivir sin preguntar. No, ahora la ve como puerta final, como única opción que alivie el dolor. La desea.

Sube a su cuarto, sin siquiera darse cuenta, se da un baño. Un baño autómata, ausente. Está parada bajo el chorro de agua, semi- vestida. No se enjabona, no se talla ni se mueve. Su mirada está perdida en la gran nada. El pelo, empapado, navega bajo las cascadas. La lluvia de agua le golpea hombros y espalda, y luego escapa rápidamente por la coladera. Es un ataque continuo, ininterrumpido. Interminables dedos líquidos la recorren sin ser percibidos. Ella es sólo respiración y vacío. Incluso el sonido del agua brincando, corriendo con desenfreno, riendo… Todo se le escapa. Está ajena al mundo. Detenida únicamente en su ser vegetativo. Una existencia sin propósito, sin sentido, sin consciencia.

De pronto está parada al lado de la cama. Chorros de agua cayendo desde su cuerpo y de su ropa se hacen charco a sus pies. Sostiene una toalla en las manos, la mira y se pregunta ¿cómo llegó hasta ahí? ¿Qué hace mojada al lado de la cama? Observa cómo el agua se aleja de ella. Va en busca del piso, y en él, se inventa caminos nuevos. Sí, el agua se aleja de ella, como el último momento con su padre, como su marido, como su hija, como la vida entera. Está atrapada en un silencio interno que nada tiene que ver con paz y armonía, sino con inexistencia. Aún con la ropa mojada, se mete entre los cobertores. Su rostro está desencajado. No puede pensar en nada, el dolor la ha traspasado.

Juan enciende su coche y echa una triste mirada a la casa. A esa casa que fue su hogar por tantos años. Casa que recibió a su hija en esta vida. Con voz apenas audible pide perdón, a ella, a Graciela.

Da vuelta a la Plaza de los Arcángeles y enfila rumbo al hospital. Está partido. Partido porque no quiere dejar a Graciela tirada y derretida en el suelo. No quiere ser el causante de ese dolor. Si la muerte le hubiese sorprendido, ya fuera a él o a Graciela... No es lo mismo dejar a la pareja, que de pronto recibir la viudez como un regalo caído del cielo. Porque si hubiese sido la muerte, sería ella la culpable del dolor y no él. Ojalá la vida le hubiese traído otro amor a Graciela, de manera que ambos pudieran despedirse con una inmensidad en la sonrisa y nuevas alas a la espalda. Entonces no hubiera habido llanto, sino fiesta. Fiesta, bendición y agradecimiento. Pero la vida es así. Así su dictadura que no considera las particularidades. Y la vida con Graciela está siendo tremendamente cruel. Eso de traer al mundo a Sara el mismo día de la muerte de Don Alfonso... Eso de él salir de la casa para no volver cuando ella ha quedado desamparada de quien más ha querido en el mundo. ¡Que la vida no siga sembrando llanto! ¡Que Sara recupere peso y salga adelante para que pueda abrir los ojos y mirar la luna, los colores, tantos rostros... Que pueda dar pasos con sus pies, y tomar cosas con sus manos, y saborear tantos sabores... Que pueda sentir cosquillas, cariños y besos. Que su boquita crezca para reír, para poner en voz sus pensamientos... ¡Que Sara viva!

Graciela tiembla de frío. La consume tanto que siente sus huesos con la piel adherida a ellos. Por más que se hace un ovillo, ya no encuentra calor: ha mojado las cobijas. Se levanta, va a su vestidor y se enfunda una bata tras otra. Escoge sábanas limpias y regresa a la recámara. Intenta quitar las cobijas mojadas, tira de ellas, las jala... No tiene fuerza. Vuelve a intentar... Impotencia. No tiene fuerza y no puede quitar las sábanas mojadas. Se enoja, grita, jala, pega, estalla. Pelea con su cama, con su cama que no suelta las sábanas, sino que se aferra a ellas para contrariarle a ella. Cae al piso enrollada entre los cobertores. Recarga la cabeza contra el lado de la cama y llora. Es un llanto débil. Un llanto que no puede correr porque no lleva impulso. Un llanto que da pasitos quedos alrededor de ella. Un llanto que sale al pasillo, baja por la escalera, avanza sobre el piso de madera y se instala en la sala junto a los otros llantos, los anteriores. Hoy las lágrimas guardan silencio. Saben que no son las únicas. Preparan el espacio para las que vienen, porque para Graciela, la negrura apenas comienza…

CAPÍTULO 6

El Abrazo

Observa que cuando el viento sopla, las hojas se desprenden
y caen.
Así también, cuando el viento
sople en tu vida, no te resistas,
suéltate y déjate llevar como las hojas del árbol al caer.

DUERME... DUERME SIN intención de despertar. Juan se ha ido como la sombra tras el día. Vuelcos de la vida que para nada vio venir. Remonta las horas de sol anudándolas con las de luna. La vida no puede tener sentido sin los abrazos más queridos. El día brota sin caricias... ¿hace cuánto? ¿Hace cuánto que sus canas se tiñeron de agua fría? Sí se amaban, eso lo sabe, se amaban y corrían juntos por la vida, ¿o era una creencia flácida? ¿Una simple ilusión unilateral? ¿En qué vuelta de la esquina comenzó a nacer esta nueva trama de su vida? ¡Que desolación! Recuerda cómo su madre se había referido a su papá: "un despojo". Resuena la palabra dentro de sus oídos. Da vueltas en el caracol, se golpea entre el yunque y el martillo, para rebotar una y otra vez contra su tímpano. Despojo. Eso es lo que ella es ahora, así se siente, un despojo de su propia historia, de la Graciela que fue, que era, que no es más.

Da interminables vueltas enredándose en las sábanas. La cama ha crecido, y es enorme para un cuerpo que ha quedado lastimado y tirado en el camino. Pero no sólo crece la cama, crece gigantesco el silencio, el espacio, el futuro... ¿Cuál futuro? ¡El abismo! Debe haber alguna manera de pararse, de mirarse en el espejo, desenvainar la espada y enfrentar la vida. Debe haber la forma de impactar de nuevo con la propia risa, ¿pero cómo lograrlo?

Las lágrimas se le han secado. Ya no queda más llanto, y mucho menos rencor, y es que el cansancio es mucho mayor. Es tan grande que incluso le cuesta trabajo tomar aire, contenerlo, absorber el oxígeno y dejarlo salir. Las lágrimas se han secado en las horas pintadas por ambas heridas: Don Alfonso, y Juan… El padre, el marido. ¿Qué es finalmente la vida? ¿Qué sentido tiene que ella esté hoy acostada y devastada sobre un rincón? Cosas que pasan, y las hay incluso peores, pero ésta, ésta es la suya: su herida que la ha partido de tajo. Y no ve cómo seguirá el camino, porque si anda, de seguro se desangra. Mejor quedarse ahí, hecha un circulito en la obscuridad, sin hacer ruido, ni pedir nada, ni actuar. Un vegetal al que lo mesa el viento. Vegetal que no llora ni suplica, no desea, no recuerda, no perdona… porque su tranquilidad la encuentra en el existir sin más.

En los sueños abre alas y vuela, estira las piernas y corre, desdobla los puños y dejar ir… pero en cuanto el ojo se abre, recuerda. Retoma su historia, no puede cortar el hilo que la ata a ella. Son los días de los que se compone su paso por el mundo. Quisiera correr lejos de sí misma. Arrancarse la piel, quitase el cuerpo y escapar de todo lo que la implica. No tener cara que dar, porque lo más difícil, le ha parecido ahora, será volver a encarar la mirada del mozo y la sirvienta, de la hija, de los hermanos, los amigos y la madre. Dará lástima, lo sabe. Dará lástima y eso es un peso muy grande. Si tan sólo tuviera un trabajo por el cual mirar. Si sus días fueran de emociones, luchas, planes, logros, citas, horarios, empresas… pero su vida ha sido la caricia al marido y el abrazo a la hija, y acabados ya éstos, su vida es ceniza sin muerte, o muerte con mirada. Si tan sólo pudiera hacerse una sola con el rayo de sol que cae sobre su brazo desnudo. Si pudiera borrar estos días, o acostarse al lado de su padre, ahí adentro de la tumba, y cerrar los ojos allá donde nadie la toque nunca más. Nadie ni nada, miradas, voces, horas, madrugadas.

Pero no puede escapar de sí misma, porque no murió con su padre, sino que vive. ¿Cómo levantarse y para qué? Es más fácil esconder la cabeza bajo la almohada, porque no puede decirse que pueda llorar y que sufra abiertamente. Ha sido tanto, pero tanto el dolor, que se siente un trapo pisado y olvidado, y no le queda ningún golpe en la garganta para llorar. No tiene la fuerza del coraje, no tiene nada que no sea padecer.

Caricia, ha llegado una caricia para ella. ¿Será un secreto de su noche? ¿O un beso lleno de alegría con que el sol la quiere quemar? ¿Qué es eso que siente como un rescate? Está tan acorralada dentro de sí misma que no le es posible comprender qué es lo que pasa, qué lo que la acaricia, si será una corriente de aire, o su padre que ha vuelto a la vida. Y oye, oye que la llama una dulce voz. Sabe que le habla con suavidad, con cariño, con amor, pero está encerrada, amurallada dentro de su propio dolor.

- Mamá, ¿estás bien?

Escucha, pero no entiende ¿o sí? Está tan atascada que lo que oye parece venir como un eco a la distancia. No puede ser la voz de su padre llamándola desde el otro lado del muro, porque los milagros no existen, ella lo sabe. Cuando la muerte llega, lo hace para no dar marcha atrás. Sin embargo, siente la caricia como a través de un guante, y escucha que le llaman por un medio acuático. ¿Acaso ha vuelto al vientre y su vida se está gestando de nuevo?

- Mamá, despierta ma... Aquí estoy contigo.

Abre los ojos y la ve. Alex está ahí, sentada en la cama, mirándola, acariciándola, acompañándola. No está sola, no lo ha perdido todo. Alex se preocupa por ella... Alex, Alex... Dos lágrimas asoman a sus pupilas, forcejea con ellas para no dejarlas salir, pero las lágrimas se imponen, y se lanzan sábanas al aire, quedan estampadas al lado de su hija.

- Vamos ma, te preparo un té, ¿o prefieres un café?

No logra responder, sólo esboza una dificultosa sonrisa. Alex baja a la cocina, y Graciela aprovecha para hablarse a sí misma, convencerse de encontrar entereza en algún lado, por Alex. Porque no sólo ha perdido ella a su marido, Alex ha perdido a su padre. Las ha traicionado. Las ha cambiado por otra mujer y otras hijas. ¡Pobre Alex! ¿Se sentirá como ella? ¿Qué tal si está peor? Graciela siempre tuvo un amoroso padre a su lado, a ella nunca la abandonó su papá, en cambio, Alex vive ese trauma... Están juntas en esto. Lucharán hombro con hombro.

- Te preparé un té verde, pero le puse un toquecín de Mezcal, espero que te guste. Anda ma, siéntate y toma un poco. ¿Quieres hablar?

- Quiero, pero me gana el llanto. Es que no es sólo lo de tu abuelo. No sé cómo decirte esto, mi amor, porque es muy difícil. Tú sabes que lo más importante en mi vida eres tú y que hacerte feliz y darte una buena vida ha sido mi prioridad, pero...

- Ma, ya sé, no te preocupes. Llora si quieres, no tienes que aguantarte. Está bien llorar cuando se necesita, para eso sirven las lágrimas.

- Es que, de verdad no sé cómo decirte esto. Nunca, jamás pensé que esto pasaría con nosotros. No en esta familia, no en esta casa... nosotros somos gente de buenos valores y buena familia.

- Ma, tranquila. Todo está bien. De verdad, por mí no te preocupes.

- Es que, Alex, tu papá... Tu papá y yo nos vamos a separar, creo, no sé. Se fue de la casa, me dejó.

- Ma, de verdad por mí no te preocupes. Vamos a ver qué necesitas tú.

- Me dejó, Alex, nos dejó. Pero no me entiendes. No se fue un par de días. Se fue para siempre, sin decir nada, sin pelearnos, ¡nada! Me dejó sola. ¿Qué voy a hacer con mi vida? Yo vivía para mi familia. Me siento perdida.

- Mamá, no te voy a dejar sola. Te voy acompañar en esto. Vamos a ver qué necesitas tú, pero antes debes levantarte, ponerte guapa.

- ¿Para qué? No voy a salir ni a ver a nadie. No espero visitas, ni tengo ganas. No trabajo, no voy al club, ¡Nada!

- Te vas a bañar y a vestir no por que vayas a ver a alguien, sino por ti, por ti misma. Mira, esta semana no voy a trabajar, así que se me ocurrió que la pasemos juntas. Báñate, ponte guapa y vámonos a pasear.

- ¿A dónde? ¿A hacer qué?

- ¡Lo que queramos!

Graciela da gracias por su hija. Sí tiene un motivo por quien vivir, y está ahí, a su lado. No tiene ganas de salir de la cama, mucho menos de moverse, caminar, bañarse. Pero Alex se lo pide, y ella es lo único que le queda. Quizá eso de pasar una semana juntas realmente le ayude. Se levanta, pues, al terminar el té. Escoge unos pants, y se mete a bañar. Pero mientras se baña, Alex cambia la ropa. No dejará a su mamá salir en pants. Si su madre se abandona a sí misma ahorita, difícilmente saldrá adelante. Debe arreglarse, echarle ganas. Ella tiene algunos planes para Graciela. Aunque suene trillado y superficial, se la llevará de shopping y al cine. Otro día la va a llevar a las lanchas de Chapultepec, también visitarán Xochimilco, el Museo Franz Mayer y el Soumaya, el acuario

Inbursa y el Zoológico. Cosas que no han hecho desde que ella era pequeñita. Tonterías que puedan resultar divertidas. También ha ideado cómo convencer a su madre para que busque un trabajo. Trabajar le dará sentido de vida, un motivo por el cuál levantarse, porque Alex estará una semana con ella, pero sólo una, y después regresará a su propia vida dejando a Graciela encarando la suya.

Graciela sale ya arreglada. Se le ve triste, demacrada.

- Anda ma, vamos a ir de compras. Hace muchos años que no compartimos una tarde de *Shopping*.

- Alex, lo menos que quiero ahorita es ir de compras. No tengo ánimo, de plano.

- Ma, regla número uno: quien importa eres tú. Gozar cada día de tu vida, aunque sea una sola cosa. Ir juntas de compras es algo que las dos atesoramos. ¿Por qué no habrías de gozarlo hoy?

- ¿No me entiendes, mi amor? ¡Tu papá me ha dejado!

- Lo entiendo ma, pero tú no vales por cuánto te valore mi papá. Tú vales por ti misma. Y tu felicidad no depende de él, sino de ti. Así es que hoy vamos a hacer de este día una aventura maravillosa solo para ti y para mí, ¿vale?

- Ay, Alex, que bueno que viniste.

Alex lleva a Graciela a un gran centro comercial. Sabe que su papá seguirá proveyendo para su madre, y ella también ya genera un buen ingreso, así es que va dispuesta a gastar cuanto se les antoje. Abraza a su madre al caminar a su lado, la hace sentir su mejor amiga, su compañera. Entiende el dolor que está atravesando Graciela, pero también ve que la vida es mucho más grande que llevarle la casa a un marido, aunque ese marido sea su propio padre.

Graciela se siente dividida. Por un lado tiene un gran dolor clavado en el pecho, por el otro siente que hoy, gracias a que Juan se ha marchado, ha vuelto a hacer equipo con su hija.

Alex ha decidido hacer de este día algo verdaderamente divertido. Mete a su madre a un probador, y le pasa ropa inmensamente grande. Le pide que se la pruebe, le toma fotos, y ambas ríen hasta casi orinarse. Se ponen sombreros con pelucas, lentes obscuros y guantes. Ropa cursísima, vestidos ultra escotados. Se comportan como niñas traviesas por todas las tiendas. Zapatos altos de tacón con peluche, collares tan largos que les llegan a las rodillas, sombreros de ala tan ancha que las hacen ver como tachuelas. Carcajadas que las doblan de risa. Lágrimas de gozo. ¡Qué lindo es cansarse así!

Finalmente se compran un par de sacos y varias blusas. Cargadas de bolsas con logos de varias tiendas, se sientan a tomar un café y a descansar.

- Hace mucho que no nos divertíamos así, ¿no crees, ma?
- Sí, y te lo agradezco mucho. Pero no podemos escapar a la realidad tan triste.
- ¿Qué realidad, ma?
- ¡¿Cómo qué realidad?! ¡Tu abuelo ha muerto, y tu papá se fue de la casa! ¡Esa realidad! ¡¿Te parece poco?!
- Ma, mi abuelo vivió una gran vida, y larga. Eso es una bendición a la que todos los demás aspiramos. Y mi papá, bueno, él tendrá su vida, pero ahora tú eres totalmente libre para hacer lo que se te de la gana sin darle cuentas a nadie. Y ni siquiera tendrás que preocuparte por dinero. Tu única preocupación, de ahora en adelante, será ser feliz. Dime si no es otra bendición que toda mujer en el planeta quisiera.
- ¿Cómo puedes decir eso?
- Ma, no nos queda otra manera de verlo. Porque interpretarlo y vivirlo se puede de muchas formas, pero no creo que haya otra forma de verlo que sea realmente constructiva, y lo que nos toca es hacer de esto lo mejor para ti. ¿O qué, prefieres vivirlo como víctima y tirarte a llorar todo el día? Vamos, si puedes ahora dedicarte a visitar a tus amigas, ver a mis tías, comer en la calle todos los días, viajar por el mundo… ¡Tienes todas las posibilidades ante ti!
- Pero ¿y lo que siento? ¿Crees que es tan fácil tirar toda una vida de matrimonio así como así?
- No ma. Para nada. Pero sí creo que tu vida estaba muy limitada por el matrimonio. Sólo vivías para eso, no había nada más en tu vida, y ahora se te abren todas las posibilidades, no tienes límite. Bueno, la actitud mental puede ser lo que te impida realizarte ampliamente, por eso es importante poner todo el enfoque en las posibilidades que se abren, en los caminos nuevos, y no en lo que ya quedó atrás, queramos o no.

- Sí Alex, pero no hablamos de un pasado de hace 10 años. ¡La semana pasada era una mujer casada y con papá, y mírame ahora! No puedo decir "ahora ya no voy a tener marido y voy a ser la mujer más feliz del mundo" ¡No! ¡Son muchísimos años de matrimonio, y ni lo vi venir!

- Ma, evidentemente tendrás un duelo, pero será tan largo y atascado como tú lo hagas. Yo creo que si tienes todas tus necesidades resueltas, pues debemos enfocarnos en que seas inmensamente feliz, y en eso, para nada dependes de si mi papá quiere estar en la casa o no.

- ¡Claro que dependo de tu papá! Él es mi marido, o era...

- Ma, si dependes de mi papá para ser feliz, es que eres codependiente.

- No me entiendes Alex. ¿Qué voy a hacer yo sin tu papá? Toda la vida he vivido para él. Eso soy, su esposa. Mi vida está en resolverle a él la suya. En tenerle la casa lista, la ropa limpia, la comida deliciosa... todo es para él. ¿Yo para qué querría viajar sin él? ¿Ir al cine sin él? ¿Cómo crees que voy a querer ser feliz sola? ¡Si ni que fuera viuda!

- Ma, si te has definido todos estos años en relación a mi papá, te has quedado corta. Eres mucho más que una servidumbre para mi papá. Eres una gran mujer, y si todos estos años te limitaste a atenderlo a él, ahora puedes ir más allá y crearte a ti misma, encontrar tu propio valor.

- No es limitarme, Alex, es entregar mi vida por amor.

- Ma, cada quien entiende el amor a su manera. Unos lo equiparan a la codependencia, otros a la costumbre, otros al compañerismo. No sé si estabas todavía enamorada de mi papá, locamente. Eso sólo tú lo sabes. Que estabas acostumbrada a hacer todo con él, sí. Que tu vida funcionaba en torno a ser su esposa, también. Pero que eres mucho más que eso, yo no tengo duda. Que antes te limitaste, por amor o por costumbre, a tu papel de esposa y ama de casa, estuvo bien. Pero ahora ha llegado tu momento, no que tú lo hayas querido, pero te ha llegado, de encontrarte a ti misma. De definir tu valor no por lo que eres para mi papá, sino por lo que eres tú. De que tu vida sea para ti, tus ratos libres, tus vacaciones, tus menús, todo...

- Alex, vivir para mí, viajar sola, comer sola, ¡suena desolador! ¡Por no decir egoísta! ¿Dónde está el amor y para quién?

- Ma, el amor está en ti, y es para ti. Primero para ti, y de ahí es de donde debe desbordar a los demás. No se puede ser una fuente de amor cuando no nos amamos ni valoramos a nosotros mismos por quienes somos. La sociedad se encarga de decirnos que nuestro valor está en función de lo que hacemos, logramos, decimos, cómo nos vemos, etc. Eso está mal. Nuestro valor está dado por el ser que somos, nada más que por eso. Y en ese existir que tenemos, viene el gozo del vivir, el amor a nosotros mismos como milagro de la naturaleza. Ya lo que sigue es una fiesta de vida, todo poesía, una danza con el universo. Y todo lo que hagamos será un regalo de amor, para el mundo entero.

- Y entonces, ¿por qué me siento tan triste?

- Porque tu ego está herido. Te han abandonado, te han dicho que no eres lo suficientemente valiosa. Y no mi papá, la sociedad que te educó a pensar que si te dejaba tu marido, era porque habías fallado, porque no eres lo suficientemente buena en la cama, o guapa, o joven, o lo que sea. Pero es tu ego el que está herido, no tu amor.

- ¿Cómo que no mi amor? Si yo he amado a tu papá. Me casé para toda la vida, y me entregué a él todos los días durante años. ¡Eso es amor, y no lo que viven ahora los jóvenes, sin compromiso! ¡Yo me comprometí por amor!

- El que está herido es tu ego, porque te duele que mi papá te deje. Pero eso no tiene que ver con amor. El amor es un regalo, una entrega que no pide nada a cambio. El amor es tan poco egoísta, que busca la dicha de la otra persona, y si la dicha de la otra persona está en otros brazos, se le deja ir sin tristeza, sino con bendiciones, porque nuestra dicha está en la dicha del otro. Es decir, que si realmente es amor lo que te une a mi papá, te regocijas en el hecho de que haya encontrado alguien más con quien ser feliz. Pero si te duele, en cambio, es por ego, no por amor.

- ¡No te entiendo! ¿Cómo puede ser que me ponga feliz el que tu papá tenga a otra mujer? ¡Si no lo amara, pues sí, me daría lo mismo! Pero es mi marido.

- "Es mi marido" no es una frase de amor, sino de posesión.

- Bueno, no me entiendes, y ya me estoy enojando, así que mejor cambiamos el tema.

- Está bien, si prefieres cambiar de tema, lo cambiamos.

- Pero tampoco te me hagas tan enterita. A ti también te dejó tu papá. Y es que no te he dicho, pero no sólo tiene otra mujer, tiene también otras hijas. Lo siento mucho, Alex, pero tu papá…

- Ma, yo no lo siento. Yo te quiero mucho a ti, y también a él. Haber nacido de este lado del cordón umbilical no me da derecho de dictarles a ustedes cómo yo quiero que vivan sus vidas. Yo los quiero tanto que quiero que sean felices, como ustedes quieran. Son totalmente libres. Ustedes me han dado toda la libertad de encontrar la felicidad donde, como y con quién yo quiera, pero lo mismo aplica a ustedes. Yo no tengo problema con eso.

- Se oye muy bonito todo eso. Lástima que nada tenga que ver con la realidad.
- Ma…
- Cambiemos el tema.
- Ok, vamos al cine. Hay una película que te va a encantar.

Ambas caminan al coche en silencio. Cada una sumida en sus propias reflexiones. Sus brazos cargados de compras, sus pasos de historias. Dejan las bolsas en el coche, y vuelven al centro comercial. Compran los boletos, entran al cine. Alex abraza a su mamá. La conoce. Sabe que el duelo ni siquiera ha comenzado. Que el camino será tortuoso, pero no por el camino en sí, sino por la manera como seguramente lo transitará su madre. La conoce, y no será acción ligera el que suelte sus cimientos tan fácilmente. Alex espera que en las pláticas que vayan teniendo en estos días, pueda dejar una semilla, aunque sea pequeñita, para lo que aún está por venir.

La película ha estado hermosa. Una mujer cuyo único hijo muere de pronto. Envuelta en dolores inmensos, la mujer decide acostarse, cerrar los ojos como si de un telón se tratase, y esperar que la muerte la reúna con su hijo.

Alex y su madre lloran toda la película. Lloran a moco tendido. Lloran porque ven la fragilidad de la vida en esa pantalla. De la vida de todos, de cada uno, la de ellas…

CAPÍTULO 7

La búsqueda

Un murmullo en la vida siempre lo hay, que nos quiere decir algo, que nos impulsa a continuar el camino brindando una dosis de suspenso.

LA SEMANA HA transcurrido lenta, temblorosa danzante dando tumbos entre la paz y la depresión. Esa es la vida, reconstruirse nuevamente a cada paso. ¿De dónde sacará fuerza Graciela para enfrentar los años por venir? ¿Qué sentido tendrá su vida sin su padre, sin marido, sin ser necesitada como ama de casa ni como pareja, y menos siendo la hija predilecta de un padre ido?

Por 7 días ha estado cobijada en el abrazo de su hija. Juntas han remontado las horas, llenándolos de risas, de llantos, de esperanza. La vida de su hija es ahora su prioridad, encontrarle un marido, verla casada y dejar que la casa se inunde de nietos, y con ellos renazca la vida nueva. Sí, de ahí vendrá su fuerza, su plan de vida reestructurado.

Alex se ha quedado la semana entera en casa de Graciela, pero hoy vuelve a la suya. Sabe que ha sido un ancla importante para su madre, que su presencia la ha detenido en la caída, evitando un derrumbe, un colapso total. Ahora teme que regresar a su propia vida, poner distancia sana de por medio, sea el detalle que arroje su madre al abismo. No desea que ella sufra tanto que el sinsentido la empuje al huracán de pastillitas locas sin las que los días se vuelven un ansia sin sentido, como tantas de sus amigas que recurren a pastillitas para todo, y sin las cuales, sus mentes ya no son sanamente funcionales, menos aún quiere que a su madre la depresión le susurre el suicidio al oído. Por lo tanto hoy, antes de irse pondrá ciertos ladrillos bajo los pies de su madre, para que los pasos próximos tengan algo de sustento. Ambos ladrillos serán un motivo para levantarse y vivir un día más con sentido, con un objetivo claro, salir de sí misma y tocar y ser tocada por otras vidas.

Alex sale de bañarse y le manda un msj a Lore:
"Paso por ti al aeropuerto. ¡Qué difícil ha sido esta semana!, pero ha valido la pena. Te veo en un rato. ¡Que ganas de estar de vuelta en casa!"

En la cocina platica con Jovita y le ayuda a preparar el desayuno. Ha decidido que hoy, en vez de subir el desayuno para tomarlo en la cama con su madre, lo servirá abajo, para que desde hoy Graciela se acostumbre a bajar para desayunar, que es el primer paso para moverse, para que no se quede en cama el día entero. Pero no se decide si servirlo en el comedor o en la cocina, porque si hoy desayunan en el comedor juntas, mañana lo hará su madre sola, totalmente sola, y eso le va a caer encima como el telón final. Por otro lado, si lo hacen hoy en la cocina, Graciela se sentirá incómoda, porque para ella, Jovita es gente de servicio con la que no se convive a grado tal de desayunar en su compañía. Finalmente, imaginando los días de Graciela por venir, Alex decide que desayunarán en la cocina, ya que poco a poco su madre podrá ir valorando a Jovita más como persona y disfrutar su presencia y su amistad, dejando de lado su clasismo, porque entre la soledad tan devastadora que vivió los días pasados, y la presencia de Jovita como única compañía, lo segundo llegará a ser muy valorado por Graciela. Alex le pide a Jovita que espere un poco, que aún no tenga todo a punto para que no se enfríe, porque va a hacer que su madre se bañe antes de bajar, o será difícil retirar de su alma la fodonguez, tanto como quitarle la piel a un muerto.

Alex sube las escaleras, entra al cuarto de su madre, la despierta con cariño, y la urge a bañarse, que el desayuno ya está casi servido.

- Pero ¿no vamos a desayunar aquí, como todos los días?
- No madre, hemos tenido una semana increíble juntas, pero hoy tenemos que volver al mundo real. Así es que vamos, la vida no es desayunar en cama todos los días. Ándale, báñate ya y yo te voy escogiendo algo de ropa para que salgas guapísima al día.
- Alex, en verdad no tengo ganas de bañarme hoy ni de levantarme. Ayer me dijiste que las salidas de paseo habían terminado, así que hoy pensé en quedarme en cama viendo películas. Hace mucho que no hago algo así.

- ¿Quedarte en cama? ¡Te lo prohíbo! Te levantas, te pones guapísima, bajamos a desayunar y ahora sí, nos sentamos a hablar seriamente de los cambios que se vienen y de lo que harás con tu vida de ahora en adelante. Nada de cama ni peliculitas. ¡A enfrentar la realidad y hacer de ella algo hermoso!

Y un poco como empujándola, Alex logra que su madre se levante y entre al baño mientras ella le escoge algo cómodo y moderno para que vista. La insta a peinarse y maquillarse bien, a tender la cama y ventilar la recámara. ¡Que la brisa entre y renueve el estancado aire que impera ahí!

En la cocina, la mesa está puesta hermosa. Jovita, lo que nunca, ha puesto un mantel de encaje, un centro de mesa con hortensias azules y mini claveles rosa pálido, el servicio de plata, y una hermosa vajilla. El sol entra tan descarado como decidido, dando al lugar una suave alegría.

- Jovita, desde hoy mi madre desayuna aquí. Te encargo que la mesa esté siempre tan hermosa como la has puesto hoy. ¡Hay que empezar los días rodeados de hermosura para salir al mundo con el espíritu pleno y una gran sonrisa!

Graciela no dice nada. Se siente como una niña pequeña sobre la cuál deciden otros, y le parece bien. No tiene energía para tomar ella ninguna decisión por el momento.

Terminado el desayuno, Alex invita a su madre a pasar a la sala para hablar de cosas prácticas.

- Ma, mi papá te va a depositar en los primeros cinco días de cada mes la misma cantidad que te ha dado hasta ahora. Además para navidad te va a depositar extra para que no tengas límites, y dos veces al año te va a poner una cantidad extra para que puedas viajar.

- Y ¿con quién piensa que voy a pasar navidad? ¿Qué gastos puedo tener yo sola? ¿Con quién voy a viajar y a dónde? ¡Esto no se arregla con dinero! ¡Es como si quisiera comprarme!

- ¿Preferirías que no te pasara nada y tuvieras que salir a rentar un cuarto y buscar un trabajo que te diera para comer cada día sin saber si te va a alcanzar para pagar el gas, la luz, andar en camión? ¡Toda mujer que se separa o divorcia, sobre todo si nunca ha trabajado por ser ama de casa, sabe que merece que se le pase ese dinero, pero normalmente tiene que demandar y luchar para que se le dé! Tú ya tienes eso resuelto, así es que hay que resolver lo que sigue, que es realmente de lo que quiero hablar contigo ahora.

- ¿A qué te refieres?

- Tus planes, ¿has pensado en algo concreto para hacer con tu vida? ¿Algo que le dé sentido a tus días?

- Pues, no sé. ¡Mira, es difícil! Siempre he sido ama de casa. Tu papá, la casa y tú han sido mi trabajo. Es lo único que sé hacer.

- Pero algo que te de ilusión.

- ¡Mis nietos!

- Ma, claro que me quiero casar y tener hijos, pero eso es el proyecto de mi vida, tú necesitas uno propio.

- Ese es también mi proyecto, porque tú fuiste mi proyecto y tus hijos serán la continuación.

- Pero ma, tenemos gustos distintos, no creo que te encante con quien yo escoja casarme.

- El hombre que te haga a ti feliz, me hará feliz a mi por quererte.

- Mira, eso lo vemos en su debido momento. Por ahora tenemos que enfocarnos a ti. Necesitas un trabajo y tengo unas ideas.

- ¿Cómo que necesito un trabajo? No tengo experiencia más que en ser ama de casa, mira la edad que tengo, y además tú misma acabas de decir que no tengo necesidad de trabajar.

- No tienes necesidad ECONOMICA de trabajar, pero sí personal. Trabajar es salir de uno mismo, tener contacto con gente, encontrar amistades nuevas y frescas, proyectos que realizar. Con el trabajo se abre un mundo, y uno se siente eficiente, satisfecho con dar un servicio.

- ¿Qué no me escuchaste? No tengo experiencia de trabajo, ¡nada! ¡nula! ¿Quién me va a dar trabajo a esta edad?

- Tengo un par de ideas. Claro que no tienes experiencia en trabajo como tal, pero hablas 4 idiomas, así es que vamos a enviar tu cv a varias empresas que se dedican a la traducción. Algunas trabajan con traductores a distancia, es decir, ellos te mandan documentos por mail, tú los traduces y los envías de regreso y te depositan en tu cuenta. Otras se enfocan a traducciones en vivo, de conferencias y cosas así, eso estaría más padre para ti, porque es salir de casa, conocer gente, ¡y a veces hasta viajar! Tengo varios contactos, así que traigamos la compu, y comencemos...

Dos horas y media estuvieron puliendo el CV de Graciela y enviándolo a cuanta empresa de traducciones conocía Alex por su trabajo, más otras que encontraron en línea. Además pusieron posts personales en distintos espacios. Crearon también una cuenta de FB a la que invitaron como amistades a casi todos los conocidos de Graciela, y les participaron la nueva aventura que emprendía. Ahora, para despejarse un poco, Alex lleva a su madre a un par de librerías con café en Coyoacán. Ahí le compra varios libros sobre emplearse uno mismo, trabajar desde casa, organizar tiempos y espacios de trabajo y hogar, etc. Caminan por Coyoacán mirando puestos de todo tipo, escuchando música, observando a la gente. Graciela se siente por fin profundamente en paz, tranquila. Luego se sientan a tomar un helado. Alex lo pide de limón, saca una botella de agua de su bolsa, y vierte un poco sobre el helado.

- ¿Para qué le pones agua al helado?
- ¡Uy ma! Es un viejo truco. No es agua, son un par de tragos de Tequila, pero como están en vaso de agua, nadie se percata. Y un helado de limón con un chorrito de Tequila ¡no tiene madre!
- ¡No hables así!
- Ma, relájate. No estoy insultando a nadie, es sólo una expresión. Hay algo más de lo que quiero hablar contigo.
- ¿Qué más puede haber? ¡Si ya me ha llovido sobremojado!
- Mira, hay algo más que puedes hacer que sentarte a esperar trabajo.
- ¿Cómo qué? ¿Ir a pedirlo en persona?
- Buscar la carta. La carta de mi abuelo.

Graciela se queda helada. Había olvidado por completo la mentada carta de su padre. Ni siquiera sabe si es algo real o no. Pero en cuanto Alex la menciona, un objetivo nítido se clava en su determinación. ¡Claro que tiene sentido de vida! ¡Esa carta se la ha escrito su adorado papá a ella! ¡Es suya y tiene que reclamarla!

- La tiene mi abuela. Eso me dijeron Catita y Nitlahui. Tienes que pedírsela ma, por más mujer de hierro que mi abuela sea, esa carta es tu derecho.
- ¿Y si no dice nada? ¿Qué si son puras incoherencias de vejez?

- Ma, lo que haya querido decirte mi abuelo es precioso por sí mismo, aún si son incoherencias de canas maduras. Aunque personalmente no lo creo así, o sino ¿por qué entonces mi abuela no quería que la recibieses ni que mi abuelo hablara contigo personalmente?

- No tengo fuerza para hablar con mi mamá. Ella todavía se me impone con la sola mirada como cuando era chica.

- ¡Pues esa carta lo vale, así es que ármate de valor! Anda, vamos de una vez. Te acompaño.

- No, debo enfrentarlo yo. Iré mañana, eso me dará fuerza para levantarme ahora que tú no estés.

Terminan su café. Una nueva vida acaba de entrar en sus venas. Su padre le habla ahora desde la tumba, y nadie acallará esa voz.

Alex lleva a Graciela a la casa de San Ángel, empaca sus cosas, le da un abrazo, y sintiendo un gran alivio al ver a su madre con una ilusión clara y definida, sale rumbo al aeropuerto: Lore regresa de su viaje de negocios. Vuelven a casa, ¡que descanso!

Al día siguiente, Graciela se levanta temprano. Se baña y arregla con alegría, desayuna en la cocina, aunque no con Jovita y Artemio, ellos desayunarán después de ella, y sale rumbo a casa de sus padres. En el trayecto, la determinación con la que se había levantado comienza a tambalearse. Claro que tiene el derecho de conocer el contenido de la carta, de llevársela consigo. ¡Es suya! Su padre la ha escrito para ella y nadie más. Pero al pensar en su madre... la fuerza se le hace polvo. ¿Cómo es posible que a esta edad todavía le tema? Tiene que encontrar su centro. Concentrarse en su papá, eso la ayudará. Siente que tendrá que imponerse, no será fácil, su madre se opondrá, habrá que luchar y defender su derecho.

Al llegar, se encuentra con que su madre ha salido. Ahora viuda, doña Elena tiene reuniones de tejido, de canasta, clases de historia, de natación... ¡toda una nueva vida! Al parecer, a su madre le está siendo mil veces más fácil emprender el nuevo vuelo.

- Cata, vengo por mi carta. La carta que mi papá dictó para mí, la del sobre amarillo, ¿sabes en dónde está?

- ¡Uy niña Graciela! Lo siento mucho, pero su mamá quemó la carta aquí mismo, en la hornilla de la estufa. Yo misma lo vi. Estaba muy enojada, no quería que nadie la viera, y en cuanto regresó del sepelio, la sacó de su cofrecito de marquetería donde la tenía, y la quemó.

- ¡No puede ser! ¿Con qué derecho? ¡La carta era para mí! ¿Cómo voy a enterarme ahora de lo que mi papá me quería decir? Él tenía todo el derecho de decirme lo que quisiera y yo de saberlo.

- ¡Ay niña! ¡Qué más quisiera yo que podérselo decir, pero yo nunca leí la carta ni me enteré de nada!

- ¿Y Nitlahui? ¡Ella sabía algo! Se pasó el día entero persiguiéndome por lo de la carta la última vez que la vi. ¿Tienes su teléfono?

- Si niña, aquí en el cajón, mire, aunque lo anoté en este paquetito de cerrillos, pero si quiere se lo copio a un papel.

- No, así está bien. Deja le marco de una vez.

Graciela marca el teléfono, pero le informan que Nitlahui no está en casa, sino trabajando. Pide que le digan que le ha hablado, y deja su teléfono para que se comunique cuanto antes. Menciona la carta amarilla.

En cuanto cuelga, Graciela se despide de Cata. De pronto le han entrado unas ganas irracionales de salir de ahí. No quiere encontrarse con su madre si ella llega de pronto. Siente un coraje primario, salvaje. ¿Cómo se ha atrevido su madre a quemar una carta que no le pertenece? Quiere matarla.

Se sube a su coche y vuelve a su casa. Le marca a Alex para contarle, pero Alex no contesta el teléfono. Le manda un par de msj y tampoco hay respuesta. Está preocupada. La cabeza le da vueltas al asunto, a cada detalle. Se imagina cada posibilidad. ¿Qué podrá decir la carta como para que su madre haya impedido que su papá hablara con ella, luego le haya ocultado la existencia de la carta, para finalmente quemarla? No tiene sentido alguno. Claro que su papá siempre decía que Álvaro no era suyo. ¿Será eso? ¿Acaso la carta es el medio por el que su papá le pide aclarar todo? ¿Hablar con Álvaro? ¿Encontrar a su verdadero padre? ¡Claro! Porque eso querría decir que su mamá había tenido un desliz… ¡Parece cómico el asunto! Su madre de hierro cayendo pecadora a los pies de un amante… ¡Y preñada! Pero entonces… ¿Por qué la carta es para ella y no para Álvaro? ¿Por qué la determinación de su padre de hablar con ella específicamente antes de morir?

Suena el timbre. Jovita anuncia a Nitlahui. En vez de llamar por teléfono, Nitlahui se ha presentado en su casa. En cuanto la ve, Graciela rompe en un inesperado llanto. La presencia de Nitlahui trae implícita la de su padre. Los últimos días a su lado fueron compartidos con Nitlahui. Haciendo algo inusual en ella, se lanza a los brazos de la enfermera dejando las lágrimas correr sin restricciones. Llora un cariño distinto, nuevo. Vulnerable, se permite ser vulnerable.

- Supe que me buscaba por lo de la carta, y vine cuanto antes. ¿Supo algo? ¿La leyó? ¡Cuénteme!

- Mi mamá la quemó. ¡La quemó! ¡Mi carta!

- ¡No!

- Sí, por eso quería verte. Para que me cuentes todo lo que sabes. ¿De qué trataba la carta? ¿Qué decía? ¿Por qué mi mamá no quería que la leyera?

- Pues yo nadita de eso sé. La carta no me la dictó a mi, se la dictó a Julieta, que trabajó ahí antes que yo. Ella se debe acordar, no hace mucho tiempo de eso. La cosa es dar con Julieta, porque ella no trabaja en la misma agencia que yo, es recomendada de otra oficina. Va a tener que preguntarle a su mamá el teléfono, o de perdida el nombre de la otra agencia, y hablar ahí, para que la comuniquen con ella.

- ¡Mi mamá jamás me va a dar el teléfono! ¡¡¿No ves que no quiere que yo sepa nada al respecto?!! ¿Cómo le podré hacer?

- Deme ese teléfono. Yo misma hablaré con Doña Elena.

- Pero tiene identificador de llamadas, sabrá que estás aquí conmigo.

- Entonces de mi celular, pero eso sí, luego me va a tener que ayudar con una recarga.

Nitlahui toma su celular muy decidida. En la espera, a Graciela le comienza una tembladera que la convulsiona toda. Decide salir de la sala, irse a la cocina donde no pueda escuchar nada, porque lo nerviosa que se siente la asusta. Sabe que existen ansiolíticos, pero también que una vez montada en pastillas tales, su vida nunca volvería a deslizarse suavemente sin la ayuda de aquéllas, se volvería dependiente de los químicos, y eso en nada se diferencía de ser adicta a drogas alucinógenas. Intenta poner su atención en otra cosa, repasar la despensa, por ejemplo, pero no lo consigue. Se asoma al jardín de la entrada, nota que las plantas están sedientas, pero es una sed que no clama, no hace ruido, y podrá darse el lujo de no atenderla por el momento, sino esperar a que Artemio les dé de beber agua líquida, limpia.

¿Cómo se da esta conexión entre mente y cuerpo, que la mente se revuelca en pensamientos temerosos y en seguida el cuerpo se agita sin forma de calmarlo? ¿Dónde exactamente el impulso energético de un pensamiento se transforma en impulso energético de reacción corpórea? ¿Qué tan primitivo es este proceso? ¿Y por qué tantas mujeres sucumben a los ansiolíticos en vez de atravesar los dolores dejando el cuerpo arder en las llamas hasta calcinarse? ¿Qué no es eso la vida? Y ella, ¿podrá mantenerse al margen de las drogas de farmacia con todo lo que está pasando en su vida?

Nitlahui la alcanza sonriendo:

- Ya está. Tengo el teléfono de la agencia. Pero yo no tengo muy buen hablar, educado vaya, así es que le toca a usted llamar y averiguar el teléfono de Julieta. No sabemos su apellido, pero con que dé los nombres de sus papás, la dirección y la fecha aproximada de cuando Julieta cuidó a Don Alfonso, yo creo que la localiza fácilmente.

Graciela marca, explica, obtiene un número telefónico. Pero marcar este segundo número no le es tan fácil como el primero. Hablará con Julieta, escuchará su voz... ¿Le pedirá que se lo cuente todo por teléfono, o esperará a hablar en persona? El tono de llamado se desarrolla, cada timbre le parece un paso que la acerca a la carta de su padre. Contesta una voz plácida. Graciela, tomada por sorpresa, ha tardado un poco en reaccionar. Pregunta por Julieta, ella es quien se encuentra al otro lado de la línea, la que ha desplegado esa voz agradable y calma.

- Julieta, soy Graciela, la hija de Don Alfonso. Mi padre falleció. Al parecer tenía intención de hablar conmigo de un asunto que lo tenía preocupado, pero la muerte se lo llevó antes de que su voz pudiera decirme nada. Tengo entendido que te dictó una carta para mí, pero mi mamá la quemó el mismo día del entierro, así es que no he podido conocer el contenido de la carta, ni nada de lo que él me quería comunicar. Supe luego que la carta te la dictó a ti, y necesito que me cuentes todo lo que recuerdes. Es muy importante para mí, ¡que yo supiera eso, fue la última voluntad de mi papá!

- Recuerdo bien esa carta, porque yo no sé escribir bien, aprendí tarde. Fui como el maíz que se siembra después de la temporada: ya nomás no cuaja. Pero acordarme de los detalles que decía, eso ya es otra cosa. Voy a necesitar hacer memoria. ¿Por qué no la veo en un par de días y así me da tiempo de hacer memoria?

- ¿Un par de días? ¡No sé si aguante la espera! ¡Dime por lo menos de qué trataba la carta!

- Pero ¿qué cree? Me acabo de acordar que fui copiando la carta poco a poco para repasar mis letras y mis palabras, porque sí quiero aprender bien eso de escribir de corridito y sin errores. Creo que la tengo por aquí. No la carta suya, sino la que yo copié. No es exacta, pero debe decir casi lo mismo. Espéreme tantito en la línea, en un momento le aseguro si la tengo o no. Permítame.

Graciela escucha los pasos renqueantes de Julieta alejarse del teléfono, Nitlahui la urge a contarle qué sucede. ¿Le ha platicado el contenido de la carta o no?

- ¡Tiene una copia! No sabe escribir bien, así es que copió la carta para practicar. ¡Está buscando la copia!

Los pasos de Julieta se acercan de nuevo. Graciela siente el corazón ya casi fuera de su cuerpo. La respiración se le ha detenido. Nunca, en su vida, había sentido un suspenso como este… ¿Tendrá la copia de la carta? ¿La tiene?

- Aquí está, aquí mero la tengo. No puedo leerla, porque mi letra no salió bien y no sé leer así clarito. ¿Por qué no viene y la ve usted misma? Con suerte logra entender un poco de lo que escribí aquí. Me avergüenza que vea mis letras, pero si de algo le sirve, me dará gusto. Don Alfonso fue un gran hombre, lo estimé como a pocos de mis pacientes, y sí, claramente quería que usted leyera esto.

Graciela anota la dirección. Nitlahui ha decidido acompañarla, pues el lugar es para Graciela como en otro mundo, uno que ella no conoce. Deben llegar en metro y Nitlahui tiene más experiencia en el asunto que Graciela. Nitlahui se siente importante, valiosa. Graciela no tiene idea de cómo tomar el camión, dónde, ni cuál. Menos aún cuánto cuestan camión y metro, por tanto, se deja conducir por Nitlahui. Pero antes de salir, Nitlahui le aconseja dejar la bolsa y quitarse collares, aretes y pulseras, y cambiar la chamarra de cuero por la de pana. Después salen armadas con unas cuantas monedas y sus teléfonos.

- De seguro a Julieta le caería bien si le lleva un poco de pan del Globo. Don Alfonso me contaba que Julieta disfrutaba mucho ese pan, los Garibaldis, sobre todo. Sería un buen gesto de su parte.

- ¡Pero dejamos el coche!

- El camión va a dar vuelta en Revolución, y pasa frente al Globo de San Ángel. Ahí podemos bajar, le compra usted pan, y subimos de nuevo en el siguiente camión rumbo a metro Barranca.

- ¡Gracias, esa idea es magnífica! ¡Qué bueno que tú si traes la cabeza despejada!

Nunca había gozado tanto ir al Globo. Comprar esos Garibaldis le parece como comprar un boleto al paraíso. De regreso al camión, se sientan separadas. Nitlahui al frente, Graciela en la parte trasera. Empiezan a brotarle lágrimas felices. La ilusión por recibir el mensaje de su padre le acaba de borrar de un sablazo todo el sufrimiento de los días anteriores. No se ha comunicado con Alex, su hija ni idea tiene todavía de que ella está a punto de tocar, de sentir la voz del querido abuelo.

La cuidad va pasando por la ventana. Por primera vez mira realmente a la gente. Seguramente todos tienen alguna ilusión en la mente, como también algún sufrimiento. Eso es lo que nos hace humanos. Lo que más se le clava, sin embargo, es esa certeza de que cada persona que ve en la calle, en el camión, en los demás coches, nació un día, es decir, cada uno fue un bebé con hambre, con frío, con miedo. Y todos, ella incluida, se dirigen irremediablemente hacia la tumba, y cada día se acercan más, independientemente de la edad que cada uno tenga. Y se siente unida a todos, parte de ellos, hermana. Hasta hoy solo se había sentido hermanada con la gente de su clase, de su estilo de vida, de su educación, pero hoy se siente humana, como cada uno, como todos. Piensa en Juan, y no siente coraje, tristeza, herida alguna. Es tanta la felicidad que la lleva hacia casa de Julieta, que todo le parece bien, incluso el que Juan haya comenzado su vida con otra familia. Todo está bien.

El camión hace su parada final en metro Barranca. Ambas descienden, se internan en la boca del subterráneo, y esperan el siguiente tren. Nitlahui se ve radiante. La importancia que ella percibía en la carta era real, y ahora ella misma juega un papel central en la localización de la misma. Su corazonada ha dado frutos.

Llega el tren, y con él llega un mundo nuevo, raro. Un mundo ajeno al mundo. Cada parada trae consigo un par de pregoneros. Venta clandestina; gritonas gargantas; bocinas camuflageadas en mochilas; ciegos que quizá no lo sean tanto; huérfanos de quién sabe quién; música andina en vivo; rock con todo y batería... Tanta gente luchando por obtener unas monedas...

Graciela se avergüenza. Ha vivido una vida sumamente privilegiada, y lo ha sabido siempre, pero nunca, hasta hoy, le ha sido tan patente. Entonces piensa en Alex. Alex ha viajado en metro desde que era adolescente. Este mundo lo conoce bien. Y entonces Graciela se llena de asombro ante su hija. ¿Cómo aprendió sola a andar en metro y en camión? ¿Cómo consiguió su trabajo sin recomendación de su padre? ¿De dónde sacó la fuerza y determinación para vivir sola en un depa sin un marido que la mantenga? Claro que el depa y los gastos los comparte con Lore, pero ¿de dónde ha aprendido a abrirse camino por sí sola? Y entonces lo ve claro: su propia vida ha estado limitada, castrada, por los roles sociales. Ella nunca ha sido independiente, jamás alguien que se sienta bien estando consigo misma. Siempre ha dependido de un hombre, su padre, su marido. Y sentirse bien consigo misma ha estado siempre relacionado con estar acompañada y ser necesitada por su familia. Ningún mérito propio.

Observa de nuevo a la gente que viaja con ella en el mismo vagón. Todos se ven desgastados, cansados. Seguramente ninguno ha tenido la vida de privilegios que ella ha gozado, ¿se va a quejar de algo entonces? ¿De su educación? ¿De haber tenido siempre alguien que se preocupe por ella y le resuelva la vida? Suspira. No se va a permitir deprimirse de nuevo, la carta de su padre la espera, y está a unos minutos de tenerla entre sus manos y ante sus ojos, de poner la voz de su padre en la suya propia.

El metro llega a su destino. Nitlahui la guía hacia la salida, y de ahí, caminan un par de cuadras. Cada paso está más cerca. No puede contener las lágrimas. La vida la va llamando. Su padre la espera con los brazos abiertos dentro de unas temblorosas letras en un papel que no sabe si será también amarillo, pero a estas alturas, cualquier color es expresión de la belleza.

Tras una pared algo desgastada, unas cuantas hojas son resguardadas. Hojas cuyas inseguras letras tiemblan en los trazos. Letras que traen dentro la voz que ya ha sido acallada por la vida, entregada a la muerte.

CAPÍTULO 8

La Revelación

Pregunta a la vida solamente aquello que estés dispuesto a escuchar con la mente lo suficientemente abierta para aceptar la respuesta que te sea dada.

SALIENDO DEL METRO, toman un taxi. Aún quedan varias cuadras de camino. El trayecto es silencioso. Nitlahui reza en su mente, pues ahora que están a punto de vivir el esperado suceso de tener la carta en sus manos, algo en ella comienza a dudar si en verdad conocer el contenido es la mejor opción, siempre cabe la posibilidad de que sea una revelación no deseada, además de que sabe que Graciela acaba de vivir el abandono por parte de su marido y está, por tanto, muy vulnerable. Al pasar por las calles, Nitlahui tiene la sensación de necesitar sacar la mano, aferrase a un árbol para detener el avance del coche, del tiempo, poner un alto total a esto que están haciendo. En sudorosas gotitas, sus manos traspiran el nervioso temer de su mente. Reza, suplica a ese Dios en el que cree, para que la voz que de Don Alfonso se despliegue al abrir la carta, sea una voz amorosa, contenedora, un cálido abrazo que se derrame sobre los ojos y el corazón de Graciela, pero en caso de no ser así, que haya algo, un algo en lo que Graciela pueda encontrar la fortaleza de afrontarlo, ya que evidentemente, por ahora carece de fortaleza interna como para recibir una inesperada bofetada. ¿Qué dirá la carta? ¿Por qué Don Alfonso, que tuvo la vida entera al lado de su hija, no habló con ella antes de estar imposibilitado para ello? Y ¿qué tal si en verdad la esperada carta es un sinsentido de mente ahogada, perdida en la vejez?

Graciela sabe que fue buena opción tomar un taxi, ella no habría podido manejar a un rumbo totalmente desconocido en el estado en el que se encuentra ahora. Lo que experimenta es algo cercano a un desprendimiento corpóreo. La tensión que siente es tal, que prácticamente no respira, no lo necesita. De alguna manera ha dejado el cuerpo en *stand by* para sumergirse por completo en la mente detenida del no saber. No hay en ella nada más que un espacio vacío y lleno de expectativa al mismo tiempo.

Coches pasan junto a ellas, gente camina por las banquetas, árboles reflejan el sol en sus follajes, lo sabe, lo sabe pero hoy no forma parte de este mundo, tan cercano a sus ojos, tan al toque de su mano, pero tan y tan lejano de su presencia. El muro de la mente en shock la separa de la realidad cotidiana que acontece a un metro de ella. Su padre está a punto de lograrlo, de levantarse de la tumba cuan grandioso era, saltar la testarudez de Elena, y hablar por fin, poner en voz, en tinta, todo aquello que su intención tiene clavado. ¡Esté donde esté, se erguirá orgulloso, victorioso! Su padre, su adorado padre, otra vez ahí para ella, con ella... Ahora da lo mismo la naturaleza de la carta, lo único que prevalece en su corazón es que la voz de su padre la tocará por fin. Entrará por sus ojos, por sus oídos, y la abrazará por dentro como si fuese concebida por primera vez. Un renacimiento, un parteaguas. A partir de este momento, nunca, jamás, su vida volverá a ser la misma, porque ahora vivirá con el orgullo de haber logrado imponerse a la voluntad de su madre, para abrazar a su papá más allá de la tumba. Y esa carta, escrita con letra ajena a la mano de su padre, es la mente de él expresándose con toda intención, y será de ella de este momento en adelante, para verla, tocarla, leerla, escucharla, abrazarla por cuantas veces quiera. Esta carta que se aproxima a ella ahora con una velocidad emocionante, llega para ser atesorada por sus ojos, sus manos, su alma entera.

El taxi se detiene frente a una vecindad humilde, que confiesa la pobreza en los materiales de desperdicio que la cimientan. La angosta entrada, carente de puerta, condena a quienes ahí viven, a hacerlo de manera abierta al mundo, al peligro de esta zona de la ciudad. Con solo llegar a la entrada, están ya en un corredor con charcos de agua estancada salpicando la irregularidad de su concreto. Botes y latas clavados a la pared de la izquierda dan un ligero toque de naturaleza al ofrecer hierbas y plantas al visitante. El angosto corredor parece ahogado entre dos gigantes. A la izquierda se impone sobre él un alto muro de unos 7 metros, con las capas de pintura de distintos colores y años descarapelándose en el descuido de una manutención no brindada, y sosteniendo el cúmulo de botes que hacen de maceta. Este muro parece venirse encima de uno, se achata hacia el centro, se inclina todo agachándose sobre el corredor. "Peligro" grita. A la derecha, al corredor lo asfixian los tres pisos de la vecindad, cada uno con un pasillo que lo observa con mirada chueca, con barandales borrachos que dan al caminante un paso en falso tras otro. Hilos con ropa tendida le dan un toque de color a los barandales. Los tres pisos están atestados de ellos. También de este lado son numerosos los botes-maceta. El aire se siente húmedo y estancado al respirar.

Graciela y Nitlahui observan el lugar algo temerosas. No saben hacia dónde seguir. Un pequeñito, sin pantalón ni pañal, sale de un cuarto con pasitos inseguros, y se sienta sobre un charquito. Las mira y sonríe como haciéndolas cómplices de la travesura de mojarse la nalguitas. Luego, un hombre sucio, con un distendido abdomen bajo la camiseta blanca, barba a medio afeitar y grasientas manos, sale a su encuentro, las mira con dureza alzando mucho la cabeza y les pregunta a quién buscan. Ellas le refieren que a la Sra. Julieta. Él les explica cómo llegar al cuarto de doña Julieta. Tienen que caminar hasta el fondo de este pasillo ahogado en agua, pasar junto al bebé, sortear el área de lavaderos, tomar una escalera tambaleante que se encuentra al fondo a la derecha, subir hasta el último piso, contar tres entradas de habitaciones, y la cuarta, con cortina azul claro como portón, es la casa de Julieta.

Ellas siguen las instrucciones tal y como les fueron dadas. La escalera está más temblorosa que vieja, y el barandal más borracho aún que la escalera. Subiendo los peldaños, Nitlahui se siente como víctima de un albañil empapado en mezcal que hubiese hecho la broma de construir la escalera y dotarla de un barandal asesino.

Llegan al fin al tercer piso, y unos pasos adelante, están ante la cortina azul claro. Se percatan de que hay un extraño humo saliendo de ese cuarto, pero sobre todo un olor penetrante, no desagradable, algo aromático, de hecho. Con un "Buenas tardes" se anuncian. Una niña adolescente sale a recibirlas y las invita a pasar pidiendo que guarden silencio. El interior es descaradamente pobre. La minúscula habitación es toda una casa condensada en cuatro paredes desmembrándose bajo un techo de hormigón. El espacio destinado para dormir está separado por una especie de biombo de maderas recicladas. De ahí provienen el humo y el aroma. Algún tipo de ceremonia se está llevando a cabo. Graciela se impacienta, ha venido a leer la carta de su padre, y en cambio, se encuentra sentada en una silla de ratán con un hoyo tal en el asiento, que más parecería un escusado. Nitlahui, a su lado, está sentada en un pequeño banquito descansa-pies. Las dos observan el espacio. En una esquina, una hornilla eléctrica y varios cazos crean la cocina. Un poco más a la derecha, unos cuantos huacales encimados se levantan con la certeza de ser más, mucho más que simples huacales de mercado, sino todo un ropero, importante y central.

En la cocinita, una niña de unos 12 años calienta algo, y remueve alegremente el contenido. La otra, la que las invitó a pasar, se sienta a los pies de Graciela a esperar. Nadie dice nada, todo está como detenido y silencioso. Para Graciela, que está en el abismo de la expectativa, este ratito es una dura eternidad. Los segundos van cayendo y se estrellan contra el piso en una sucesión en cámara lenta. No cuelga ningún reloj de las paredes, pero de haber uno, sus agujas arrastrarían perezosos y contados pasos que tardarían tanto en resonar uno antes que otro, que una vida entera podría transcurrir entre ellos.

De pronto, de detrás del biombo sale una mujer indígena, vestida en ipil blanco con hermosos bordados color púrpura, lo pies calzados en huaraches de cuero, y el cabello trenzado entre canas y listones. Las mira como midiéndolas, se acerca a Graciela, y sin decir palabra, la toma por la muñeca y examina su pulso. Luego se aleja y la observa de nuevo, toma una bolsa de papel de estraza, y garabatea rápidas figuras mientras sus ojos siguen clavados en Graciela, pero no, no justamente sobre ella, sino apenas a un lado, como en su silueta. En cuanto acaba, extiende la bolsa de papel y se la entrega a la adolescente que se encontraba sentada en el piso, y que justo ahora se ha puesto de pie, y da instrucciones para que preparen un té con las hierbas que ha indicado en el papel. Luego se acerca a Graciela, le dice algo al oído, y se va.

Graciela se ha quedado clavada ahí, con los ojos abiertos por el espanto. ¿Qué ha sido esto que le ha dicho la mujer? Y ¿Por qué?

"Bajo tus pies, el suelo está a punto de ceder, no caigas y te pierdas en el abismo, despliega tus alas y emprende el vuelo, si me necesitas y puedo ser de tu ayuda, acude a mí."

Otra mujer sale de detrás del biombo. Su caminar se tambalea, sus piernas se abren a la altura de las rodillas para volver a cerrarse a los tobillos. También viste ipil, lleva los pies calzados en huaraches, pero ella, en cambio, se ha recogido todo el cabello en una cola de caballo. Es Julieta.

- Disculpe usted, patrona, estaba en sesión con La Maya, pero hemos terminado.

Graciela está muda. No puede mover los labios, no tiene palabras para pronunciar. No entiende qué hizo la otra mujer. Porqué la observó de esa manera, porqué le dijo eso tan extraño. Para romper un poco la tensión, Nitlahui pregunta:

- ¿Cómo que una ceremonia con La Maya? ¿Qué es Chamán?
- ¡La mera, mera! Me hizo una limpia, por aquello de los muertos. ¡No quiero que el espíritu de Don Alfonso se me vaya a subir nomás por la carta! ¡Es que qué tal si al leerla se le invoca! ¡Dios nos salve!

Graciela deja que sus ojos se derramen. Las palabras de la chamana se han ido, y ha regresado su atención a este momento, a este lugar, a este evento.

- ¿Me puedes enseñar la carta de mi papá, por favor?
- En un momento, patroncita, pero antes tómate lo que dijo la Maya. Te va a servir para calmar el nervio.
- ¿Por qué me miró así?
- Ah, te estaba mirando tu aura, tu luz. Ahí ella supo en un momento todo de tu vida, pasada y futura. En un solo abrir y cerrar de ojos, todo lo ve. Y te recetó unas hierbitas, verás que bien te van a hacer.
- Gracias Julieta, pero yo sólo vine por la carta.
- Mire patroncita, ellas son mis hijas adoptivas, María y Paula. Son aprendices de La Maya, y te van a dar tu tecito en lo que yo encuentro los papeles. Tómatelo, por favor.

Una de las adolescentes le extiende una taza. Dentro, humea una bebida verde. Graciela lo observa con mirada temerosa.

- ¿Esto no es alucinógeno?

La adolescente se ríe condescendiente.

- Nada así. Ande, tómeselo con confianza.

Mientras tanto, Julieta ha ido al otro lado del biombo, y remueve algunas latas. Finalmente sale con unos papeles entre las manos. Los papeles están arrugados y desvestidos. Ningún sobre amarillo los protege ni ampara.

Graciela se levanta, se atraganta el té, para dejar de lado la taza y poder tomar los papeles. Al tocarlos, siente que la mano le quema y un calambre la recorre desde la punta de los dedos hasta el codo. Comienza a temblar totalmente incapaz de controlar las pequeñas convulsiones que la sacuden. Traga saliva. ¡Ahora, por fin, sostiene la voz de su padre entre sus manos!

Julieta le hace una señal a sus hijas y a Nitlahui para que salgan. Las cuatro se retiran, dejando a Graciela en el centro de la habitación con la carta de su padre como única compañía. No ha desdoblado los papeles, y ya sus ojos desbordan ríos. En medio de un llanto incontrolable, se deja caer en la silla de ratán, se lleva ambas manos, con todo y carta, a la frente, y se deja ser todo llanto. Un conmovido agradecimiento la invade. Ha llegado el mensaje de su papá hasta sus manos. Es hoy, ahora, una esperada realidad. Cuando logra calmarse un poco, desdobla con mucho cuidado los papeles, pero no puede leer nada, porque sus ojos le entregan únicamente imágenes borrosas. Suspira. Sonríe. ¡Alegría!

Se regala a sí misma un rato para gozar el puro hecho de tener la carta entre sus manos, permitiendo que sus ojos recuperen nitidez en la visión. Cuando lo hacen, los dirige al primer papel. La escritura parece infantil, es tímida e insegura. Cada letra tiembla en sus líneas, y suben y bajan con respecto a un imaginario renglón que no se ha dado a respetar.

Mi querida, muy queridísima Graciela, mi hija del alma y amor de mis amores:

Antes que nada, quiero que sepas que muero tranquilo al saber que recibirás esta carta, pues con ella, libero mi mente y corazón del último pendiente que colgaba de mi consciencia. Has sido la luz de mi vida, mi motivo para existir. De sobra sabes que mi matrimonio con tu mamá, lejos de ser ideal, fue la caricatura de un amor. Tus hermanos y tú fueron motivo que en todo valió el esfuerzo por continuar al lado de tu madre, pues ello me permitía tener la hermosa cotidianidad de mis hijos, pero de todos, por más queridos, tú brillaste en mi vida como nadie más. La adoración de mi vida, de las horas y mi descanso. Acompañarte desde tu llegada a este mundo, atestiguar tus primeros pasos, tus primeras palabras, tus fracasos escolares... ¡Tu vida entera! Eso, y ninguna otra cosa, fue mi motor de vida hasta este momento, en que ya la muerte me lleva en sus brazos.

Lo que voy a decirte en esta carta, con estas palabras que amablemente escribe Julieta, (con todo el esfuerzo que para ella conlleva) puede resultar asombroso, triste, desconcertante y hasta doloroso. Por ello me es tan importante remarcarte que tú, y nadie más, has sido la adoración de mi vida, y que nada de lo que vas a saber a continuación cambia el amor y la admiración que te tengo. Espero que el Universo te ayude para hacer de esta información una parte luminosa de tu vida, que te lleve a una armonía plena contigo misma, con tu historia, y hasta posiblemente con tu madre.

Por ningún motivo quisiera que sucumbieras a una desesperante desorientación y sinsentido. Siénteme a tu lado mientras lees esto, siente mi abrazo y el amor con que te envuelvo. Te pido no juzgues a tu madre, sino que te pongas en sus zapatos para que la entiendas y respetes a pesar de todo, como lo he hecho yo todos estos años, en los cuales he estado siempre dudoso entre decirte o no lo que te voy a expresar a continuación. Y es que para ti seguramente sería más fácil seguir tu vida como la llevas, sin necesidad de desequilibrios inesperados. Sin embargo, he llegado a la conclusión de que no hay manera de ser plenamente uno mismo, si la mitad de la propia historia se desconoce. Por lo tanto, te comparto aquí la primer parte de tu vida, la cual desconoces, con el objetivo de que la abraces y cierres círculos y cures heridas que hasta ahora ni siquiera sabías que tenías.

Te he dicho antes que tu hermano Álvaro no es mío, y es verdad. Tu hermano Álvaro es fruto de una relación que sostuvo tu madre con un hombre del cual yo desconozco su identidad. Y siento en el alma decirte, que lo mismo sucede en tu caso. Tú no eres fruto mío biológicamente hablando, pero sí has sido mi hija del alma. Mi profesión, de sobra sabes, me llevaba a ausentarme de la casa por largos periodos de tiempo. Siendo agrónomo, y por la naturaleza de mis trabajos, no me era posible llevarlos a ustedes y a tu madre conmigo, y ella pasaba meses con ustedes recluida en la hacienda. Cuatro veces regresé para encontrarla en estado de embarazo, que por nada podían ser producto mío considerando el tiempo de gestación contra los periodos de mis ausencias.

Graciela está estupefacta. Cualquier cosa se imaginaba menos esto. No hay manera, no la hay, de que esto sea posible. Ella sabe que era el amor de su papá, pero ¿no era su papá? No puede continuar leyendo. Necesita volver a la intimidad de su casa y leer el resto en su propio espacio. Se pone de pie y sale. Afuera la esperan Nitlahui y Julieta. Al verlas, Graciela se lanza hacia ambas, rodeándolas en un mismo abrazo. El muro clasista que la había separado de ellas, ha caído de pronto. Se siente tan humilde y libre como ellas, sin ataduras, sin supuestos, sin prejuicios. Se ha hermanado.

- ¡Gracias! ¡Gracias! ¡Gracias a ambas!

No le preguntan nada del contenido de la carta. Respetan esos momentos en los que, suponen, ella la saborea.

Nitlahui y Graciela se despiden de Julieta, toman un taxi, y se dirigen a casa de Nitlahui, para que ella se baje ahí, y Graciela prosiga a su casa en el Callejón de los Arcángeles. Pero al llegar a casa de Nitlahui, ella la invita a pasar, de hecho, le ruega que pase un momento a su casa.

La casa es sencilla, pero hermosa. Con tejados bajos, y rosales creciendo contra los muros. Dentro, una pequeña sala de mimbre pintada de blanco, con cojines de bordados mazahuas en color azul, le dan a la casita un ambiente sereno. La cocina es pequeña, ordenada, limpia. Con los azulejos mexicanos, las ollas de barro y el aroma del chocolate de Oaxaca que Nitlahui prepara con un toquecito de canela, parece que en México se vive en paz, y esa paz se ha asentado en Graciela.

Aún no conoce el contenido total de la carta, y lo que alcanzó a leer en casa de Julieta, es tremendo, pero aun así, se siente descansada. No le corretean las ganas por leer el resto, no. Se siente con la plenitud de tenerlo a la mano, y está gozando este momento en el que resuena por la casita el sonido que produce Nitlahui al remover, con batidor de madera, el chocolate que prepara en olla de barro. La madera del batidor choca una y otra vez contra los bordes de la olla, y va dando vida a una aromática espuma que se expande buscando llegar más allá de todo límite.

Nitlahui se ha vuelto muy querida para Graciela. Fue la misma Nitlahui la que le dijo que su padre quería comunicarle algo importante. Fue quien insistió y luchó porque su padre y ella pudiesen comunicarse, y al no lograrlo, puso todo su empeño por encontrar la carta, y ahora, Graciela tiene la carta consigo. ¡Cuánto agradecimiento!

Nitlahui sirve el chocolate caliente en tazas de barro negro. Se sienta frente a ella en la salita, y le dice:

- Ahora sí, ¡cuénteme!
- No la he leído toda. Creo que es más fuerte de lo que me esperaba y necesitaré ir avanzando poco a poco. Irla digiriendo, vaya. Lo que alcancé a leer, sin embargo, es sin duda lo que mi papá quería decirme con tanta urgencia, y es que él no es mi verdadero padre.
- ¡¡¡¡¡¡¡¡¡¿¿¿¿¿Cómo????!!!!!!!
- Eso dice, que él se iba de la hacienda donde vivían por meses, y una vez regresó y encontró a mi mamá embarazada de mí, sin que fuera posible que yo fuese su hija.
- ¡Pero si la quería a usted más que a ninguno!
- Sí, y sin ser yo su hija realmente. Pero entonces, fue un hombre todavía más grandioso de lo que yo suponía. ¿Cómo pudo ser tan bueno y amoroso conmigo sabiendo eso? Porque se debe de haber sentido traicionado por mi mamá, y de todas maneras me tomó como suya, y siempre, SIEMPRE, he hizo sentir su hija predilecta.
- Si yo misma lo vi, lo atestigüé.
- Permíteme.

Graciela toma su celular y escribe un mensaje para su hija:

Encontramos a Julieta, Nitlahui me acompañó. Ya tengo la carta. Ni te imaginas lo que dice, es casi imposible creerlo. Ya te contaré.

Con toda parsimonia, Graciela va tomando su chocolate hasta que llega a ver el fondo de la taza, tan negro y brillante como un hermoso abismo. Luego, se despide agradecida con un cálido abrazo, y sale a buscar taxi. Lo encuentra y da instrucciones para llegar a su casa.

Al llegar, abre la puerta peatonal, atraviesa el jardín de la entrada, y cae en cuenta de que se siente cansada, plena, serena. Pasa por la cocina, le da la tarde libre a Jovita y a Artemio sugiriéndoles que vayan al cine, y se sienta en la sala.

Su casa sigue tan silenciosa como los días previos, pero hoy, el silencio llega a acompañarla como un esperado y querido amigo. Ha dejado de ser ese ser extraño y amenazante, para ser ahora sereno cómplice de su respiración.

Vuelve a leer la carta desde el comienzo hasta la parte donde dejó a lectura en casa de Julieta. Ahí mismo se detiene, se levanta y va a la cantina a servirse un Mezcal. Luego entra a la cocina y se prepara un plato de quesos y frutos secos como botana. Regresa a la sala, coloca la botana y su bebida en la mesita lateral, y continúa la lectura:

No tengo ni idea si eres hija del mismo hombre que Álvaro, pero supongo que sí porque no hay otra explicación para el parecido físico que tienen ambos. Pero hay más. Sandra tampoco es hija mía. Ella dudo que sea del mismo hombre, porque en nada se parece ni a Álvaro ni a ti. Esto quiere decir que, por lo menos, tu madre tuvo dos amores que no fui yo. Dados los tiempos que corrían, decidí no hacer de ello un escándalo para tu madre, porque hubiera sido repudiada, y no lo merecía. Tu madre fue una buena mujer, pero muy descuidada por mí, y de alguna manera siempre entendí que yo mismo la empujé a ello. Pero hay algo más. Antes del nacimiento de Álvaro hubo otro embarazo. Cuando yo regresé a casa, ella tendría unos 7 meses de gestación. Pero ese bebé fue dado por muerto, sin embargo, yo nunca vi tumba, y mucho menos cadáver. Y siempre he tenido la sensación de que ese bebé existe, está vivo, y tu madre lo frecuenta. Esto quiere decir que, si estoy en lo correcto, tienes un hermano más, y ustedes no son seis, sino 7.

Los detalles de mi matrimonio, y del porqué yo decidí tomarlos a Sandra, a Álvaro y a ti, como hijos míos, son cosa mía y no te corresponde hacerte bolas con ello. Que te baste saber que desde el día en que naciste, atrapaste mi corazón para no liberarlo nunca más, y que no pude haber sido más padre tuyo que lo que fui, ni habría manera de sentir más amor por ti. Tú eres el mayor motivo por el que yo permanecí con tu madre. Si me hubiera ido, te hubiera perdido a ti por no ser mi hija biológica, y a eso nunca estuve dispuesto.

CAPÍTULO 9

El Torbellino

Déjate ir. Que la vida te imponga los bailes que a ella se le antojen, tú adapta tus pasos y movimientos a la música que se te ofrezca, y danza con soltura, libertad y plenitud.

LA NOCHE HA ido llegando sigilosa. Como al acecho de noticias, la obscuridad pega el oído a puertas y ventanas de la casa de los Arcángeles, desesperada por enterarse de cada detalle. La luna observa cómo Alex y Lore se despiden de Graciela con la sorpresa inmensa e inesperada por delante, y con el suspenso expandiéndose entre las cejas.

El viento se aquieta para evitar hacer el más mínimo ruido. Ahora, todo en el espacio no es más que delatador silencio, pero dentro de la casa, solo existe la respiración adormitada de una mujer que no tiene ya cimientos sobre los que erguirse. Los párpados luchan por cerrarse, pero su mente los fuerza una y otra vez a volverse a separar. Los sueños se van metiendo entre los pensamientos. Se pregunta quién y cómo es realmente esa madre suya, y al tiempo que lo pregunta, ya un recuerdo va tomando forma dentro de sus ojos. Escucha pasos y ve la falda blanca de flores rojas que su madre solía llevar. La falda se mece al viento. Ella está en la azotea, entre sábanas tendidas. Chiquitita como es, espía. La falda de su madre revolotea, y a sus ojos de pequeñita encanta con el movimiento. Gracielita mira más arriba. Unos brazos rodean la cintura de su mamá. Es su primo grande, Joaquín, casi su tío, quien abraza con cariño a mamá Elena. Joaquín es juguetón, con ella y sus hermanos, pero ahora también lo es con su madre. Su primo Joaquín es fuerte y grande. Lleva la camisa blanca arremangada hasta los codos. Ella se fija en el pantalón de pana café, y en el cinturón de cuero. El viento lo despeina a él tanto como a la falda de su madre. Los brazos de Joaquín abandonan la cintura de su madre, y suben hasta su cuello. La besa.

Se besan. Dos bocas que se comen como golosinas de domingo. Una de las manos de Joaquín busca el pecho de su madre. Tal vez quiera amamantarse como el bebé que duerme en el piso de abajo. Gracielita sonríe y se acerca. La escuchan. Se espantan. Los ojos se les llenan de pánico. Sí, la miran como si fuese una aparición de bruja. Gracielita se acerca sonriendo a su madre y le tiende los brazos para que la cargue. Pero su madre no la quiere ahí, la reprende. Un par de nalgadas la mandan rumbo a la escalera. Las lágrimas y el desconcierto se ciñen sobre ella. Sus pisaditas no resuenan al ir bajando la escalera. Lágrimas con tierrita ensucian su carita. Ella quiere a su madre, pero su madre no la quiere a ella.

Graciela recuerda ahora. Siempre tras su madre, siempre esforzándose por agradarle. Intentando llamar su atención, ganarse su corazón… siempre, siempre, siempre siguiendo los pasos de Elena… siempre, siempre, siempre estorbando. ¿Será por eso que su madre la rechaza? ¿Porque su infantil inocencia la llevaba a interrumpir a su madre en momentos de escondida intimidad? ¿Conoce ella entonces la identidad de su padre? ¡¡¡¡¡¡¡¡¡¡¿¿¿Es hija de su primo Joaquín????!!!!!!! No, no puede ser. No por edades. No lo cree. Cuando ella los vio besándose en la azotea de la hacienda tenía 3 años, y su primo Joaquín llevaba un año viviendo con ellos. Eso quiere decir que, si Joaquín llegó a la hacienda a los 17 años, cuando ella los vio besarse, su mamá tenía 37 y Joaquín 18. ¿Es un recuerdo o un invento de su imaginación?

Graciela no puede dormir. La noche alcanza madurez y rápidamente se dirige hacia el renacimiento del sol.

No puede ser hija de su propio primo. Álvaro podría serlo por edad, pero si ella y Álvaro son del mismo padre dado el parecido físico entre ambos, ¿quién es su padre? Y el bebé recién nacido que dormía en el primer piso cuando sucedió ese episodio de la azotea, ¿era de Joaquín? ¿De un Joaquín que apenas alcanzaba la mayoría de edad? Tiene que hablar con su madre. No habrá manera de contestar preguntas, de aclarar detalles, de encontrar paz, sin que su madre derrumbe las murallas y salga a la luz con los pasos firmes.

Y ahora, ¿qué siente con respecto a Juan con todo esto que está pasando en su vida? ¡Nada! Se sorprende con esto. ¿Serían las palabras de Alex con respecto al amor lo que le han brindado tanta paz? ¿O será que todos los acontecimientos con respecto a su papá han cambiado totalmente su perspectiva? Juan... ¿lo amaba realmente? ¿O era una cómoda costumbre estar casada con él? Finalmente tenía la vida predeterminada y resuelta. Nada había desconocido, indefinido. Sus días se componían de sucesos y pasos organizados y seguros. Eso era antes, tan sólo un par de meses antes. Ahora sus días han sido torbellino. Todo sacudido, todo volcado, todo pies de cabeza... y sin embargo, por primera vez se siente auténticamente consigo misma.

El amanecer se acerca con el sol gateando por el jardín. Graciela se prepara un jugo cuando Jovita entra a la cocina. Jovita se ve radiante. Algo se trae. Seguramente el coqueteo que se traía con Artemio ha pasado a ser algo más. Sus ojos brillan, y en su brillo delatan pecados nocturnos. Tan lejos está Graciela de algo así.

- Me llamó Nitlahui y me encargó que la cuide mucho. Me contó todo, ¿sabe usted?

- Pues en ese caso, no es muy prudente que digamos.

- Ella y Julieta están muy preocupadas, eso es todo. Le tomaron mucho cariño a usted, y también a su papá.

- Que no era mi papá, según parece.

- ¿Cuánto tiempo cuidó Doña Julieta a su papá?

- No sé. Meses. De hecho, Nitlahui sólo llegó al final, cuando mi mamá corrió a Julieta por lo de la carta. Nitlahui ya prácticamente llegó para que mi papá muriera. Julieta, en cambio, convivió muchísimo con él. Yo diría que los dos se llegaron a apreciar mucho. A querer, vaya. Creo que mi papá fue feliz el último año sólo por tener a Julieta ahí. Con tantas anécdotas de Julieta, mi papá reía mucho, y se entretenía. Yo diría que hasta gozaba profundamente su presencia. Sobre todo, porque así se salvaba de estar atrapado a solas con mi mamá.

- ¿Nunca le ha contado su historia Doña Julieta?

- No, ni yo se la he preguntado.

- Nitlahui me dijo algo como que Julieta tampoco había conocido a su papá, creo que la regalaron de niña, no entendí bien. Pero parece que por ello le tiene a usted un cariño especial, o será porque Don Alfonso la quería tanto a usted. El caso es que ahora las dos tienen el pendiente de usted.

- Hoy voy a ir a hablar con mi mamá. Estoy nerviosa. No pude dormir, ¡ni siquiera me acosté!

- ¿Y no la va a acompañar Alex?

- Tengo que ir yo sola. Me es difícil, mucho, pensar en estar a solas con mi madre. Tú sabes que me es profundamente incómodo, pero hoy tengo que vencer eso, y enfrentarlo.
- Vaya con Dios, aunque no crea en él.

Graciela se baña, se arregla, y se arma de valor. Una vez más, se dirige a casa de su madre para encontrar respuestas. Tan sólo ayer fue ahí por la carta, y todo se volvió un maremoto de coraje contra una madre que es descaradamente feliz sin su marido, que nunca está en casa, pero sobre todo, que llegó al punto de quemar su carta para acallarlo todo.

Cuando va circulando por la calle de Reyna, justo donde se ensancha la calle, Graciela se ve forzada a estacionarse. Tiene que detenerse. Una Un par de preguntas ha surgido en su mente. ¿Acaso no tiene derecho su mamá a resguardar su pasado? Si su madre fue infiel, ¿no es cosa suya y de nadie más? ¿Qué derecho tiene ella, como hija, de sacar a la luz los amoríos de su madre? De una madre que nunca lo ha compartido con ella. Una madre que claramente ha ejercido su determinación de guardarse para sí las intimidades de su pasado. Y duda, Graciela duda de su derecho a saber. Le marca a Alex, pero Alex no atiende la llamada. Gajes de tener una hija tan exitosa y llena de trabajo importante y demandante.

¡Nitlahui! Graciela le marca a Nitlahui y le cuenta sus dudas. Pero Nitlahui no se anda por las ramas, y la reprende duramente. ¿Acaso Doña Elena se le impone a grado tal que saber quién es su papá deja de ser prioridad porque la importante no es ella sino su madre? Graciela no va para preguntar detalles amorosos. No va a obtener confesión de intimidades. Graciela va a reclamar el derecho de saber quién es su padre, y nada más.

Recuperada cierta claridad, Graciela agradece a Nitlahui, y retoma el camino. Al llegar, Cata la recibe con un abrazo. Su madre está ahí, a punto de salir con una amiga.

- Y ¿dónde te quedaste de ver con tu amiga?
- Me queda de paso hacia el parque, así es que paso por ella y caminamos juntas hasta allá, y ahí tomamos *Tai chi* con una bola de viejitos. Es nuestro ejercicio diario. Luego cada una desayuna en su

casa, y atiende los pendientes. En las tardes nos vemos con las demás. ¡La pasamos tan bien! Lunes de canasta, martes y jueves de clases de natación y luego historia. Miércoles pintura. Viernes al cine, sábados clases de cocina, y domingos el tejido para los pobres. ¡Tengo una vida completa! La tercera edad es la mejor. Ya no se tienen pendientes, ni responsabilidades. Uno tiene posibilidades de todo.

- Pues hoy, por favor, cancélale a tu amiga. Tengo que hablar contigo y es muy importante.

- ¡Para nada voy a cancelar nada! Lo que quieras decir, dilo, pero apúrate que ya me voy.

- Mamá, como tu hija, te estoy pidiendo que me regales tu mañana. Necesito tu tiempo con calma. Vamos a tener, por única vez en la vida, una plática larga y profunda.

- ¿Por decisión de quién? ¿Tuya? Porque yo me voy, que me voy.

Doña Graciela no da chance de nada. Da vuelta para salir. A su espada, Graciela dice:

- Mamá, he leído la carta de mi papá. Hay mucho de qué hablar. No me refiero a cosas sobre ti, porque eso es asunto tuyo, sino de mí. Si quieres irte, vete. Yo aquí me quedo y espero a que regreses. Tu *Tai chi* puede ayudarte mucho en este momento, para que regreses con calma a afrontar conmigo lo que nunca has querido, pero ha llegado el momento. No me voy de aquí hasta que hablemos. Tal vez, incluso, podamos sanar esta relación y disfrutar de ser madre e hija por primera vez en la vida.

Doña Elena se detiene en seco, no vuelve la mirada. Nerviosa, escucha, y cuando Graciela ha acabado de hablar, se amarra el orgullo, levanta la cabeza, retoma sus pasos, sigue adelante y sale de la casa sin decir palabra.

Camina nerviosa. La banqueta está rota por las raíces de las jacarandas, pero el empedrado de la calle le es más difícil a sus pies, por lo que cuida cada paso. Ella quemó la carta, así es que Graciela no pudo haberla leído. Ha de ser una amenaza para hacerla caer en la trampa de hablar como si ambas supieran todo, pero no, Graciela no puede saberlo. Ya no hay manera. Alfonso ha muerto, y nadie más lo sabía. La carta no existe ya. Casi puede estar segura de que es una falsa amenaza.

Llega hasta la puerta de Constanza, que ya la espera fuera. Se saludan, pero Elena está un tanto incómoda, y se muestra cortante en la conversación.

Ya en el parque, el maestro ha comenzado los ejercicios previos. Elena los sigue de manera autómata. Su mente no está ahí, sino lejos, muy lejos. Su mente se ha ido hacia esos ojos negros que durante tanto tiempo la miraron enamorados. ¡Tantas cabalgatas por los alrededores de Iguala rodeada por esos brazos viriles que tanto amaba!

Elena no puede concentrarse en seguir las instrucciones y los movimientos del maestro, por más lentos que éstos sean. Se aparta. Va hacia una banca y se sienta ahí para sumergirse en sus pensamientos. Constanza la sigue preocupada, ella se da cuenta y piensa cómo librarse de su amiga, pues necesita estar sola un ratito.

- ¿Te sientes mal?
- Para nada. Estoy perfectamente, ¡mejor que nunca! Pero he pensado que el *Tai chi* es tan hermoso cuando se practica como cuando se le observa. Es como una meditación. Y hoy se me antoja verlo, ¡tan hermoso que es! Ándale, ve a hacer tus ejercicios y déjame verte con los demás.

Eso convence a su amiga, quien regresa a unirse al grupo. Elena, entonces, libera su mente.

En la casa de Jardín, Graciela espera atrabancada por la impaciencia. En el inter, le vuelve a marcar a Nitlahui para ponerla al tanto de cómo está la cosa, suspendida. Al colgar, se da cuenta de que está recurriendo mucho a Nitlahui, se está apoyando en ella cada vez que no puede comunicarse con Alex. Pero ¿por qué en Nitlahui? Nitlahui es enfermera, y atendió a su papá las últimas semanas, pero eso no debería hacerla su cómplice. Entonces se da cuenta, ¡no tiene amigas! Las que creía sus amigas, no eran sino amigas de compromiso. Después de Bárbara y Karina no ha vuelto a tener ninguna amiga verdadera, y ahora se está apoyando en Nitlahui como si ella lo fuera. ¿Triste? Raro.

En el parque, Elena se pregunta ¿hace cuántos años que no lo ve? ¿15? Sí, 15. Ya vieja, ¿para qué? Él recorrió su desnudez año tras año. Y no sólo la recorrió, la llamó a la vida. Su cuerpo estaba dormido en la frigidez hasta que Pepe osó acercarse a besarla. Sacarle a fuerza los temblores, arrancarle la falda, besar sus centímetros una y otra vez. Esos años, tantos, vividos intensamente, han y serán siempre atesorados por ambos, sin ser compartidos con nadie. Graciela se empeña en conocer detalles tanto como lo hizo Alfonso. Pero ese amor tan pleno y grandioso ha sido cosa de ellos dos y de nadie más. Se alejó de Pepe por amenaza de Alfonso, y se mantuvo siempre lejos por pena de vejez, no por otra cosa. Pero lo extraña, ¡cómo lo extraña!

Sí, se le ha metido en la cabeza. Hoy quiere releer sus cartas. Encerrarse en su cuarto y rememorar su último encuentro en el Parque México. Caminó lentamente hasta él, mirándole a los ojos paso tras paso, reprimiendo las ganas de soltar la carrera y brincar a sus brazos como cuando eran jóvenes. Esa vez, lo hizo pausadamente. Y al llegar hasta él, desplegó su abrazo con una dicha inmensa, y lo rodeó con todo el amor compartido a través de los años. ¡Ha de releer sus cartas ahora mismo! La prisa ha entrado en su piel, la apremia.

Elena se levanta de la banca, se acerca a Constanza y se disculpa de no caminar con ella de regreso, pero su hija Graciela la espera en casa. Buen pretexto, piensa.

Llegando a casa, Elena se dirige, erguida y orgullosa, hasta Graciela.

- Tengo algo urgente que hacer, así es que no tengo mucho tiempo. Habla de lo que quieras, te escucho.
- No quiero saber nada de tus intimidades, porque esas son tuyas y las respeto, pero sí tengo derecho a saber ¿quién es mi papá?
- ¿De qué hablas?

Elena tiembla. ¿Acaso es cierto que Graciela leyó la carta? ¿Cómo sería posible, si ella misma la quemó? ¿La pudo haber leído antes de que la quemara? ¡Pero si la tenía escondida en su cofrecito de marquetería!

- Mira mamá, ya estamos grandes las dos, y solas. Tu viuda, yo prácticamente divorciada, así es que ya no tiene caso andarnos con rodeos, apariencias tontas, mentiras, ni secretos. Sé que no soy hija de mi papá, y quiero saber quién fue o es mi papá.

- ¡Estás loca! Tu papá se acaba de morir. Tu misma estabas aquí cuando murió. Incluso fuiste al velorio y al entierro. Y siempre fuiste su consentida, así que no tengo ni idea de qué estás diciendo.

- Lo sabes perfectamente. Que no quieras aceptarlo es otra cosa. No me interesa si fuiste infiel una o mil veces, ni si lo fuiste con uno o diez hombres. Solo quiero saber quién es mi papá, ese es mi derecho de vida. En este punto, no es sobre tu vida sobre lo que quiero hablar, mi interés está sólo en mi vida, así es que no quiero que te sientas en tela de juicio. Lo tuyo es tuyo. Solo quiero que nos concentremos en lo que a mi atañe. Es más, con que me digas su nombre, y si aún vive, me doy por bien servida y me voy inmediatamente para que puedas seguir con tu día como lo tenías planeado. Solo quiero saber su nombre, nada más.

- ¿Estás loca? Se llamaba Alfonso, y se murió. Listo, te puedes ir.

- No me voy a ir hasta que me digas.

- Quédate pues, pero ponte cómoda, porque si esperas algo imposible, pues aquí te vas a quedar eternamente. Yo me voy, tengo cosas que hacer.

- Si no me piensas contestar eso, dime esto otro. ¿Por qué nunca me has querido?

- Una madre siempre ama a sus hijos.

- Cuando eso es cierto, los hijos se sienten queridos por su madre. Tú no me has querido. Y no te estoy juzgando, es una observación. ¿Acaso soy fruto de una violación? ¿Por eso tal rechazo y el no poderme decir su nombre? ¿Por qué ni siquiera lo conocías? ¿Soy producto de tu mayor trauma?

A Elena prácticamente la abofetean estas últimas preguntas. ¿Qué está diciendo Graciela? ¿Su mayor trauma? ¡Pepe ha sido su mayor milagro! ¡Su respiración!

- Pepe.

- ¿Qué?

- Solo querías saber su nombre. Pepe. Vivo, está vivo.

Graciela se tambalea por lo inesperado de la respuesta. Se queda estupefacta. Esto le confirma lo que la carta decía. Su adorado papá no era tal, sino un increíblemente buen hombre que la hizo inmensamente feliz sin tener deber ni porqué hacerlo. Pero hasta este momento se percata de que en el fondo aún tenía esperanzas de que todo esto fuera un embrollo de una mente ya poco lúcida en los últimos días de vida de su adorado papá. Sin embargo, su madre acaba de confirmarle. Es real. Nació de otro papá, ¿de quién?

- Dijiste que sólo querías el nombre. Ya te lo dije, Pepe. Déjame sola.
- ¿Lo amabas?

Elena tiembla. Tantos años escondiendo en sus labios aquellos besos. Tantos años cuidando cada detalle para que no saliera a la luz nada que pudiese ponerlos en evidencia, porque si alguien se enteraba, Pepe se vería forzado a salir de su vida. Pepe. Y ahora se ha traicionado a sí misma. Lo ha mencionado. Ha abierto la boca y pronunciado su nombre en voz alta, dejando que otros oídos lo escuchen, lo perciban, lo sepan. Y no cualquiera, Graciela. La hija de ambos.

- ¿Lo amabas?
- Y lo he anhelado cada día durante los últimos 15 años.
- ¿Hace 15 años que no lo ves? ¿Eso quiere decir que lo veías antes? ¿Lo frecuentabas?
- Dijiste que respetarías mi intimidad. Ya te dije su nombre. Por favor, déjame sola.
- Si, te lo prometí. Sólo venía por su nombre, y me lo has dado. Gracias.

Graciela sale de la casa de Jardín. No se siente feliz, ni aliviada con la información como creía que se sentiría en caso de obtenerla. Había llegado ahí dispuesta a aventarse con su madre un pelito como ninguno otro, y sin embargo, resultó muy fácil. Su madre dejó salir el nombre como si fuera una gotita de agua, así nada más, lo dejó correr libremente. Pero ahora ella se siente triste.

En su camioneta, se queda unos minutos como suspendida en un limbo sin acción. Mira el empedrado, los postes, los coches estacionados y las hojas de los árboles que descansan sobre las banquetas. Obtuvo la respuesta, la obtuvo, pero se siente vacía.

Toma su celular y le manda un mensaje a Alex:

"Pepe. Se llama Pepe"

"¡¿Cómo?! ¿Qué? ¿Ya tan fácil?

"Sí, así me lo dijo. Pepe, y está vivo."

"!!!!!!WooooooooW!!!!!! Te caigo a comer."

Elena se ha quedado nerviosa. ¿Qué consecuencias puede tener ahora que se sepa todo? Ya es viuda, y por lo tanto, no hay un marido que le pueda impedir ver a Pepe, ni hacerle la vida imposible a ambos. Y de los amigos, da lo mismo lo que piensen. ¡Que sepan que siempre fue infiel! ¡Total! Ya todos son puro vejete, incluidos ella y Pepe. Pero ¿y sus otros hijos? Necesita ver a Pepe, platicarlo con él. Pero le da algo de miedo qué reacción pueda tener él. Porque no solo están sus otros hijos, sino también los de Pepe. Es posible que él no quiera un escándalo con sus hijos. ¿Y ella? Por supuesto que no querría pasar por eso con sus hijos, pero tampoco se siente muy cercana a ninguno de ellos. Nunca fue muy maternal. Recuerda, con pena, eso sí, que cuando Eugenio nació, ella no soportaba escuchar sus llantos de recién nacido, y en cuanto lloraba, lo encerraba en el ropero y se alejaba lo más posible para no escucharlo.

Pepe, ¿Qué va a decir cuando se entere que ya lo dijo todo? Bueno, no todo, pero sí lo más importante, su nombre. ¿Y si lo buscara otra vez? ¡Que terriblemente avejentada la vería! 15 años más de arrugas y cirugías que ya no logran esconder el tiempo transcurrido por su piel. Pepe. Sí, quiere verlo, porque ¿qué pesa más? ¿Que la encuentre avejentada? ¿Que exista la posibilidad de que se enoje por revelar su nombre? ¿O que la muerte los separe no permitiendo nunca más verse a los ojos, acariciarse las manos, recargar su cara sobre los amados hombros que le acompañaron tras bambalinas años y años?

- Mamá, ¡tienes que buscarlo!
- ¿Cómo?
- ¡En internet! ¿Cómo se apellida?
- No sé.
- ¿No le preguntaste?
- No. Le prometí que si me decía su nombre, mi iba inmediatamente y no la volvía a molestar.
- ¡Pero si su nombre lleva apellido! ¿No te dijo nada, nadita más?
- No.

- Pues yo se lo voy a preguntar.

- No vas a hacer nada. Seguro se va a enojar tremendamente si se entera de que te lo dije.

- ¡Pero es mi otro abuelo! ¡Quiero conocerlo!

- Dije que no y punto. Le pedí su nombre, me lo dio. Es todo.

- Pues por eso te sientes triste. Y ¿cómo no? ¡Qué triste saber que tu papá vive, que puede morir en cualquier momento, y no tienes posibilidades de conocerlo porque NO PREGUNTASTE SU APELLIDO!

- No se lo voy a preguntar. ¿Sabes lo que fue para ella soltar ese nombre? ¿Y a mí, que ni siquiera me quiere?

- Pues algo vamos a hacer, porque así no nos podemos quedar. Piensa si te dijo algún otro detalle, lo que sea.

- Sólo dijo que lleva 15 años anhelándolo, lo que quiere decir que antes lo veía mucho.

- Y durante años, por tu edad. Si lo veía desde que tú naciste hasta hace 15 años, quiere decir que estuvo en su vida por lo menos por ¡35 años!

- ¡Caray!

- ¡Capaz que ya lo conoces!

- ¿Cómo?

- Sí, si fueron amantes 35 años, y es tu papá, debes haberlo visto en algún momento, y él a ti.

Graciela se queda pensando, haciendo memoria. Lo que dice Alex tiene sentido. Es posible que su otro papá, el desconocido, haya rondado su vida a través de los años.

Las flores en la casa de los Arcángeles se han llenado de esperanza. Sus colores salen al sol y se dejan besar por el viento y por la luz. Las nubes recorren el cielo sin destino. Flotan dejándose conducir sin apegos.

CAPÍTULO 10

La Traición

Todo aquello a lo que tus puños se aferren con intención de controlar y someter, te será arrancado sin miramientos.

EL ATARDECER HA llevado a Elena a casa de la señora Ochoa. Diez mujeres entradas en años ríen en torno a una mesa redonda, y en ella se juega a las cartas. Dos meseros con filipina y guante blancos ofrecen bocadillos. Caballitos de Tequila aflojan lenguas que aprendieron a tomar con años de retraso, porque habían sido educadas en un *deber ser* que no permitía acercar una copa de alcohol a la boca de una madre decente. Pero el paso de la vida lo fue cambiando todo, liberando ataduras, rompiendo corazas, y hoy, estas diez mujeres disfrutan de una libertad que nunca antes habían vivido, y dicha libertad ha ido llenando sus manos de copas con licores, de chocolates de lujo, de caricias de amante. Hay una gran fraternidad entre estas miradas. Cariño que fue creciendo y madurando con la aventura de compartir vivencias de años. Nacimientos, bautizos, primeras comuniones, bodas, divorcios, viudeces, fallecimiento de algún hijo, enfermedades, matrimonios sufridos, viajes… De todas las experiencias compartidas, las que realmente unieron los lazos y entretejieron el cariño fueron aquellas en las que se derramaron intensas lágrimas, las que salpicaron a todas, a cada una, tocando el fondo de su propia vulnerabilidad.

En la biblioteca de la casa de jardín, Graciela, Alex y Lore se concentran observando los álbumes de fotos de los abuelos. Han aprovechado la salida de Elena a su juego de canasta para intentar dar con la identidad del padre nuevo.

Lo que encuentran es que, año tras año, cinco parejas compartieron la vida con Elena y Alfonso: Carmina y Ramón; Olga y Javier; Bernadette y Silvano; Marichoni y Manuel; Martha y Jorge. Todos ellos ahí, foto tras foto, año tras año. Pero hay alguien más, uno que aparece solo, constante. Siempre ahí, no en reuniones de amigos, sino con la familia íntima, su nombre: Pepe.

Cada salida a caballo, cada primer triciclo, cada rodilla raspada, cada concha remojada en chocolate… La vida cotidiana estuvo subrayada por el padrino Pepe, siempre presente en la vida de Elena. ¿Será ese su papá? Las tres se miran asombradas. Ese rostro que tienen delante pudiera ser el padre, el abuelo. Pero ¿Cómo saberlo? Siempre sale de lejos, o detrás de los demás. Las ansias las carcomen por ver un *close up*. Extrañamente, en las fotos en las que coinciden el compadre Pepe y la pequeña Graciela, el compadre Pepe siempre está, o a su lado tomándole la mano, o cargándola.

- Debe de ser él, ma.
- ¿Pepe? ¡Pero si me acuerdo de él perfectamente!
- Puede serlo.
- ¿Pero cómo estar seguras?

Lore, con su celular, toma una foto de la foto de Pepe, y la agranda. Ya tienen el *close up*.

Lo observan detenidamente, cada detalle. El color del pelo, la nariz, los ojos… ¡Es Álvaro!

Copia u original. Lore sostiene en su celular la foto del mismísimo tío Álvaro.

- Entonces Pepe sí es tu papá, debe de serlo, tuyo y de mi tío Álvaro.
- Pero tampoco podemos estar seguras. Vaya, estaría tremendo que mi mamá mantuviese tantos años una relación con su compadre. Porque entre Álvaro y yo hay muchos años de diferencia. Y si los dos somos del mismo papá, entonces mi mamá anduvo con su compadre muchos años ¿Cómo podría ser que mi papá no se diera cuenta de eso?
- Pues no creo que sea con un hermano de Pepe, por el nombre. Ni creo que sea otro Pepe, porque este fue el que estuvo en la vida de mi abuela por años y años, además de que es igualito a mi tío.
- Pero ¿qué hacemos? ¿Preguntarle de frente a mi mamá? ¿No sería exactamente meternos en su intimidad?

- Pues sí. Sí sería meterte en su intimidad, pero en la parte que te implica a ti. No se pueden separar las dos cosas totalmente, porque de ahí fuiste concebida.

- Pero cabe la posibilidad de que no sea él.

- Posibilidad tan mínima, que me está pareciendo casi inexistente.

- Pero entonces, ¿qué hacemos?

- Habla otra vez con ella. Enséñale la foto y pregúntaselo de frente.

- No sé si pueda.

- Tómate unos días si quieres para que lo reflexiones, y cuando estés segura, actúas.

Lore le envía a Graciela la ampliación de la foto para que la tenga en su celular, y pueda contemplarla tantas veces como quiera en los días por venir, sobre todo porque Alex y ella consideran que tener presente la foto puede ser un factor determinante en la decisión de Graciela. Las tres se despiden de Cata, pidiéndole que no le comente a la señora Elena que ellas estuvieron ahí.

La tarde de canasta va cerrándose en torno a la mesa de cartas. Las risas no dejan de fluir, pues las edades que ahí se pasean han traído sorderas y distracciones. No es fácil para nadie seguir la conversación con el mismo hilo. Éste se va entretejiendo con una multitud de pensamientos que nada tienen que ver unos con otros. Y es que lo que una pregunta, la otra no ha entendido, y responde lo que su inventiva le pone en la boca. "Que si me pasas la jarra de agua". "Que has de estar loca, para qué te paso la canasta y las agujas si hoy ni hemos traído los tejidos". "No te pedí el juego de canasta, sino la jarra de agua". "Pero el paraguas no lo tengo yo". Risas y risas, discusiones, inocuos pelitos entre amigas, malos entendidos y más risas. Elena se levanta y se despide. No le gusta salir ya obscurecido. Eliseo, su chofer., la espera afuera, con la paciencia que le han traído los años de trabajo con Doña Elena.

Llega a la casa feliz. La tarde ha estado hermosa, pero sobre todo, ha saboreado de nuevo el secreto de su corazón, pues antes de salir, le llamó. Se verán de nuevo, y pronto. Quince años de anhelarlo hasta que el alma y el cuerpo le dolían. Quince años que parecieron interminables, y sin embargo, dentro de una semana llegan a su fin. La ilusión vuelve a ser inmensa, como cada vez, pero ahora hay también una incomodidad, y es que le dirá que Graciela sabe ya lo que hubo entre ellos, pero lo demás, ni él lo sabe. ¿Cómo reaccionará? ¿Por qué no se lo dijo antes? Teme, Elena teme.

Unos días después, Alex pasa a casa de su madre. Ha venido a ver cómo se encuentra. Tanta crisis junta. La muerte del abuelo, la separación de su padre, y la revelación de que el abuelo no era tal. Suficiente para sacar de equilibrio a cualquiera.

- ¿Qué has pensado con respecto a lo de tu otro papá? ¿Le piensas preguntar a mi abuela si es ese el Pepe que pensamos?

- No estoy segura. ¿Qué sentirías tú si de pronto te enteras de que tu papá no es Juan, sino que le fui infiel y resulta que eres producto de una aventura entre tu padrino y yo?

- No, pues si estaría fuerte el asunto.

- Sí. Como que por ahora ni he pensado en saber qué Pepe es mi verdadero papá. Solo me estoy concentrando en existir. Estos días no he tenido energías para nada, vaya, ni tengo nada que hacer, así es que me he pasado los días en mi cuarto, sólo pensando…

- ¿Pensando qué?

- Pues analizando mi vida. En qué momento tu papá dejó de ser mi marido, en qué momento mi papá se habrá enterado que no lo era, y cómo decidió seguirme queriendo. No sé, tantas cosas. Ya no tengo familia segura. La que yo formé, se deshizo. En la que nací, no era como creía. Todo mi mundo ha cambiado.

- Si, está severo. Pero te admiro, ¿sabes? Estás entera, equilibrada.

- No lo creas, por dentro me siento hecha jirones. ¿Y tú cómo te sientes?

- ¿Yo? Ma, nada de esto es realmente mío. Sí me tocan a mi estas cosas, pero de rozón solamente. Yo más bien te estoy acompañando a ti.

- No te quieras hacer la fuerte y salir por la tangente. No sólo también querías a tu abuelo muchísimo, sino que además has perdido a tu papá tanto como yo a mi marido.

- Ma, yo no he perdido a mi papá.

- ¿Cómo que no? ¿Qué no acabas de entender que nos dejó?

- Ma, no NOS dejó. Se separó de ti. Dejó de ser tu marido, pero no deja de ser mi papá.

- ¿Cómo puedes decir eso? ¡Nos traicionó a las dos! ¡Tiene otra familia! ¡Tú eras su hijita querida, pero ahora tiene otras dos! ¡No una, dos!

- Sí ma, tiene otras dos hijas, pero eso no lo hace menos mi papá que si esas dos hijas fueran tuyas también. Son mis hermanas, tal y como lo serían si fuéramos de la misma mamá. Tener más hermanos no me quita un pedazo de mi papá.

- ¿Qué estás diciendo?

- Que yo no he perdido a mi papá. Ayer comí con él.

- ¿Lo viste a escondidas de mí?

- No, lo vi, simplemente. Todos los miércoles y sábados como con él.

- ¡No lo puedo creer!

- Ma, mi relación con mi papá es entre él y yo. No tiene que ver con la relación que tú y él hayan tenido o tengan ahora, esa es suya, no mía. Y la que tenemos tú y yo es nuestra, no de él ni de su familia.

- ¿Hace cuánto que comes con él dos veces por semana?

- Desde que Andrea se embarazó de Emma. Fue cuando la conocí, y desde ese día comemos una o dos veces a la semana.

- ¡¿Conoces a esa fulana?!

- No la veo como una fulana. Es una buna persona que hace feliz a mi papá.

- ¡Y a mí me dejó hecha trizas! ¡Me deshizo la vida!

- Entiendo que lo veas así ma, es más fácil verse a uno mismo como víctima que asumir sus responsabilidades, pero no podrás negarme que un matrimonio se construye y se destruye desde dentro. Andrea no es responsable de lo que mi papá y tú hayan construido ni destruido. Ella sólo es responsable de lo que ella y mi papá construyen.

- ¡Te prohíbo que hables así! ¡Te prohíbo que vuelvas a ver a esa vieja!

- Ma, no puedes prohibirme ver a mi papá ni a mis hermanas.

- ¿Tus hermanas?

- Si, las únicas que tengo. Entiendo que te sientas herida, pero que mi papá y tú hayan tenido una crisis fuerte en su matrimonio, no implica que yo tenga que renunciar ni a mi papá, ni a mis hermanas.

- ¿Cómo puedes llamarlas tus hermanas? ¡Ni las conoces!

- Te digo que las conozco desde antes de que nacieran. Son hermosas, y las quiero mucho. Y te repito que te entiendo en tu dolor, pero que me pidas que yo renuncie a mis hermanas y a mi papá por tu dolor, me parece sumamente egoísta.

Graciela se aleja dándole la espalda a Alex, trabada la quijada, los puños apretados fuertemente. Toda la furia del mundo, de cada una de las generaciones de humanas que han caminado por este planeta, heridos en lo más hondo… todo ese dolor acumulado, lo trae presionado entre los dientes, asfixiado dentro de sus puños. De pronto capta algo, su mirada se enciende con un resentimiento tan salvaje como volcánico:

- Es decir que tú lo sabías todo desde hace por lo menos un par de años y me lo ocultaste…

- Sí, ma.

- ¡Tan traicionera como tu padre!

- No es traición, mamá, aunque lo quieras ver así.

- ¡Viéndote con él y su fulana a mis espaldas! ¡Sábete que desde el día en que tomaste la decisión de apoyar a tu padre con *ESA*, fue el día que me traicionaste a mí! ¡La elegiste por sobre mí!

- Eso es totalmente infundado. Nada tiene que ver con la realidad la interpretación que estás haciendo.

- ¡Pues interpretaré lo que quiera y como quiera, pero tú, al momento de guardar ese vil secreto de tu papá, me diste la espalda a mí! ¡Anda, VETE! ¡No quiero que regreses a esta casa mientras sigas con la actitud de ver a la fulana como si tal cosa!

- Si quieres que me vaya, me voy. Te digo que soy tu hija, y como tal te quiero mucho, pero soy también hija de mi papá y no soy nadie para juzgarlo. Lo acepto plenamente, cómo y con quien él quiera estar, y lo mismo para contigo. Es tremendamente egoísta que pretendas que me pierda de la vida de mis hermanas por tu visión egocéntrica.

- ¡Vete!

- Me voy, pero te quiero mucho. Y quiero que tengas claro que me voy porque tú me lo pides, basándote en tu perspectiva e interpretaciones de las cosas. Pero si cambias de parecer, si logras ver más allá de tu dolor, y mirar con amor, mi puerta está abierta para ti.

Graciela no ha escuchado esto último con atención. Hecha un energúmeno, ha dado la vuelta y subido la escalera, tratando de cerrar sus oídos a tanta locura. ¡Habrase visto antes! Su propia hija relacionándose con aquella mujer. Su hija tan querida que estuvo una semana entera en su casa para animarla, venía de ver a *aquella*. ¿Dónde quedó su rectitud? ¿Dónde su honestidad? ¿Cómo es posible que supiera del *affaire* de Juan, y se callara la boca? Tendría que haber permanecido fiel a su madre, inquebrantable.

Parada al centro de su habitación, las vendas de los ojos se le han ido cayendo. Una a una, las escamas se desprenden de su piel, como hojas secas, como corteza vieja de árbol caído. La vida no es nada de lo que la gente supone. No. La vida es un caos cósmico, un sinsentido. Todos los supuestos en los que había sustentado su vida han ido cayendo en un pozo que parece no tener fin. Un hoyo negro, que todo lo engulle. Su matrimonio ejemplar, tragado y pisoteado por la gran Nada. Su adorado padre, muerto, ido, desconocido. Su nuevo padre, aún más desconocido, inalcanzable e indeseado. Su madre, muralla inamovible, ha resultado ser una mujer de carne y hueso con vida fuera de su casa, y muerte dentro. Su hija… ¿cuál hija? No tiene papá, marido, ni hija. Es nadie. Le pertenece a nadie.

Jovita entra a la recámara, y la encuentra botella en mano, tirada en el piso. Se ha perdido en un remolino de alcoholes y sufrimientos, y parece que sólo ha quedado ahí tirada su sombra. El espanto enciende los ojos de Jovita, corre al teléfono, y se pasma. ¿A quién podría llamar? Juan no es el marido ni el hombre de la casa, pues tiene otra mujer. Llamar a Doña Elena sería como traer al propio diablo. ¿A Alex? Pero si ha sido el pleito con Alex lo que tiene a Graciela en ese estado. No le conoce amigas, las hermanas son gente muy distante. ¿Artemio? No, Artemio es hombre y no debe de ver a la Señora así, tan poco presentable. Jovita se decide al fin, y llama a la única persona que siente puede ser de ayuda en un momento así: Nitlahui.

La cama brilla con la blancura de las sábanas limpias. Del vómito no ha quedado rastro. Graciela duerme en la inconciencia que la salva de vivir el dolor en carne viva. Nitlahui teje a su lado, la mira. Esa mujer, extensión de Don Alfonso, se ha vuelto la niña de los ojos de Nitlahui, sin motivo, sin explicación. Simplemente ha pasado. Y tanto se le ha juntado. Le ha llovido sobre mojado.

Jovita da algunas vueltas para ver si hay algún cambio con la Señora. De pronto, trae té y galletas para Nitlahui. En otra ocasión sube un aromático caldo con arroz rojo. Jovita se siente protegida, acompañada. La señora Graciela está en buenas manos, y ella ya no tiene que lidiar con el asunto directamente. No sabría ser lo responsable que la cosa requiere. Jovita ve en Nitlahui, no solo la compañía que le quita un peso de encima, sino la sabiduría de quien ha hecho carrera de enfermería. ¡Si tan sólo ella pudiera estudiar! Pero las situaciones de su vida la han llevado hasta este momento, en que ella sola no puede lidiar con cosas como estas, sino que todo lo que su mirada puede abarcar son los caminos que dibuja el trapeador sobre la duela, los residuos de mugroso polvo en el trapo de sacudir, el hervor de las ollas en la estufa, el palillo saliendo limpio del pastel que aromático se hornea en su cocina.

Nitlahui sabe cada detalle de la discusión entre Graciela y Alex. Jovita se lo ha contado como si de una telenovela se tratase. Ambas mujeres se preocupan por ella. La señora no tiene necesidades, pero tampoco motivos ni alegrías. En sus años de experiencia, Nitlahui ha visto a muchas mujeres pudientes ir perdiendo la mente poco a poco en la locura del sinsentido. Mujeres condenadas a la soledad de sus casas, sin sentirse amadas, necesitadas ni productivas. Primero los ansiolíticos, luego las pastillitas para dormir, después las que animan, y luego la lentitud del pensar y del hablar de quien depende de químicos para abrir los ojos a la vida. No permitirá que esto le suceda a Graciela. Tienen que encontrar una salida a tanto y tanto dolor y sinsentido, antes de que la gravedad de la locura vaya atragantándose el ser de esta mujer que duerme los alcoholes del dolor humano.

A ojos de Nitlahui, la fe podría salvar a Graciela, pero sabe que ella no es creyente. Entonces se acuerda de La Maya. Esa mujer que conocieron en casa de Julieta podría tener medios y respuestas para Graciela. Al menos valdría la pena intentarlo. Pero quizá, sería tan difícil convencer a Graciela de ir con una chamana, como lo sería llevarla con un padre de la Iglesia. Debe de haber otro camino. Nitlahui baja a la cocina, donde se encuentran Jovita y Artemio.

- Me preocupa la señora, mucho. No veo que tenga motivos ya para querer salir de su cama. He visto a muchas señoras de su clase pasar por esto y ya no levantarse nunca. Entran en una depresión tan fuerte, que quedan sonámbulas de por vida. Tenemos que hacer algo.

- Disculpe que me entrometa un poco, yo a usted no la conozco como Jovita, pero cuenta conmigo para lo que necesite. Sin embargo, yo como hombre, prefiero no saber nada de cosas de mujeres. Jovita y usted pueden perfectamente con el asunto, estoy seguro. Pero además, no quiero involucrarme ni saber detalles, porque mi patrón en sí es el señor Juan. Él es quien me paga, quien me contrató, y al final, es también para quien trabajo, aunque mi trabajo consista en atender a la señora Graciela.

Entonces cuentan conmigo, ustedes nomás me dicen qué necesitan, y yo ahí estoy, pero no me involucren en los problemas de la señora.

- Bien, le entiendo. Jovita y yo nos haremos cargo, y le dejaremos saber si necesitamos algo de usted.

- Entonces me retiro, porque alguien tiene que barrer las azoteas.

Artemio sale de la cocina, dejando a Jovita un tanto confusa. Sí, son amantes, pero no le conocía ese aspecto macho que acaba de mostrar al lavarse las manos con eso de que este asunto es cosa de mujeres. O tal vez sí, le había notado algo, como que creía que las mujeres eran débiles, pero ella lo tomaba como caballerosidad de su parte. Pero ahorita, justo aquí en la cocina, se acaba de lavar las manos así como así. Ella se siente agradecida y acompañada por contar con Nitlahui, pero ahora también, en cierto modo, abandonada por Artemio en esta situación tan delicada.

- Bueno, mira Jovita, algo tenemos que hacer. Vaya, es que no quiero que la señora Graciela se quede cocida para siempre en su cama, ni pegada a una botella, ni tirada en el piso de su casa o en una banqueta. Y mucho menos que viva colgada de un psicólogo que la empastille, le exprima la cartera, y la haga dependiente de sus terapias ineficientes por el resto de su vida. Tenemos que concentrarnos en encontrar algo que le dé sentido de vida a la señora. Compañía no tiene, ni de amigas, ni del señor Juan, y mucho menos de la señora Elena. Y ya ves, ni Alex se puede acercar por ahora. No tiene trabajo, ni amistades. Tenemos que pensar, ¿qué puede darle sentido a una señora que tiene todas sus necesidades cubiertas, y nadie que la ame?

- Un amante, se me ocurre.

- ¡Un amante! Jajaja, vaya, para eso tendría que tener ánimos de volverse a levantar y poner guapa, porque así como se mira ahorita, tirada borracha en su cama, ni una mosca va a pescar.

- Ah, pues sí. ¿Entonces, qué hacemos?

- Pues no sé bien.

- La señorita Alex le estaba ayudando a encontrar trabajo, por la computadora. Algo de idiomas, pero no entendí bien. Pero ¿cómo va a querer trabajar alguien que tiene dinero para todo?

- Eso sería bueno. Sí puede querer trabajar, sólo para hacer algo con su vida y no quedarse ahí tirada, como basura en la calle. Pero ¿sabes cómo ver eso en la computadora?

- No, yo de computadoras no sé nada.

- Yo sí, pero no estaría bien meternos en la de la señora. Además, no sabemos ni la clave. Pero mientras me la podría llevar a mi trabajo, convencerla de que ahí, en la casa de las misiones, puede hacer una gran diferencia.

- ¿Qué es esa casa?

- Es un lugar que tienen unas monjitas. Yo voy a ahí a dar servicio de comunidad, vaya, que no cobro, ni yo ni los doctores. También van varias señoras de dinero, a sentir que hacen caridad. Pero claro, ellas van dos horas a la semana, y lo demás están en su mundo de comodidades. Pero se me ocurre que a la señora Graciela le podría hacer bien.

- Pero ¿qué es ahí bien a bien?

- Es como un orfanato, pero no sólo de niños. Es donde termina toda la gente que ni el gobierno quiere cuidar. Los peores de todos, vaya. Discapacitados mentales y físicos que no tienen familia. Los abandonan así como así. Como no hay recursos, la pobreza está tremenda.

- Pero ver toda esa gente y esas vidas, ¿no puede deprimirla más?

- Sí, es posible. ¿Se te ocurre alguna otra cosa?

- ¿No tienes otro trabajo menos deprimente?

- Pues sí, atiendo a una señora riquilla, aquí muy cerca. Es como a tres cuadras de aquí. Su situación es muy complicada, necesita ayuda para todo, pero a la vez no es tan deprimente, porque es en una casa como esta, y una señora como Graciela.

- Eso estaría mejor, yo pienso.

- Pero sí hay que pensarlo bien. ¿Qué podría pasar si no saliera todo como queremos?

- Pues que la señora se nos deprima más.

- No si logramos hacer que sienta que la otra señora realmente la necesita para vivir y estar bien.

- ¿Y cómo hacemos para eso?

- Tal vez si yo dejo de ir a trabajar ahí.

- Pero es tu trabajo, necesitas la paga.

- Sí. O tal vez pudiera ir menos horas, para no dejar botada a mi clienta, pero las horas que yo no esté con ella, necesita a alguien, y ahí es donde puede entrar la señora Graciela.

- Pero ella no es enfermera, no sabe nada de medicamentos, ni inyecciones ni nada.

- De eso me encargaría yo las horas que vaya allá, porque hasta eso, es un caso sencillo en cuanto a medicamentos.

- ¿Y si se niega?

- Tengo que ver cómo la amarro para que no se pueda negar. Anda, vamos a ver cómo sigue.

Nitlahui y Jovita suben esperanzadas. Llevan en la ilusión un plan de rescate. para la señora. Pero a media escalera, Jovita detiene a Nitlahui tomándola del brazo.

- Ay, pero yo me quería ir a las fiestas de la Santa Patrona de mi pueblo que son en tres semanas. Ya no voy a poderme ausentar de aquí, ¿o sí?
- ¿Qué fiestas son esas?
- Las de los tapetes florales. Son la alegría de mi pueblo.
- Vamos viendo cómo va la señora, sobre todo en los próximos días. Si logramos engancharla en cuidar de la señora Newman, creo que estará bien, y podrás ir a deleitarte en tus fiestas. Aunque sospecho que más que los tapetes, lo que te gusta son los bailables.
- No crea, hay mucho borracho ya.

Nitlahui y Jovita llegan a la puerta del cuarto de Graciela. Está despierta, sentada en la cama, la mirada perdida a través de la ventana, donde la jacaranda florea descaradamente.

Nitlahui se sienta en la cama, al lado de Graciela. La mira, pero en silencio. No sabe en qué momento sacar el tema de la señora Newman. ¿Ahorita? ¿Al rato? ¿Dentro de una semana? Tiene que hacerlo con mucho cuidado, pues es el único camino que ve para tomar de la mano a Graciela antes de que dé un mal paso, y resbale a los pozos sin fondo de vivir una vida vegetativa.

Graciela recarga la cabeza contra la almohada. Se le ve realmente triste. Nitlahui podría sacar el tema del padre desconocido, tan sólo por comenzar una conversación, para poner algo en la mente en blanco de Graciela, pero quizá ese no sería el tema más conveniente. El silencio va estirando los minutos. Algo de eternidad se va asentando en ellos. Pero Nitlahui percibe que, conforme avanza la lentitud de este tiempo, los pensamientos de Graciela van alejándose, uno a uno, para dar paso a la gran Nada, y esa es potente. La gran Nada tiene tanta fuerza que, con sólo verla a los ojos, se atraganta con nosotros. Pero nada se le ocurre a Nitlahui, entonces recurre con la mirada a Jovita, porque quizá a la sencillez de mente de Jovita, se le ocurra alguna palabra que poner en el aire, porque si bien ser compañía silenciosa es un tesoro de vez en vez, en este momento, y para el estado mental de Graciela, podría ser una condena eterna.

Con la mirada, Nitlahui anima a Jovita a decir algo, y aquélla, con la humilde honestidad de su corazón, inicia un monólogo casi infantil:

- Fíjese señora que la ilusión me tiene como en vísperas de la Navidad. Se acercan las fiestas de mi pueblo. No las del San Antonio, que son a las que fui con Artemio. ¡Viera usted! Puse al San Antonio de cabeza, para que ya me hiciera el milagrito con Artemio, pero el San Antonio se me cayó, y al estrellarse en el piso, ¡se le rompió la cabeza! ¡O sea que lo degollé! "Ya me chingué" –pensé. "Ora qué milagrito ni qué milagrito". Pero sí, fue como que el golpe lo despertó, al San Antonio, porque ya lueguito, Artemio me andaba metiendo mano.

Graciela gira la cabeza hacia Jovita, con la mirada algo divertida. Una chispa de vida está entrando en sus pupilas, lo que anima a Jovita a continuar:

- Pero al final, pues como que no le gustó tanto el golpe al San Antonio, eso de despertarlo a madrazos como que no, porque el milagrito solo me lo hizo a medias. Claro que Artemio me metió mano y todo, pero de casamientos ¡nada! Yo que siempre he soñado con mi vestido blanco, ¡nada! Artemio no es hombre de una sola mujer. Es rete-macho. Yo creo que por eso me gusta tanto. Ya le dije que si le gustó lo que encontró, no va a tenerlo más si no me viste de novia. Pero él dice que ya pa'qué me viste de novia, ¡si ya me desvistió todita! Ora nomás no me vaya a dar una nalgada el santito haciéndome salir embarazada, porque nomás eso me faltaría, salirle a mi mamá con que traigo chamaco, pero no marido que mantenga.

Nitlahui suelta la risa que ha estado reprimiendo.

- ¡Mensa! ¡Si sales embarazada no será por el culpa del santito, sino por ser tan pecadora! ¡Jajajajajaja!

Graciela sonríe. Su dolor no le permite fluir realmente divertida, pero las tonterías de Jovita sí la han traído a la vida, y le han dibujado esa leve sonrisa que asoma por sus ojos.

- Cuídate Jovita. La inmaculada concepción no existe. Si te revuelcas con Artemio es cosa tuya, pero entonces tienen que usar condón, o seguro vas a salir con chamaco en brazos.

- Pero dice el padre de mi pueblo que el condón está prohibido, que es el arma que utilizan los pecadores para cometer sus fechorías. Que toda buena mujer cristiana se comporta y se viste de blanco.

- Tu padrecito está pa'l nopal. Te cases o no, si te acuestas con cualquier hombre, necesitas cuidarte para no salir embarazada. Estoy segura de que aquí, Nitlahui, podrá explicarte muy bien todo el asunto. Para eso hay zanahorias y pepinos en la cocina. Pero que no te chamaqueen. O en unos meses vamos a estar aquí, las tres, sin dormir, porque el chamaco sin padre no nos va a dejar pegar el ojo.

Nitlahui acaba de sentir su ego acariciado. Graciela ha proyectado al futuro una estampa que la contiene a ella también, y a Jovita. Al parecer, la señora Graciela les ha ido tomando tanto cariño como ellas. Nitlahui anima a Graciela a salir de la cama y bajar a la cocina. Entre las dos podrán explicarle a Jovita mucho mejor todo aquello de las flores y las avispas. Han traído un par de condones, y sacado tres pepinos del refri. Y tan sólo comienzan a entrar en el tema, los nervios doblan a Jovita de risa. Graciela piensa que es tan hermosa la inocencia de Jovita, como escandalosa su ignorancia del asunto.

El día las abraza con risas que rescatan cada alma de su propia soledad. Están juntas, se acompañan.

Tantos peldaños quedan en esta vida, algunos sumamente dolorosos, otros de gran hilaridad. Transitarlos con los pasos acompañados no nos quita nuestra propia soledad, pues quien camina con nosotros, está a nuestro lado, pero no dentro. Dentro nuestro, sólo nosotros mismos, cada uno.

Las tres mujeres que ríen en la cocina llevan su propia soledad a cuestas. Pero hoy, en este momento, las tres soledades suman una gran compañía.

La vida las observa complacida. Abre las manos, y les permite florecer en la sonrisa...

CAPÍTULO 11

Experiencia Compartida

No hay nada en este mundo que no te toque. Cada aleteo de colibrí, cada risa, toda mirada... todo interconectado en el mismo hecho de existir.

NITLAHUI Y GRACIELA esperan ante la puerta de la casa Newman. Los macetones con azaleas en flor dan un detalle de ostentoso buen gusto y aprecio por la cultura mexicana. La entrada es amplia, moderna, un toque de minimalismo en un profundo color rosa mexicano que contrasta con el gran portón de madera. El sol cae en un amanecer sereno, veraniego. La plantas de la calle han sido regadas, y el agua ha salpicado con sus chorros la banqueta dejándola húmeda y gratamente olorosa. Una ligera neblina se levanta desde el piso, porque el sol, con su fuerza mañanera, alebresta los charcos y las humedades incitándolas a subir en pequeños nubarrones.

El portón de madera abre, y las mujeres entran con los pasos ligeramente mojados. La sirvienta las invita a esperar en la sala, mientras ella sube a ver si la señora Newman ya se encuentra dispuesta. En cuanto ha entrado en esta casa, Graciela se siente bienvenida. Es una casa acogedora, llena de luz. Mucho más moderna que la suya, un derroche de buen gusto, pero aunada a la gran categoría de esta casa, se puede sentir armonía. Al pensar en esto, en la armonía que se siente aquí, una tristeza apachurra su corazón, y es que ella no cree que su vida pueda volver a sentirse armónica y en paz nunca más. Y no entiende bien qué hace ella aquí. Nitlahui la ha traído diciéndole que la señora que vive aquí necesita cierta ayuda que ella puede darle, pero ¿ella qué ayuda puede dar, si ni a sí misma está pudiendo apoyarse? No es enfermera como Nitlahui, valiosa para atender enfermos, y en esta casa no parecen haber existido nunca problemas económicos, entonces no se imagina cómo puede ser ella de utilidad.

La sirvienta, con uniforme en azul claro y delantal y medias blancas, las invita a pasar al segundo piso. Todo está silencioso. La señora Newman debe ser una persona mayor, porque nada muestra la presencia de niños; ni los sonidos, ni el orden y limpieza que ahí imperan. Llegadas a la recámara, Nitlahui entra, pero Graciela se queda clavada en la puerta, sin saber qué hacer. Espera una señal de Nitlahui, que le indique qué es lo que espera que ella haga.

No alcanza a ver hacia adentro de la recámara, ni se asoma, pero sí escucha. La voz que conversa con Nitlahui no parece avejentada, sino joven, llena de vida. Hombre, la voz es masculina. Se escucha un ruido de algún aparato en movimiento, y entonces le ve. Un joven en silla de ruedas eléctrica sale a su encuentro. Está paralizado hasta la cintura. Bien arreglado, se despide porque se le hace tarde para el trabajo. Al pasar al lado de Graciela, hace una inclinación de cabeza:

- Con permiso, y mucho gusto. Nitlahui, te la encargo mucho, porque anda muy necia hoy.

Del cuarto salen un par de risas femeninas, Nitlahui y alguien más. Graciela, algo incomoda, decide asomarse un poco, y ver si Nitlahui se acuerda que ella está ahí, si la presenta, pero sobre todo, si de alguna manera logra entender ella misma el porqué está aquí, en esta casa, parada a la entrada del cuarto de una desconocida. Nitlahui la ve, ahí asomada, y le hace una señal para que pase.

Una cama de enfermo reina el lugar. Quien se encuentra ahí cuenta con el lujo de una cama que brinda varias posiciones para que el enfermo encuentre algo de reposo. Hermosas sábanas bordadas adornan a la mujer, que ahora la observa a ella.

Nitlahui las presenta, y se retira dejándolas solas. Graciela camina unos pasos, muy incómoda al no entender bien la situación, ni el sentido de su presencia ahí, ante la intimidad de una desconocida. Le parece que su presencia es una violación, una ruda imposición a quien nunca la ha visto, y menos invitado hasta su lado.

- Me ha dicho Nitlahui que tu vida está dando giros inesperados y tristes, y lo siento mucho.

- Sí, gracias.
- ¿Sabes que lo tienes todo, a pesar de que te sientas vacía?

Graciela no sabe qué responder. Claro que sabe que tiene todo económicamente hablando, pero no tiene nada. Nada ni nadie por quién vivir. ¿Cómo puede saber esta señora encamada, que ni siquiera la conoce, que se siente tan vacía? ¿Es posible que Nitlahui se haya ido de la lengua y le haya contado toda su historia a esta desconocida que yace en la cama y la mira de manera extraña?

- A mí también me dejó mi marido, ¿sabes? En cuanto supo que el choque me dejaría en este estado. Nos dieron el diagnóstico, junto con un pronóstico nada alentador, y empacó sus cosas. Se fue así nada más, sin despedirse siquiera. Ni mi hijo lo ha vuelto a ver. Nos dejó a los dos.

Se fue dejándonos paralíticos. Como mamá, no me importaría estar así si tan sólo pudiera ver a mi hijo sano. Ni su papá lo habría abandonado. Pero nada puedo cambiar de esto, nada más que mi mente.

- ¿Los dos quedaron así por un choque?
- Sí, y ¿sabes qué es lo más duro? Que yo iba manejando y me distraje con el celular. Eso es lo que más me ha dolido. No el estar así, sino el haber dejado a mi hijo en silla de ruedas. Yo era la responsable en ese momento, por lo tanto fui yo quien lo llevó a este estado.
- ¿Hace cuánto pasó eso?
- Quince años.
- ¿Llevas quince años en esa cama?
- Sí.
- ¿Sales en silla de ruedas como tu hijo?
- No, yo no. Él está paralizado de la cintura para abajo, lo mismo que yo, pero sabes, yo además tengo esclerosis múltiple, y he perdido la función de mis brazos. Ahora soy cuadripléjica.
- Lo siento mucho. Vivimos muy cerca, prácticamente somos vecinas, y no sabía nada de ti.
- Ni yo de ti, así es que no te preocupes.
- ¿Cómo le haces para seguir viviendo?
- Antes que nada, uno ya no puede ni suicidarse cuando no le funcionan manos, brazos, piernas, nada, así es que no hay otra opción. Si se quiere morir, solo puede hacerlo de risa. Imagínate si me quisiera

colgar, ¿con qué manos acomodaría la soga? ¿Y si me quisiera empastillar, cómo le hago para tomar cinco paquetes de pastillas? Ni me podría dar un tiro. No hay nada que pueda hacer con mi cuerpo, sólo mi mente y mi cara funcionan bien. Pero tampoco me suicidaría si pudiera, porque ¿cómo podría abandonar a mi hijo en ese estado?

- Pero escuché que se iba a trabajar.

- ¡Claro! No puede caminar, pero eso no lo frena. Estudió ingeniería química, y trabaja en una fábrica, aquí a la vuelta, en pleno Tlacopac, que produce velas, colorantes y crayolas. De hecho, él es quien nos mantiene, es el responsable económico, porque la pensión de mi mamá, que es la dueña de la casa, no da para mucho.

- ¿Y tú qué haces todo el día?

- Pues yo voy por épocas. A veces sólo miro el reloj, esperando que las horas pasen y Raúl vuelva para contarme su día. He tenido temporadas de picarme con series de televisión, y vivir esperando el siguiente capítulo. Lo importante es tener un motivo para seguir, y el motivo puede ser cualquiera, siempre y cuando tenga la potencia necesaria.

- ¿Y ahora, qué te mueve?

- Escribir.

- Pero no puedes escribir.

- No, pero voy a escribir tres libros. Los he trabajado en mi mente, así es que los tengo bien definidos. Un día me dije: obviamente voy a morir un día, ¿qué le quiero decir a la gente, a la humanidad, antes de irme de este planeta? Y así surgieron los tres libros.

- Pero no entiendo, ¿se los vas a dictar a alguien?

- Pues había pensado escribirlos en la computadora con la boca y un palito, pero Nitlahui me dijo que tú me podrías ayudar si yo te dictaba.

- ¿Yo?

- Sí. Según me dijo, recibiste una información muy importante de parte de tu papá gracias a que alguien le tomó el dictado para ti. Entonces, según me dijo, tú estarías encantada de hacer lo mismo para alguien más.

- Pues, yo no sabía nada.

- ¿No lo habló contigo?

- No.

- No tienes que hacerlo si no quieres.

- No me malinterpretes, por favor. Es sólo que esto me toma de sorpresa. No tenía idea, pero ahora que lo planteas así, puede ser muy interesante.

- Bien, pues ¿qué te parece si comenzamos de una buena vez? Ahí está el teclado.

Graciela toma la computadora, abre el programa de Word, y escribe las primeras palabras... "Sin muerte no hay descanso, pero si sólo hay descanso, la muerte ha llegado."

Graciela se queda intrigada por el significado de lo que acaba de escribir, pero no pregunta nada, espera que la Sra. Newman continúe. Los pensamientos salen de forma fluida, vertiginosos, desorganizados. Al ir avanzando, Graciela se va prendando de las ideas que la Sra. Newman expresa. Este libro no se trata de una novela, sino de una compilación de reflexiones en torno a la vida, sus aprendizajes del camino, que quiere verter sobre los oídos de Graciela para que a través de ella pasen al teclado, y de ahí se lancen al mundo para quien quiera recibirlos. Y comienza a prestar un interés verdaderamente pasional, porque le está pareciendo que lo que está escuchando puede ser su salvación. Aquí puede estar contenida la respuesta que busca al sentido de su vida sin padre, sin marido, sin hija, sin amigas, sin trabajo. Escribe casi martillando el teclado, sus dedos corriendo abarcándolo todo. Sus ojos se clavan dentro de los de la Sra. Newman. Un clavado dentro de ese azul intenso que habla tanto como la voz que les enmarca expandiendo su mirar. Graciela se encuentra invadida por una sed bronca por conocer a esta mujer, por descubrir cada uno de sus pensamientos, sus aprendizajes de vida. Y entonces se acuerda de Nitlahui, y cae en cuenta de que no le ha vuelto a ver. La sirvienta ha entrado en la habitación varias veces. Atiende a la Sra. Newman como seguramente le habrá enseñado Nitlahui, porque algo de lo que hace la sirvienta le recuerda a Nitlahui atendiendo a su papá. Pero Nitlahui no ha vuelto a la recámara, lo que debe significar que se ha ido a otro trabajo, dejándola a ella aquí, frente a la computadora, ante esta gran mujer a quien acaba de conocer. Un profundo agradecimiento nace en su pecho, conmoviéndola casi hasta las lágrimas, porque acaba de comprender que Nitlahui ha tenido una gran visión al traerla aquí, al ofrecerla como escribana, porque hoy, aquí, esta mujer cuya única arma es su voz, se ha convertido en un motivo, un movimiento hacia la vida. Esta mujer encamada, paralizada, le acaba dar sentido a la vida de Graciela, por lo menos por hoy, pero seguramente por los días y semanas por venir.

La mañana transcurre con las dos mujeres mirándose a los ojos, al teclado, dentro del alma. Entran en sus recuerdos, tocan sus tristezas, acarician los sueños que se les fueron.

Ninguna pinta un futuro, les queda claro a ambas que hoy viven el hoy y nada más.

Las horas se convierten en días, y los días en semanas. Jovita observa un cambio en su patrona. Ya no deambula por la casa con la mirada partida de tristeza, ni se clava en la cantina hasta quedar tirada al lado del polvo que ha escapado a la escoba. No, ahora se levanta con energía, desayuna sonriente, agradece la compañía y la mira a los ojos. ¡La mira a los ojos al hablarle!

Graciela sale cada mañana, y no regresa hasta entrada la tarde. No pregunta si Alex ha llamado, no menciona a su papá, y parece ni acordarse de Juan. Si no fuera porque Nitlahui le contó todo acerca de la señora Newman, Jovita pensaría que la señora Graciela andaba loca por algún hombre nuevo. Pero no, no se trataba de un hombre, sino de una mujer en situación de cama de por vida. ¿Cómo puede ser que el sufrimiento ajeno llene de vida a otra persona?

La Sra. Newman y Graciela entretejen sus filamentos, anudan sus dolores, se hermanan de manera tal, que llegan a sentirse más cerca una de otra de lo que nunca antes se habían sentido con nadie más. Esto da pie a que Graciela empiece a aprender cómo atender a la Sra. Newman en sus necesidades físicas. Comienza ayudando a cambiar las sábanas con la paciente acostada encima, y pronto ya sabe cómo lavar su cuerpo y su pelo y luego vestirla. Le da de comer en la boca, le limpia la barba y los bigotes de chocolate, le roba una mordidita de galleta. La Sra. Newman la mira con los ojos vulnerables y agradecidos, y se abandona a sus cuidados. Graciela le acaricia el pelo, le da un beso en la frente, y retoma su dictado en la computadora. Se quieren. Ninguna de sus hermanas ha sido esto para ella. Y se acuerda, desde el velorio de su papá, no ha visto ni hablado con ninguno de sus hermanos. ¿Sabrán que Juan y ella ya no están juntos? Nadie se ha interesado por saber cómo se ha sentido sin su padre. ¡Ni siquiera Álvaro! Pero ahora tiene a esta mujer, que le abre los ojos, que la confronta con su propia vida, que le llena los días de compañía, gozo y sentido.

- ¿Por qué no te hablas con tu hija?

- Ya te lo había contado. Durante dos años supo que su papá me era infiel, y no me dijo nada.

- ¿Preferirías que te hubiera ido con el chisme? ¿En qué hubiesen cambiado las cosas?

- No es sólo el hecho de que no me lo dijera, es que además veía a la otra mujer, y luego llegaba a mi casa como si nada, ¡y yo ignorándolo todo!

- ¿Y por qué querrías saber?

- No, tampoco es eso. Es que me parece que es como burlarse de mí, ¡como hacerme pendeja!

- ¿No te das cuenta de que estás matando a tu hija?

- ¿Matando?

- Sí, la estás perdiendo en vida.

- Pero ¿qué puedo hacer? ¡Ella eligió apoyar a su papá!

- ¿Y desde cuándo apoyar al papá significa no apoyar a la mamá?

- Pues porque si apoya a uno en lo que daña al otro, no puede ser de otra manera.

- Son cuentos que tú te cuentas. Apoyar y respetar al papá viene dado porque se ama al papá, lo cual no quiere decir que se ame, respete y apoye menos a la mamá. Sobre todo alguien que quiere que sus padres, ambos, sean felices. No va a juzgar a su papá ni tiene por qué hacerlo.

- ¿Entonces yo estoy mal?

- A mi parecer, sí. Fíjate, no sólo perdiste a tu marido (por algo que fue elección de él, no tuya), pero ¡estás perdiendo a tu hija también, y a ella POR ELECCIÓN TUYA!

- Es que no puedo separar las dos cosas.

- ¿Amas a Juan?

- ¡Claro, es mi marido! Era...

- Entonces deséale el mayor bien en su vida. ¿Dices que tiene dos hijas, no?

- Sí, pequeñas.

- ¿Pues qué mejor que las ame y comparta la vida cotidiana con ellas?

- Es que eso implica que yo me haya quedado sola.

- No necesariamente.

- ¿Cómo que no?

- Mira, estando aquí tirada por tantos años, la vida se ve de manera más clara y nítida. Sin tanto golpe de pecho ni lágrimas necias.

- ¿Y?

- Que no tendrías que estar sola, no solo podrías ser muy feliz con tu hija, también podrías reconstruir una nueva relación con tu ex, y acompañarte con él, su mujer y las niñas.

Graciela se pone de pie indignada.

- Ahora sí, creo que la cama te ha afectado más de lo razonable. ¿Cómo puedes creer que yo pueda convivir con aquella así sin más? ¡Después del daño que me ha hecho!

- Daño lo que me hizo a mí el accidente. Esto es daño. A ti, en realidad sólo te ampliaron la familia. ¿O qué, me vas a decir que Juan y tu seguían teniendo relaciones cada semana?

- ¡Claro que no! ¿Pero eso qué tiene que ver?

- ¡Que lo que tenías en tu casa era un amigo, no un amante! Si no tenía relaciones contigo, qué más te da con quién las tenga. Cambia que ya no duerme bajo tu techo, pero tu amigo puede seguir siendo si te dejas de tanta tontería.

- ¿Cómo tontería? ¡Me abandonó!

- No, Graciela. La abandonada aquí, soy yo. Mi marido sí se fue huyendo, el tuyo, en cambio, está pendiente de ti. Si no se acerca más, es para que no lo muerdas. Pero de infiel, ¡nada! ¿A qué le iba a ser infiel? ¡Si ni se acostaban! ¿Infiel a roncar al otro lado de tu cama? ¿Infiel a dormir inconscientemente donde tampoco se dé cuenta de nada? ¿Infiel por tener relaciones con una mujer en vez de con su mano en la regadera? ¡Por favor! Era tu amigo, y lo puede seguir siendo, ¡si tan solo te dejas de mojigaterías y abres tu corazón!

Graciela da vueltas por el cuarto, se jala el pelo, quiere entender, pero le cuesta más de lo que tiene.

- Algo así me dijo Alex, pero ¡no puedo con eso!

- Entonces deja a tu marido en su vida, pero no mates a tu hija.

- No la he matado, no exageres.

- La estás borrando del mapa, eso es matarla. ¿O qué, te vas a esperar a que acontezca alguna desgracia como la mía para darte cuenta de que la regaste?

- No, para nada.

- ¡Entonces llámala! Pídele perdón.

- ¿Perdón? ¿De qué, si se puede saber?

- De haberla corrido de esa manera. De tener tanta ceguera y egoísmo.

- Yo no he sido egoísta.

- ¿Te acuerdas cómo te sentías cuando perdiste a tu papá?

- Sí, pero no es lo mismo.

- ¡Es peor! Tú no tenías opción al perder a tu papá porque la muerte no pregunta, llega y se impone sin más. Pero Alex sí tiene opción, puede tener a su mamá, pero la ha perdido porque su madre es necia. Prefiere atenerse a ideas tontas antes que compartir la vida con su hija.

- ¡Me ves como a una idiota!

- Tú te deberías ver y sentir así. No está bien que esperes que tu hija deje de amar a su papá para que entonces tú la quieras a ella. Eso es lo egoísta.

- Pero no aguantaría el dolor de que me cuente de aquella.

- Pues dile que la quieres de regreso en tu vida, pero que le pides que todo lo que tenga que ver con su papá y la familia nueva que tiene, lo calle porque te lastima.

- No se…

Muchas cosas se le han ido moviendo a Graciela. No sólo los movimientos de estructura en su vida, sino sus cimientos internos. Escuchar a la Sra. Newman es para ella como oír la voz de un gran profeta. ¡Tanta sabiduría saliendo de quien no lo puede nada! Se toma los días siguientes para analizar, para analizarse, pero no llega a nada nuevo, porque sigue siendo la misma persona con las mismísimas ideas viejas y cansadas. Entonces decide la locura. El fin de semana que está sola en su casa, porque Jovita y Artemio descansan los fines de semana completos desde que ella vive sola en casa, decide quedarse en cama. Pero no como en otras ocasiones. No es llorar ni deprimirse, sino sumergirse en el mundo de la Sra. Newman. ¿Qué es estar imposibilitado? ¿Cómo es no tener ninguna opción, ni siquiera la del suicidio? No mover nada más que la cabeza. Coloca una frazada con varios dobleces bajo su vientre, pues ese será su pañal. Sí, a ese grado quiere fundirse con algo de lo que la Sra. Newman vive a diario, día tras día, semana tras semana, mes a mes, año tras año. Coloca una bandeja de quesos, carnes frías y dos jarras de agua en el buró. El control remoto de la TV lo atora en la cabecera, junto con un trinche de los que utiliza normalmente para el fondue. Ha decidido no levantarse al baño, ni utilizar sus manos. Todo lo intentará hacer con la boca ayudándose con el trinche. Si algo no logra, se amolará.

Se pone un camisón cómodo, luego intenta amarrar sus brazos al cuerpo con un trapo, cosa que no le sale muy bien, porque para ello se requiere tener las manos libres, y ella se las está amarrando. Se acuesta, y para cubrirse, jala con los dientes las sábanas, pero no lo logra, entonces se sienta en la cama, sabiendo que eso es trampa, pero aquí no hay enfermera que le atienda, así es que se hace del ojo chiquito. Ya está, acostada, sola, mirando la pared. Espera. ¿Qué espera? Pues nada, pero estar así, solamente mirando alrededor, es como esperar. Sus ojos ven esto, ven aquello. Se siente un poco ridícula, y al mismo tiempo, como observada por algún tipo de presencia. Y algo pasa. El silencio crece junto con el tiempo. Ha entrado en una eternidad. Observa las sombras que se proyectan sobre la pared, mira los cuadros… cada objeto parece estar animado, vivo y consciente, aunque inmóvil. Siente que le miran, los objetos le miran a ella con más seriedad, incluso, que con la que ella les mira a ellos. Tiene comezón. La barba le pica. Eso no es difícil de atender, pues mover la cabeza es permitido. Se le empieza a dormir un brazo, no hace caso, sigue observando. Sigue pareciéndole que estar ahí, tan solo mirando, es como esperar y esperar algo. ¿Pero qué se puede esperar? Un sonido. Eso sería algo. Pero no hay nada más, y comienza a desesperarse. Decide prender la T.V. Para ello, gira la cabeza hasta tomar el trinche con su boca, lo tiene. Ahora intenta presionar el botón de encendido en el control remoto, pero el trinche se le cae al piso. Se siente torpe. Duda entre recogerlo con las manos y darse otra oportunidad, o dejarlo tirado y amolarse, renunciar a ver la tele. Se decide por lo segundo. Está sola con su cabeza. No hay otra compañía que las sombras y los objetos. Alcanza a ver algunas motitas de polvo semi-suspendidas en una caída que parece no tener fin. Les sopla, y ellas se mueven. Salen de sus rutas dando pequeños bailes frente a ella. Sonríe. Las sombras de la pared han ido bajando, mirando al piso. Quiere orinar. Si lo hace en la cama, se mojará toda y olerá mal. Y permanecer mojada no parece ser lo mejor. ¿Se vale mejor pararse? No, no se vale. Deja que la orina escape entre sus piernas, pero en cuanto percibe que algo ha salido, aprieta el perineo para contenerlo. ¿Se ha espantado de sí misma? ¿O es una respuesta natural del cuerpo y la consciencia el frenar la orina si no se está en una situación considerada idónea? Vuelve a relajarse, y se concentra de dejarla salir. Un líquido que imagina dorado y brillante va recorriendo la parte trasera de sus piernas. Oro, es oro líquido. Así lo imagina, porque la temperatura es cálida, amable. Sus pompas sienten lo empapado de la toalla, y lo comparten. El camisón se le pega a la piel de manera desagradable. Se han mojado también los cobertores. Si hubiera alguien ahí para ayudarle, para cambiarle sábanas, camisón y toalla por unos limpios y secos, ¿se dejaría hacer? Eso implicaría dejarse ver desnuda, dejarse limpiar. Por ahora cree que prefiere permanecer mojada. El día sigue avanzando, el silencio y la quietud no han cambiado, solo las sombras y los tonos en la pared. Los objetos la analizan, pero no le dirigen la palabra. ¡Basta! Estar en cama sin moverse es estar condenado a vivir dentro de los propios pensamientos y nada más. Se quiere levantar, pero se ha impuesto el permanecer dos días así. ¿Se dará por vencida? ¿O atravesará las horas de aburrición con el sentido de acercarse al entendimiento de la Sra. Newman? También se pregunta si acaso debe pasar por esto para entenderla mejor, y en el fondo sabe que la respuesta es no. No es necesario, pero quiere vivirlo. Un cierto silbido dentro de sus oídos acompañan al silencio. Más motitas de polvo. Un claxon a los lejos. Frente a ella hay libros, pero no puede tomarlos. Tiene frío. La orina que salió como baño dorado, se ha convertido en un gélido todo azul. Tiembla. Se le adormecen las pompas, quiere darse vuelta, pero hasta para esto se requeriría la ayuda de alguien compasivo que quiera atender a quien yace inmóvil en una cama. Por tanto, no se mueve. El cuerpo le habla entonces, le dice cosas que nunca antes. Ahora sabe que sus huesos no solo han estado ahí, dentro suyo, calladitos. No, siempre le han hablado, pero ella no había sabido escucharlos. Ahorita está reconociéndoles la voz, lo mismo que la de sus vértebras. Le está incomodando el cuadro del jabalí que cuelga frente a ella con la boca abierta y los colmillos afilados. No es amable el cuadro, es agresivo. Decide que va a quitarlo en cuanto pueda moverse. Está siendo eterno esto. No aguanta más. Considera la opción de levantarse. ¿Tiene sentido el estar ahí? Jamás entenderá lo que ha vivido la Sra. Newman, simplemente porque no es lo mismo acostarse voluntariamente, que no tener opción. Además, una cosa es hacerlo uno o dos días, pero otra completamente pasar 15 años así. No, no tiene sentido. Durante estas horas, lo que ha visto es que uno es prisionero de su propia cabeza, que es a su vez la única y constante compañía. Se levanta, corre a la regadera y se mete completa bajo el chorro del agua cálida. ¡Que bendición! Que la Sra. Newman no pueda hacer esto no implica que ella tenga que renunciar a ello, sino al contrario, que tiene el deber de vivirlo y apreciarlo. Gozarlo.

Al salir de la regadera, tiene algo claro dando vuelta en su cabeza. Es terrible que la Sra. Newman no haya salido de esa casa, de ese cuarto ni de esa cama en 15 años. Si no depende de ningún aparato para mantenerla viva, ¡debe salir! Graciela no sólo será para la Sra. Newman unos dedos que escriban sus pensamientos, también va a ser el motor que la lleve al parque, al jardín, ¡al sol!

Busca el teléfono de Nitlahui, le marca llena de ansia. Quiere su apoyo, su ayuda para lograr esto. Por supuesto que Nitlahui la secunda. Ambas ríen al teléfono, la ilusión de llevar a la Sra. Newman más allá de las paredes y de su casa las hace estallar en júbilo.

Ahora están ante la cama de la Sra. Newman. Han venido a plantearle su plan, y esperan de su parte tanta ilusión como la que ellas sienten. Y efectivamente, en cuanto la Sra. Newman escucha lo que Graciela y Nitlahui se traen entre manos, sus ojos rompen en lágrimas. ¡No lo puede creer! ¡Saldrá! ¡A la calle, a la vida!

Pero hay algo, un solo detalle. La Sra. Newman se niega a salir si antes no arregla Graciela su "malentendido" con Alex. Es la única condición. Si Graciela la va a salvar a ella de su condena a la cama, ella va a salvar a Graciela de su autocondena a vivir sin hija. O las acompaña Alex, o no va. Y las tiene que acompañar, porque ello implica no solo que ya le ha hablado Graciela a Alex, sino que han vuelto a retomar su relación madre-hija y a compartir la vida.

Graciela se detiene. El corazón se le acelera. Ha comprendido que debe de hacerlo aunque ello implique morderse el orgullo. Pero duda de poder hacerlo. Aún le escose la herida que siente de que Alex lo supiera todo a sus espaldas. Camina hacia la ventana, mira a través de ella. Realmente quiere ayudar a la Sra. Newman, pero esto que le pide es demasiado para ella y no cree tener la fuerza necesaria, y mucho menos, la visión de vida que se requiere para tragarse tan tremendos sentimientos en pos de algo más.

Las tres mujeres han quedado en silencio. Todo está en manos de Graciela.

En el jardín, la ardilla retoma su carrera de árbol en árbol.

CAPÍTULO 12

Ojos Abiertos

A cada paso tuyo, la vida ha sembrado flores para embellecer tu camino. Darte cuenta de su presencia, de su belleza y su aroma, te corresponde a ti.

GRACIELA SE DEVORA el libro al lado de la ventana. Jovita le ha traído el desayuno a la sala, pero la charola sigue intacta. Cobijada entre su pijama y un chal, la fría mañana se desenvuelve dentro de esas páginas. La relación con la Sra. Newman le ha dado nuevo impulso para vivir la vida, y no sólo para vivirla, sino para gozarla. Atragantárselo todo, reír lo más posible, correr, cocinar, bailar... ¡moverse!

Si el hijo de la señora Newman, paralizado hasta la cintura, tiene un trabajo por el que se levanta cada día, por el que sale a la vida, y por el que es un joven productivo, ella lo puede más aún. ¡Debe poder! Estos días lo ha destinado a leer, estudiar y comprender bien cada uno de los libros que le compró Alex ese día en que pasearon por Coyoacán. Organizarse en casa, trabajar desde casa, trabajo a través de internet... ¡tantos temas novedosos! Y buena noticia, ha recibido un encargo por parte de una compañía traductora. Es algo menor, pero ella siente que es un primer trabajo con el que la evaluarán como traductora, y si quedan satisfechos, le enviarán más. Así es que se devora los libros, con los ojos, con la mente. Quiere sentirse totalmente fuerte y segura de sí misma. Quiere ser profesional en este nuevo mundo en el que todo es a través de computadoras y a distancia. Pero sobre todo, quiere lograrlo porque se siente en deuda con la Sra. Newman, con su hijo... y con Alex.

Con la Sra. Newman que quisiera lograr tanto, y no puede nada. Con su hijo Raúl, porque él está saliendo al mundo con una gran desventaja física, y con el peso de mantener la casa en la que vive, y proveer para su madre, mientras ella, Graciela, lo tiene todo. Ningún impedimento, ninguna necesidad económica. Y por Alex, porque si va a verla otra vez, quiere que se sienta orgullosa de su madre. Quiere ya presentarse como una mujer profesionista, encaminada en su vida, y no como el bulto de llanto en que se había convertido la última vez que se vieron.

No ha podido comunicarse con Alex, ni con Lore. En la oficina de Alex le dijeron que estaba de viaje por Europa, un viaje largo, y que estaría incomunicada un par de semanas.

Esto le dará tiempo suficiente para beberse los libros, mandar más CVs, y entregar su primera traducción. A la Sra. Newman también le parece que debe enviar unas correcciones a dos compañías traductoras de películas, en las que vieron varios errores en los subtítulos. Errores tremendos de ortografía, que ni siquiera un niño comete.

Jovita entra a la sala y se lleva la charola para recalentar el desayuno. Cuando vuelve con él, le pide a Graciela que baje el libro por un momento, pues tiene algo que decirle.

Graciela, impaciente, baja el libro. Jovita le pide que desayune algo mientras.

- Señora, ya usted me lo había advertido, que si no me cuidaba iba yo a salir con chamaco… y pues, ya ve.
- ¡¿Estás embarazada?!
- Pues parece que sí.
- Ya te hiciste la prueba.
- No, pero pues estoy segura, se puede decir. Mareos, y vómitos y retraso.
- Deja pido una a la farmacia.

Graciela marca a la farmacia más cercana, y pide una prueba de embarazo.

- Viene en camino, pero debe hacerse con la primer orina de la mañana.

- Uy señora, aunque me levanté desde tempranito para regar el jardín, no he ido al baño, así que estamos a tiempo.

- ¿Y el papá? ¿Es Artemio?

- Pues claro, ¿qué otro si no?

- Bueno, tu intimidad es cosa tuya. Pero ¿qué vamos a hacer si sí?

- Pues señora, el problema no es suyo, usted ya tiene sus propios.

- Bueno, sola no te voy dejar, ¿qué has pensado?

- Si usted me acepta con bebé, me gustaría seguir aquí.

- Mejor no nos adelantemos, no estamos seguras de que en verdad haya bebé.

El pedido de la farmacia llega dando cierta calma a los nervios. Ambas abren el paquete, leen las instrucciones, y Jovita se va a la intimidad de su baño para enfrentar su realidad. Pero una vez mojada la barrita, vuelve al lado de Graciela. No quiere estar sola si el resultado es positivo. Las dos lo miran, esperan en vilo. En la expectativa, ambas sienten una cierta ilusión por la posible llegada de un bebé, y a la vez, las dos saben que la vida será más fácil, mucho más, si el resultado es negativo.

Un par de rayitas azules nacen en la pantallita. Las dos tiemblan. Graciela vuelve a consultar el instructivo para asegurarse. Las barritas, no sólo están confirmando un embarazo, sino que además, les está develando el sexo del bebé: ¡un niño!

Ambas se miran sorprendidas, una inmensa alegría les invade. Graciela siente que este bebé será un tanto suyo, y lo celebra. De inmediato analizan detalles, requerimientos del bebé, incluso nombres. Pero, ¿y Artemio? Él aún no sabe.

- Mira Jovita, un hombre, es un hombre. Si te apoya, bien, mejor. Pero si no, aquí me tienes a mí. Juntas veremos que este bebé sea feliz, inmensamente feliz.

- Señora, me extraña que sea tan buena conmigo. Yo pensé que me iba a regañar, pues ya ve cuántas veces no me advirtió que me cuidara, y le salí con domingo siete.

- Jovita, un bebé es siempre una bendición. Mira, yo sólo tuve a Alex, y tan rápido pasan los años que ya se me fue. Claro que te advertí que esto podía pasar, porque ciertamente la vida no es más fácil con un hijo, pero sí mucho más bella. Y, además, ahora el bebé ya llegó. No ha nacido, pero ya está ahí, vive en ti, así es que a verle el lado brillante, y a gozar el milagro de la vida. Y si Artemio no responde por el niño, pues él se lo pierde, que a ti te toca lo mejor, lo más difícil, pero lo mejor. Anda, busca a Artemio y díselo.

Jovita sale al jardín. Ahí está Artemio, podando las azaleas.

- Artemio, tengo que decirte algo importante.
- ¿La Sra. volvió a quedar tirada de borracha?
- No, hace mucho que ni se acerca a la cantina. Es algo sobre mí. Bueno, algo tuyo y mío.
- ¿Qué? ¿Ya no me quieres?
- Vamos a tener un hijo
- ¡¡¡¡¡¡¡¡¡¿Qué?!!!!!!!!! ¿Qué estás diciendo, mujer?
- Que estoy embarazada.

Artemio, se pone muy nervioso, no sabe qué hacer. Entra a la casa, pide permiso para salir, y Graciela no se lo niega. Siente que está tan nervioso, que cree que quiere estar solo, alejado, para deglutir la noticia. Él sale corriendo de la casa, entra en su cochecito, lo enciende, y se marcha.

Jovita ha quedado hecha un mar de lágrimas. Se siente abandonada.

- No nos adelantemos. No te dijo nada malo. No se enojó, no te gritó, no te dijo que ese niño no era suyo. Tampoco que no quisiera nada que ver con el bebé.
- Pero se fue, señora. Se fue así nada más.
- Sin llevarse sus cosas.
- Pues luego ha de mandar por ellas.
- No sabemos nada. Yo creo que más bien se espantó, y se fue a calmar un poco, y a pensar las cosas. Tú serena. Lo importante es que vas a ser mamá, y una mamá feliz. Me voy a bañar, tú cámbiate y te llevo al hospital Escandón, a tu primera revisión. Anda.

Las monjitas del hospital le dan muy buen trato a Jovita, quizás porque no ha dicho que es madre soltera. Ha dado el nombre del papá, y nadie le preguntó si está casada o no, así es que, hasta ahorita, no ha habido ningún problema.

Una monjita reza con ella por el bienestar del bebé, y Graciela nota cómo se llena de paz Jovita. Ella cree en esas cosas. De vuelta a la casa, Graciela tiene pensado prestarle su computadora, para que vea algunas películas sobre el desarrollo del bebé in útero, el parto, y los primeros meses del bebé, para que esté mejor preparada. Pero al entrar en la cocina, se detienen sorprendidas. Toda la cocina está inundada de flores: Claveles rosas, los favoritos de Jovita. Artemio la espera ahí, sosteniendo un vestido de novia en una mano, y en la otra, un anillo. Sin diamante, sencillo, pero tierno.

- Las cosas hay que hacerlas como Dios manda. Si has de ser la madre de mi hijo, primero serás mi esposa.

No muy romántica propuesta a ojos de Graciela, al menos no en el discurso, pero sí en la forma, primitiva, masculina, pero eso de llenar la cocina de flores y presentarse ya con el vestido de novia, tiene una ternura inocente.

Los deja para que tengan su momento, lo hablen, lleguen a acuerdos sobre los detalles de la boda.

Abre su computadora, y se da a la tarea de la traducción. Su primera traducción. En este momento, se siente empoderada. Está en su casa, su hábitat, y no ante desconocidos que la evalúan mirándola a la cara, ni sus capacidades mecanográficas, ni sus habilidades computacionales. En la paz de su estudio lee un texto sobre cocina mexicana, le parece muy interesante, y de pronto se adentra en la lectura sin acordarse de que es este su primer trabajo profesional. Lo traduce simultáneamente al francés y al inglés, con la facilidad de quien ha crecido con estas dos lenguas junto con la de su país, como lenguas maternas. En un dos por tres ha terminado, pero se toma su tiempo puliendo la presentación para su envío. Ya enviado, saca su celular, abre el block de notas, y redacta un mail con todas las correcciones a errores de traducción de dos de las películas que vio con la Sra. Newman, y los envía a las compañías traductoras respectivas.

El teléfono de casa suena, eso le extraña. No suele llamarla nadie. Contesta pensando que será Alex, pero no, es Álvaro.

- Hola hermana. ¿Por qué no hemos sabido de ti? ¿Todo bien?
- ¿Bien? Pues mi papá murió y mi marido me dejó, ¿Te parece que mi vida va muy bien?
- Supe que Juan había volado, pero nunca me invitaste al festejo ni a tu bienvenida a la soltería.
- Han pasado muchas cosas Álvaro, no estoy muy para chistes.
- No le has hablado ni una sola vez a mi mamá para ver cómo está. No sé si se te olvidó que su marido se murió.
- No quiero hablar con ella nunca más. Hay muchas cosas que no sabes, no todavía.
- ¡Ah caray! Eso sí no me lo esperaba.
- Si tienes tiempo, comamos en el Cadena de San Ángel. Total, tenía que hablar contigo tarde o temprano.
- ¿Sobre qué?
- No comas ansias. Si te lo digo por teléfono, quizá te de un infarto y no te vuelvo a ver. Mejor en el Cadena.
- ¿Tan cañona está la cosa, eh?
- Sí.

Frente al espejo, se arregla para ver a su hermano. ¿Qué le dirá? ¿Tiene acaso derecho? ¿No le correspondería a su mamá decírselo? Pero no, su mamá no hablará nunca, tal como nunca se lo dijo a ella. Se mira al espejo, ahuyenta las preguntas, y recuerda que es su hermano más amado el que estará frente a ella en unos minutos, y tiene tanto derecho como ella a saber la verdad.

El valet parking toma su camioneta. Ella sube las escaleras y pide su mesa favorita, la soleada. Le preguntan a cuántas personas espera, les dice que sólo a una, y retiran el servicio que sobra. Pide una bebida, y curiosea por el menú, mirando de vez en vez a las otras mesas, en una escurridiza observación de las personas que están ahí. En la mesa de al lado, hay una mujer pequeña, de pelo corto, muy corto. Se esmera sobre un teclado como única compañía. No logra determinar la edad de la mujer. Parece muy joven, pero tiene arrugas, algunas. Se sienta con ambas piernas sobre la silla, como en flor de loto, sin serlo. La mujer toma su vaso de agua, da unos tragos, y toda, toda el agua sale por su nariz. Ella se apresura a secarse con una servilleta de papel, hace una mueca de fastidio, vuelve a tomar agua, pero esta vez levantando la cara, como mirando al cielo, y ahora sólo unas cuantas gotas salen por su nariz. Pero cuando vuelve a bajar la mirada hacia su teclado, más agua sale por sus orificios nasales. La mujer se suena. Cualquier persona pensaría que esta mujer tiene algo de gripa y por ello se suena, pero Graciela lo ha visto, esta mujer no tiene mocos, se suena el agua que toma. Graciela se levanta, se acerca a ella, y le pregunta si necesita ayuda, lo que extraña a la mujer.

- He visto que el agua que tomaste te ha salido por la nariz. Pensé que te ahogabas, ¿no necesitas ayuda de verdad?

- Eres muy observadora. Estoy bien, gracias.

- ¿Cómo es que el agua que tomas sale por tu nariz?

- Cáncer de boca. Me quitaron maxilar y paladar. Traigo una prótesis para hablar y poder comer, pero ya nada me sabe. Aunque se supone que las papilas gustativas están en la lengua, yo perdí como el 80 % de la capacidad para percibir sabores, además de que comer me lastima un poco.

- ¿Fumabas mucho?

- No, nunca he fumado. Cosas de la vida, ya ves.

- Pero te ves muy bien.

- Sí, lo estoy, gracias.

- Bien, te dejo trabajar. Si necesitas algo, estaré ahí con mi hermano, si el cabeza dura no me deja plantada.

- Gracias.

Álvaro llega calmado. Delgado, guapo, con la camisa por fuera de los pantalones, como acostumbra, y la chamarra al hombro, como también acostumbra.

- A ver hermanita, ¿qué es lo que me va a infartar? Al grano, para ir llamando a la ambulancia.

- ¿Ni siquiera me saludas?

- Hola. Ahora ¿me dices qué es lo que me va a matar?

- ¿Pedimos primero de comer?

- ¡Ah! Vamos a hacer tiempo, bien.

Graciela tiembla. Sus manos danzan las danzas del colibrí. Siente que va a llorar, que apenas comience a decirlo, el llanto partirá sus palabras, pero no es llanto de tristeza, y no logra comprender cuál es la emoción que la invade ahora. Han ordenado la comida, y Álvaro la mira respetando el silencio. Se ha dado cuenta de que lo que su hermana trae en la punta de la lengua es algo grande que la tiene paralizada. Pero como transcurren los minutos, y Graciela no tiene la fuerza para decirlo, vaya, ni siquiera para mirarle, decide ayudarla un poco.

- ¿Tienes cáncer?

La mujer de la mesa de junto, voltea de inmediato. Su mirada denota miedo. Ha escuchado la pregunta y le clava los ojos encima tanto como Álvaro. Graciela, mirando a la mujer, se apresura a contestar que no, no tiene cáncer. Le sonríe a la mujer haciéndole una seña para que esté tranquila, no tiene cáncer, no es eso. A Álvaro le llama la atención que su hermana conteste hacia esa mujer, como hablándole a ella, y no a él.

- ¿La conoces?

- No, la acabo de conocer aquí, y me contó que tiene, o tuvo cáncer. Por eso volteó espantada cuando preguntaste, creyó que yo también tenía, y ella que lo ha vivido, no ha de deseárselo a nadie.

- Tal vez a su marido. Ah no, ella no debe tener marido.

- ¿Por qué no?

- Se nota.

- ¿Qué? No me digas que la gente puede notar que yo no tengo marido.

- No es que se note que no tenga marido, lo que se note es que no le interesan los hombres. Esa mujer debe amar a otra mujer. En fin, no le demos más vueltas, ¿si no es tan grave como que tengas cáncer, qué es lo que me vas a decir?

- ¿Te acuerdas que mi papá decía que no eras suyo?

- Claro. Crecí con eso labrado en el corazón. No es algo que se olvide así como así.

- Pues yo tampoco soy su hija.

Álvaro se le queda mirando en silencio. Graciela no sólo le está confirmando que él no es hijo de su papá, como siempre se lo insinuaron, sino que además le está anunciando que ella tampoco lo es. Toma un trago de vino, respira profundo.

- A ver, explícame bien lo que me estás diciendo. ¿Cómo? ¿Dónde? ¿Cuándo? ¿De dónde sacaste eso? ¿Quién te dijo?

- Mi papá quería hablar conmigo antes de morir, y mi mamá nunca lo permitió. Entonces él le dictó a Julieta una carta para mí, donde me contaba esto, pero mi mamá la desapareció. Y ya nunca pudimos hablar mi papá y yo, porque mi mamá no lo permitió. Pero Julieta, como no sabe escribir muy bien, copió la carta para practicar su letra, y me la regaló. Enfrenté a mi mamá, y me dijo que somos hijos de un tal Pepe. Lo único que sé es que lleva 15 años sin verlo, o eso dice.

- ¡Ah caray! ¡Sí que es algo gordo!

- Pero, ¿no te sorprende?

- Pues siempre supe que no era hijo de mi papá. Pero tenerlo confirmado así, eso ya es otra cosa. ¿No has averiguado nada más?

- Te digo que no quiero volver a ver a mi mamá. Sabes, tú siempre fuiste su consentido, ¡pero a mí nunca me quiso! ¡Y sí soy hija suya! En cambio mi papá me adoró sin ser mi papá. Lo que no entiendo, es por qué mi mamá no me quería.

- Pues, pregúntale.

- No quiero verla.

- No te va a quedar de otra.

- Claro que sí. Lo único que quiero saber es quién era mi otro papá, y el tuyo, y el de Sandra.

- ¿Sandra? ¿Ella tampoco es de mi papá?

- No. Pero al parecer, tú y yo somos del mismo papá, de ese Pepe, Sandra no, ella es de alguien más.

- Es decir, que mi mamá ¡tenía la falda muy suelta!

- ¿Te la imaginas? Ella que es todo un hierro. Es como una mujer de piedra, sin sentimientos, ¡y resulta que vivió sus grandes pasiones a escondidas de todos!

- ¿Quién es ese Pepe? ¡Tenemos que encontrarlo!

- Yo tengo una foto del que creo que es, mira. Tu y yo nos parecemos a él, muchísimo. Se llama Pepe, y siempre estaba con mi mamá. Además, hace como 15 años que no se acerca, debe de ser él.

- ¡Claro! ¡Es idéntico a mí!

- ¿Y qué hacemos?
- ¡Pues buscarlo!
- Tú habla con mi mamá, a ver si puedes confirmarlo, porque encontrar a un señor, que ha de estar ya bien viejito, y decirle que es nuestro papá sin estar seguros, como que no. Primero tenemos que estar seguros.
- ¿Y Sandra? ¿No le has dicho?
- Nada.
- ¿Tienes la carta?
- En mi casa.
- ¡Tenemos que decirle!
- Pero no sabemos nada de su papá. Primero sácale la sopa a mi mamá, y luego vemos si le decimos a Sandra, porque ella sí que se va a infartar.
- Sí, pero tiene tanto derecho como tú y como yo de saberlo.

En eso han quedado. Se despiden y Álvaro le promete a Graciela que irá directo a casa de su mamá, para averiguar tanto como le sea posible, y sólo entonces ambos hablarán con Sandra, a menos que su mamá decida hacerlo ella misma.

Graciela se despide de la mujer de la mesa de al lado, y sale junto a su hermano. Él toma su bici y baja hacia Insurgentes, ella, en cambio, pide su camioneta y ya que está en ella, no sabe a dónde ir. Se siente drenada. Vacía. No tenía idea de la carga emocional que seguía siendo su otro papá. Creía que se había olvidado un tanto del asunto, pero no. Se siente tan cansada por el grado de movimiento emocional que este tema ha movido en ella, que no tiene ganas de llegar a su casa, donde Jovita se comienza a llenar de vida. No quiere ver a la Sra. Newman, porque no quiere contagiarle su pesadez. Julieta, quiere ver a Julieta. No se acuerda cómo llegar a su casa, ni sabe si la encontrará ahí, tampoco tiene su teléfono, pero sí recuerda el nombre de la calle y la colonia. Podría marcarle a Nitlahui y pedírselo, pero de seguro Nitlahui se uniría al plan, y a Graciela no le apetece. Lo que quiere es ver a Julieta a solas, platicar largo y tendido. Decide estacionarse sobre la calle San Jacinto, y pedir un taxi. Irá hasta casa de Julieta, aún a riesgo de no encontrarla. No hay otro lugar al que quiera ir, ni otra persona con la que quiera estar ahora.

Ya en el taxi, Graciela se pregunta qué le dirá a Julieta, por qué se le aparece así nada más, sin previo aviso, sin razón alguna. No tiene respuesta. Simplemente quiere estar con ella.

Al taxista le cuesta trabajo dar con la vecindad. Han dado vueltas y vueltas por la zona, preguntando a cuanta persona han podido, y por fin llegan. Graciela se baja nerviosa, pero sus nervios son muy distintos de los que vivía la primera vez que flanqueó esa entrada abierta al mundo. Ahora sus nervios vienen de presentarse sin anunciarse, sin razón aparente y sin contar con la confianza para hacerlo, pero a pesar de ello, lo hace. Ya sabe el camino, y siente cierta calidez en el corazón al reconocer los botes llenos de plantas, el corredor roto por los años, las paredes destartaladas, y hasta el mismo bebé con las nalguitas de fuera. Llega hasta la escalera, y siente cariño por ese barandal borracho, los escalones mareados, las capas de pintura cayendo una tras otra. Camina hasta la cortina azul, pide permiso para entrar, y Julieta misma la recibe en la entrada con una sonrisa y los brazos abiertos. Graciela no entiende por qué ni cómo, pero se lanza al abrazo de Julieta y rompe en llanto. Un llanto infantil, desconsolado. En los brazos de Julieta está encontrando ese sentimiento de amparo que su madre nunca le brindó. Se siente contenida. Llora y llora. ¿Cuál es el motivo de su llanto? No tiene respuesta, pero necesita llorar, y se lo permite.

- Vamos, pase. Cuénteme todo lo que le acongoja. No puede ser ninguna tragedia, espero yo.

- No, para nada. La verdad es que no sé ni por qué lloro. Hoy hablé con mi hermano y le dije lo de nuestro papá, y se me movieron las emociones, eso es todo.

- ¿Y con lo de su marido, cómo va?

- Pues no le he vuelto a ver, pero han sucedido tantas cosas en mi vida, que ni tiempo tengo para pensar en él.

- Cuénteme.

- Pues mi papá, el original, se llama Pepe, según me dijo mi mamá. Pero eso es todo lo que sé, y lo que le platiqué a Álvaro mi hermano. Ni idea tenemos quién sea el papá de Sandra, ni ella sospecha que no es hija de mi papá, y eso va a ser un golpe muy duro. A Alex hace tiempo que no la veo, yo misma la corrí, me enojé. Pero he conocido a una extraordinaria mujer que me ha ayudado a aclararme ciertas cosas, y ya sólo estoy esperando que Alex regrese de su viaje, para hablarle, bueno, más bien, para pedirle perdón.

- Es mucho para vivir en tan poco tiempo.

- Hay más. Esta mujer tan extraordinaria que conocí, está paralizada totalmente, y su hijo en silla de ruedas. Voy casi diario a ayudarle a escribir unos libros, me los dicta, y yo los tecleo en su compu. Llegué a ella por Nitlahui, y un poco por ti. Es decir, Nitlahui pensó que sería bueno que yo hiciera por alguien lo que tú hiciste por mí, tomar un dictado que diera sentido de vida. La carta que tú transcribiste, de la que te dictó mi papá, me cambió la vida. Me dio una paz enorme, aunque me movió mi mundo entero. Pero de no haberla tenido tú, la copia, me habría vuelto loca, y matado a mi madre del coraje. Ahora yo escribo para la Sra. Newman, y eso me da un gran sentido de vida, además de que voy a aprendiendo muchísimo de sus reflexiones de vida.

- Eso es bueno, para las dos, para usted y para esa señora. Yo también me beneficié mucho de acompañar a su papá. No sólo retomé el practicar el escribir, también aprendí mucho de él, y creo que él de mí también. Él me enseñaba sobre cómo organizar el dinero, qué hacer con él para no vivir al día siempre. Mire, mi casa es humilde, pero es mía. Este cuartito, como lo ve, lo he comprado con mi trabajo, pero no sólo es este. Compré también los dos de los lados, y uno de la planta baja. No están bien, vaya, no son buenas casas, pero me dan mi rentita. Y eso, se lo debo a su papá. Eso y muchas cosas.

- ¿Sabes? Creo que hoy vine porque necesitaba un abrazo de mi papá, y tú me parece que eres lo más cercano a él que tengo.

- Señorita, tiene a sus hermanos, la casa de su papá, sus recuerdos.

- Pero tú eres lo que más cercano siento a su presencia.

- Tengo una idea, no sé si se vaya usted a espantar, no sé qué piense de eso.

- Dime.

- ¿Se acuerda de La Maya?

- Claro, la chamana que estaba aquí cuando viene por la carta, y que me dijo eso tan extraño de que el piso se abriría bajo mis pies.

- Sí. ¿Quiere usted vivir una ceremonia que abrirá su corazón?

- No creo mucho en esas cosas.

- ¿Ha fumado hierba alguna vez?

- No, pero tampoco me espanta. ¿Por?

- Creo que a usted le serviría el Sapo.

- ¿Qué es eso?

- ¿Ha escuchado sobre la Ayahuasca?

- Sí, ¿es eso?
- No, pero parecido. El Sapo la conecta con el amor de manera inmediata. Y no tarda usted ni quince minutos en estar de vuelta, lista para seguir con su día normal. Se puede ir manejando y todo. No es riesgoso, y creo que le serviría mucho.
- Esas cosas no me llaman la atención.
- Su papá lo hizo, y fue entonces que decidió hablarlo todo con usted.
- ¿Mi papá lo hizo estando enfermo?
- Sí, y fue lo que le dio paz, lo que lo armonizó con la enfermedad, y le aclaró todo el embrollo que traía su cabeza con eso de morir callado o hablarlo todo.
- ¿Y qué le pareció la experiencia?
- Sus ojos lloraban de amor. No paraba de agradecérnoslo.
- ¿Mi mamá supo?
- No, le dijimos a su mamá que la Maya era mi hermana y que me estaba acompañando unos días, y ya ve cómo era su mamá, nos dejaba solos sin problema.
- ¿Entonces mi papá lo gozó?
- Muchísimo. Días pasó agradeciendo la experiencia. ¡Anímese¡
- ¿No hay riesgos de nada?
- De nada.
- Bien. Dile a la Maya que quiero vivir lo que mi papá vivió. Pero estoy pensando que igual no me gustaría vivirlo sola.
- La Maya estaría con usted, y si gusta, yo la acompaño también.
- Claro, pero estoy pensando en la Sra. Newman. Deja le planteo la cosa, igual quiere vivirlo conmigo. ¿O crees que le podría hacer daño estando como está?
- Ningún daño, puro amor. Pregúntele y me avisa.

Graciela se despide de Julieta agradecida. Al salir de la vecindad, siente que trae unas alas inmensas. La perspectiva de una nueva, y quizá bella aventura se abre ante ella. Espera que la señora Newman quiera vivirlo también, para sentirse acompañada, nada más por eso.

El taxi la recoge y se dirige a San Ángel. Atrás va quedando una humilde vecindad, y en un tercer piso, una cortina azul es agitada por el viento, y en su danza, deja salir al día el aroma de una olla que hierve los hervores de la vida.

CAPÍTULO 13

La Transparencia

Suéltate, déjate ir, que vida y viento verán por ti.

ÁLVARO ESPERA A su madre en la biblioteca. Se sabe adorado por ella, pero en estos momentos, un huracán de sentimientos lo marean. Los libros han ido guardando polvo, y al verlos, Álvaro siente que la historia de su familia también se ha ido empolvando con los años, y parece que ha llegado la hora de sacudirla.

Elena entra con soltura. Su adorado hijo, el benjamín, ha llegado a visitarla otra vez. De los 6, él es el único que la abraza constantemente, que le dice que la quiere. Verlo a él es como un descanso para su alma atormentada.

Pero esta vez Álvaro no se apresura a abrazarla. En vez de ello, se le queda mirando intensamente, como desnudándola. Elena se sonroja, se estremece. Algo en la mirada de Álvaro ha detenido sus pasos, de pronto, está incómoda, muy incómoda con su presencia.

- Algo te pasa. Estás distinto.
- Esta no es una visita como las que siempre te hago, madre.
- ¿Y a qué se debe eso?
- Digamos que he venido a escucharte. Quiero saberlo todo.
- Pues, para saberlo todo hay que estudiar mucho.
- No me rodees, madre.

Álvaro, ahora sí, se ha acercado a su madre, y abrazándola, la lleva hasta un sillón y se sienta a su lado, haciéndole cariños en los hombros para que se sienta apoyada y acompañada.

- Te adoro, madre, y quiero que me lo cuentes todo, como nunca antes. Todo, todito sin censura. Sabes que tienes en mí un aliado. Que no te juzgo ni juzgaré nunca. Hoy he venido con todo mi respeto a escuchar tu historia, y la mía, y no quiero que me ocultes nada, nada de nada, porque lo que sea que me digas, más que escandalizarme, creo que me dará libertad y descanso. Así que vamos, *shoot.*

- Pues, no sé qué es lo que pretendes que te diga.

- Los dos lo sabemos, anda.

Elena suspira. El temido momento ha llegado y es ahora. ¿Por dónde empezar? ¿Cómo? ¿Hasta dónde se huele Álvaro que llega todo? ¿Comienza por decirle que no es hijo de Alfonso?

- Pues esto no es fácil, vamos, no sé ni qué decir.

- A ver, te ayudo un poco. Yo no soy hijo de mi papá. Él lo decía siempre, pero ya hoy me lo han confirmado, así es que qué tal si comenzamos por eso. ¿Quién es mi papá? ¿Vive? ¿Cómo lo conociste? ¿Lo amaste? Todo eso. Puedes comenzar por responderme cada pregunta, una por una.

- Pues efectivamente, no eres fruto de Alfonso. Tu papá es Pepe. Y sí, lo amé, lo he amado muchísimo a través de los años. Vive. Hoy mismo voy a verlo después de 15 años de mantenernos alejados.

- ¿Y qué más me puedes decir de él?

- Lo conocí en la Hacienda, donde naciste. ¡Ahí vivimos tantos años! Como si fuéramos de otro siglo. Todo mundo vivía en la modernidad de Acapulco, con su *boom* internacional, y nosotros en la Hacienda de Chilpancingo, mientras tu papá se pasaba meses entre Chilpancingo e Iguala.

- Pero también vivimos en la hacienda de Iguala, ¿no?

- Sí, claro. Siempre en haciendas.

- ¿Puedo verlo? Lo quiero conocer. Te acompaño. ¿Dónde se quedaron de ver?

- En el Parque España. Pero no sería bueno que vengas. Además, ya lo conoces.

- ¿Es el mismo Pepe al que le decíamos "padrino"?

- Sí. Por eso nunca se nos separaba, porque me adoraba, además de que sabía que tú eras su hijo.

- ¿Y Graciela?

- También es su hija, pero él no lo supo nunca. La primera vez que nos dejamos de ver fue una vez que tu papá, vaya Alfonso, como que sospechó que algo había entre nosotros. Pepe nunca se enteró de que yo estaba embarazada, y cuando volvió, Graciela ya tenía algunos meses, así es que decidí no decírselo. Él creyó que era hija de Alfonso, pero Alfonso sí se dio cuenta de que no era suya, porque no habíamos estado juntos, él volvía después de meses de no estar, y me encontró embarazada. Pepe y él se cruzaron. Pepe no supo que yo estaba embarazada, Alfonso hizo cuentas cuando nació Graciela... y los dos hicimos como que nada pasaba. Cuando Pepe conoció a Graciela, dio por hecho que la bebé era de Alfonso, y él ya babeaba con la pequeña, así es que a Pepe para nada se le ocurrió que fuera de él.

- Pero si Graciela es tu hija, no de mi papá Alfonso, ¿por qué nunca se ha sentido querida por ti? Eso lo sabemos todos, tú también.

- Pepe y yo llevábamos varios años amándonos. Pero el nacimiento de Graciela le confirmó a Alfonso que había algo entre nosotros, vaya, nos puso en evidencia. Desde entonces, siempre nos fue mucho más difícil vernos a solas. Siempre nos veíamos con tu papá, y con amigos. Alfonso ya no permitiría que nos viéramos por nuestra cuenta, ni nosotros podíamos permitírnoslos, casi nunca. Graciela fue como la muerte de la libertad de amor que había entre Pepe y yo. Y sí, siempre lo resentí.

- Y sin embargo, nací yo. Y muchos años después.

- Nunca nos dejamos de amar, y siempre encontramos cómo vernos a escondidas, pero lo que antes era fácil y hermoso, se volvió difícil y doloroso con el nacimiento de tu hermana.

- ¿Y qué dijo Pepe de que yo nací?

- Ah, te adoraba. Te ha adorado siempre. Pero imagínate qué dolor, nunca poder ser tu papá abiertamente, siempre callándoselo, y viendo cómo Alfonso hacía ese papel. Cada vez que le decías papá a Alfonso, a Pepe se le clavaba un puñal en el corazón.

- ¿Y por qué dejaron de verse?

- Alfonso pensó que Graciela era producto de un desliz, y que nunca había vuelto a pasar nada entre Pepe y yo, hasta hace 15 años. Nos encontró aquí mismo, en esta biblioteca.

- ¡¡¿Haciendo el amor aquí?!!

- ¡No! ¿Cómo crees? Nos besábamos, eso sí. Alfonso no dijo nada, se dio la vuelta y subió al cuarto. No sabes lo que fue para mí. Pepe, en ese mismo instante, se despidió para siempre. Me dijo que no volvería, que no podría volver a ver a su amigo a la cara. Y yo, me quedé sola, rota. El hombre al que amaba, y al que acababa de besar, se iba para no volver, y en cambio, se quedaba un hombre bueno, pero al que yo no amaba, y al que a partir de ese momento, no me atrevía tampoco a mirar a los ojos.

- ¿Y qué pasó después?

- Nada. Alfonso nunca dijo nada. Yo en cambio, morí por dentro.

- ¿Y nunca le dijiste que también era papá de Graciela?

- Nunca. Eso pienso hacerlo hoy.

- ¿Y qué hay de Sandra?

- ¿Qué con Sandra?

- ¿Quién es papá de Sandra? ¿Pepe?

- No. Esa es otra historia. De eso no quiero hablar, ya fue mucho por hoy. Además, estoy muy nerviosa porque estoy a punto de volverle a ver luego de tanto y tanto tiempo. Además, no sé qué piense de enterarse hasta hoy de lo de Graciela.

- Te entiendo, madre. Muchas gracias por abrirte así conmigo. Me parece encantador conocer tu historia honestamente. No debe haber sido fácil vivirla, ni ahora hablar de eso.

- Pues con Graciela no, nada fácil. Contigo es otra cosa. Tú siempre has sido mucho más abierto de mente, y más cercano a mí. El niño de mis ojos.

- Pero tienes que hablar con Sandra, tiene derecho también a conocer su origen. Cuando lo veas conveniente, pero antes que tarde.

- Lo sé.

- Madre, yo también tengo algo gordo que decirte de mi historia. Vaya, tú me acabas de contar una parte muy hermosa y dolorosa de tu vida, que te tenías guardada. Ahora me toca a mí, también tengo algo guardado, que nunca te he compartido.

- Nada será nuevo para mí. Pero dime…

- Madre, sabes que no me he querido casar nunca, que soy un soltero empedernido, pero lo que no sabes es el porqué. Soy gay, homosexual. Soy el mismo, siempre he sido quien soy, y entenderé si te cuesta trabajo aceptarlo, pero te quiero tanto, que espero no te alejes de mí.

- ¡Uy Álvaro! ¡Eso le he sabido siempre! ¡Puede que incluso lo sé desde antes que tú!

- ¿Cómo?

- Pues siempre has sido así, desde chiquito. Tus juegos, la importancia que le dabas a la ropa, a la buena comida, a los arreglos de flores. ¡Por algo has sido siempre mi mejor compañía!

- ¡Y yo que pensé que te ibas a escandalizar!

- ¡Qué va! Tus hermanos piensan que soy una chapada a la antigua, pero irreverente en la religión, pero ya ves, mi historia es más escandalosa incluso que la tuya.

- ¿Y Pepe sabe que soy gay?

- ¡Claro! Él siempre me lo decía: "Ese hijo nuestro nació rompiendo tantos esquemas como nuestra historia". Te adora, ¿sabes?

- Entonces sí querrá verme.

- Pero no hoy. Hoy nos reencontraremos él y yo. Hoy es *nuestro* día.

Álvaro sale descansado. Lo que él pensaba que era su secreto, su madre lo había sabido siempre. Y a la vez, lo que él sospechaba de su madre, también era cierto. Los dos habían guardado fantasmas en el clóset, pero hoy, las puertas se han abierto y la ropa sacado al sol. Álvaro le marca a Graciela, quien va saliendo de casa de Julieta. Le cuenta casi toda la conversación con su madre, omitiendo solamente la parte que él ha compartido con Elena. Lo que es suyo, es suyo y de nadie más. No tiene ganas de lidiar con prejuicios en este momento. Menos aún, de abrir un tema que pronto golpeará la vida de Graciela por otro lado. Ya la vida la sacudirá en ese aspecto, ¿para qué adelantarse ahora?

El viento levanta las hojas recién depositadas en el suelo. Decenas de pies caminan bajo rostros distantes, ausentes. Ha llegado al parque. El taxi la dejó en la esquina, y ahora camina lentamente hacia la banca, aquella banca que la espera más allá de los arbustos. Tiembla. Se detiene. Su corazón se ha encendido, y da enérgicos vuelcos. Tal parece que dentro lleva un estallido de fuegos artificiales. Pirotecnia. El sabor de la pólvora llega hasta su lengua, y le cala. Duda. Aún podría arrepentirse, dar la vuelta y desandar los pasos. Pegar carrera hasta San Ángel, entrar jadeante a su hermosa casa, y refugiarse en un sillón de la biblioteca, donde nadie le encuentre por horas y horas. Sus manos se derriten sudorosas. ¿Dar un paso más? ¿Aventurarse más allá de los setos para encontrarse con qué? ¿Con quién? Su Pepe se ha esfumado al viento en el paso de los años. Sí, un señor vendrá a verle. Un señor llamado Pepe con quien comparte un pasado común, un amor-fuego. Pero éste de hoy será un Pepe actual, lejano, envejecido y desconocido. ¿Qué la empuja a quedarse? ¿Y qué es lo que ha detenido sus pasos?

De pronto siente la vibración de su celular, ¿será él? ¿Le va a cancelar? Contrariada, saca su celular y lee el mensaje. Graciela, su inoportuna hija. Esa niña que no se le despegaba en la hacienda, que la perseguía justo en los momentos que lograba arrancar minutos al día para entregarse a Pepe. Esa niña que llegó a interrumpir abrazos, besos, caricias. Esa niña que con nacer, puso sentencia final al gran amor de su vida. Y hoy, justo a nada del reencuentro con Pepe, la historia se vuelve a repetir: Graciela se hace presente en unas cuantas líneas, no hace falta más. Con un gesto de disgusto, regresa el celular a su bolsa, y la mirada hacia los setos que en este momento la amparan, pues esconden la banca y el hombre al otro lado, donde no pueden verle.

Un hombre da un jalón a su bolsa. Espantada, Elena gira para hacer frente al ladrón, pero no es un ladrón quien le mira, es él. Pepe está aquí. No al otro lado de los setos, no al otro lado del parque, no allá lejos, refugiado en su casa, no, Pepe está aquí, justo aquí a su lado... y le mira.

Elena da un paso atrás. Sus piernas se desvanecen debajo de su falda. Traga saliva. Se encoje de hombros. Sus ojos, necios, se derraman. Se rompen, estallan, y él... él la abraza. Aroma. En su abrazo reconoce ese olor, ese olor...

No hay palabras. En el reencuentro, el anhelado abrazo se hace milagroso retorno, luego de tanta soledad. Aquí están ambos, el silencio en este nuevo encuentro se expande, luego de mil montes. Caminos de pies descalzos. Cientos de miradas guardan silencio, una multitud que se viste de nada. Rostros desaparecen en torno a ellos, porque en medio de todos, del clamor y del silencio, se expande este abrazo tan inmenso, tan eterno, que un temblor se desata en el aire. Es inmutable el amor, y en este silencio, habla más que las mil voces.

Piel de su piel, nombre en su voz, adoración del amor.

Este es el parque que les acompañó desde que ambos se mudaron a la Cuidad de México. De aquí solían caminar hasta su departamento compartido en el amor, para ser inmensos uno dentro del otro. Se les iba cayendo la ropa, a veces con una lentitud desesperante, otras, con el arrebato pasional de saberse bien amparados por esas paredes para amar cuanto quisieran. Sí, se caían al piso, les sobraba la piel. El mundo se rompía alrededor y ellos rodaban por las esquinas desatando polvaredas infinitas.

Anochece. Graciela bebe un Anís, cuyas gotas resbalan por sus dedos. Le gusta la dulzura del Anís, cómo se cristaliza en la boca de la botella. Bebida dulce que su papá solía servirle. Enciende su celular. Observa la foto. Ahí tiene a su papá, su verdadero papá. Ya se lo ha confirmado Álvaro. Ambos son hijos de Pepe, y es muy probable que pronto lo vuelvan a ver. Lo han conocido toda su vida. Su "padrino" ha estado presente en todas las etapas de sus vidas, salvo la última. Pero ahora lo verán distinto. Ya no como padrino, sino como el papá que no pudo serlo. Graciela se siente aliviada por ello, lo mejor que le pudo haber pasado en la vida, piensa, es que Pepe no haya podido ser su padre, sino Alfonso. Él es su verdadero y querido papá. Lo mejor que ha tenido su vida, Alfonso y Alex. Que diferente hubiera sido todo si Pepe hubiera ejercido su papel de papá. Tal vez no hubiera sido mala, pero tampoco tan hermosa como la vida que le dio su papá Alfonso. Pero pensando en Álvaro, no está tan segura. Es posible que Álvaro sí hubiese sido más feliz como hijo de Pepe, pues Alfonso nunca lo tomó como hijo, sino como obligación. ¿Por qué la diferencia? Si ella y Álvaro son ambos hijos de Pepe, ¿por qué a ella sí la tomó como hija, y no al Álvaro? Es más, a ella no sólo la tomó como hija, sino que hizo de ella su hija predilecta. ¿Y qué hay de Sandra? ¿Quién será papá de Sandra, si su madre vivió un *affaire* de años con Pepe, y estaba casada con Alfonso? ¿En qué momento entró en la vida de su madre un tercer hombre?

Las horas de la noche se columpian de ida y de regreso, pues por cada cinco minutos que avanzan, parecen retroceder tres. Graciela no puede conciliar el sueño. Mañana verá a la Sra. Newman para ver si se anima a vivir la experiencia del Sapo con ella en manos de La Maya. Espera que se anime, porque no tiene ganas de pasar por esto sola, aunque está determinada en experimentarlo. Desde el momento en que escuchó que su papá lo vivió y adoró la experiencia, ella quiere transitar los mismos pasos, seguir su huella. Avanzar por donde pasó su padre por la vida, al entrar apenas a la muerte.

Enciende la computadora, busca *El Sapo*, y no encuentra nada. Entonces se adentra en los resultados que le arroja *Ayahuasca*, y se espanta. No quiere vivir eso. Pero Julieta le ha dicho que el Sapo es más suave, puro amor. Y su papá lo recorrió con lágrimas de agradecimiento. Decide cerrar la computadora, y no espantarse más. ¿Para qué llenarse de miedo e ideas ahora?

Alex, ¿qué le dirá a Alex? ¿Le pedirá perdón así como así? No, ella no ha hecho nada malo. Que Alex supiera del *affaire* de Juan, incluso del nacimiento de las niñas, y no le dijera nada, le dolió en el alma, y tiene derecho a ese dolor. Sigue pensando que hay cierta traición en el asunto, pero no quiere perder a Alex. La llamará, pero no tiene claro qué es lo que le quiere decir.

Los colibríes se persiguen fuera de la ventana, cerca del comedero. La Sra. Newman los observa pensativa.

- ¡Hagámoslo! No puede haber Sapo que espante.
- ¿No te da miedo?
- ¡Ay mujer! Cuando uno está en este estado, no hay riesgo que no tome. ¿Qué miedo voy a tener yo que no puedo ni moverme? ¿Miedo a morirme y ser liberada de este cuerpo? Para nada. Cualquier cosa que sea aventura me alegrará los días por venir. Te imaginas lo duro de estar aquí, sin nada nuevo nunca. Solo veo transcurrir las horas, lentas, eternas. Minuto a minuto esperando a que Raúl regrese de su trabajo, para estar tranquila que nada le pasó allá afuera, que está bien, y para que me cuente algo del mundo, de la vida agitada, de lo real. Esta aventura que me propones no puede sino sacarme de este soponcio en el he estado sumergida durante años. Además, me dará algo más acerca de lo que escribir en mi libro (o dictarte, para ser más específicos).
- Entonces ya está. Le aviso a Julieta para que llame a La Maya y vengan en cuanto puedan. Si lo vivimos juntas, y mi papá lo vivió primero, no pienso quedarme sin la experiencia.

Graciela ha hablado con Julieta, y han quedado en ir a casa de la Maya aprovechando las fiestas del pueblo de Huamantla. Durante la semana, la Sra. Newman y ella casi no han podido concentrarse en el dictado, pues la novedad de la experiencia que están por vivir acapara toda su atención. Se imaginan cómo se sentirán todas drogadas, alucinando apariciones, vuelos, imágenes de colores raros. Ríen. Se divierten dando rienda suelta a su imaginación, pues ni idea tienen de cómo será la vivencia.

Alex y Lore regresan de su viaje. Están tan cansadas que se tiran en la cama, pero no para dormir, puesto que traen el horario patas para arriba. Les duelen los pies, y miran las maletas con pereza. No tienen ganas de ponerse a desempacar. Su departamento les parece hermoso. Estar de vuelta es tan lindo como salir de viaje. Las plantas siguen vivas, lo que quiere decir que su tío Álvaro ha cumplido bien con su cometido de mantenerles en su ausencia. Entonces deciden invitarlo a tomar una copa, para agradecerle. Al fin y al cabo ellas no podrán dormir esta noche dado el *jet lag*, y él seguramente tampoco lo hará, dado su estilo de vida.

Álvaro llega pronto. Ha traído fondue y pan, además de un par de vinos. Quiere verlas. Las adora. Él no tiene hijos, pero este par de jovencitas son sus protegidas. Alex no es sólo su sobrina, sobrinos tiene de sobra. Alex es su adorada compañera, y Lore lo es por añadidura. Con ellas ha compartido todos sus quebrantos amorosos, y todas sus ilusiones. Aquí se siente en casa. Les cuenta la plática que tuvo con Elena unos días antes. Y todo lo que sabe acerca de su papá Pepe, todas las preguntas y reflexiones que le dan vuelta en la cabeza. Al llegar, pensó que venía a que Alex y Lore le contaran de su viaje, pero no, en realidad ha venido a ser escuchado. ¡Tanto que contar!

Alex menea los pies un tanto incómoda.

- Entonces mi abuela ya sabía que eres un hombre-arcoíris... Vaya, jamás me hubiera esperado que reaccionara así, pero bueno, te adora.

- Yo tampoco me lo esperaba, ni porque me adora. Tantos amigos han vivido el infierno en la tierra en el momento en que sus familias "amorosas" lo saben, que no me esperaba nada distinto, pero ya ven, ¡me saqué la lotería!

- ¿Y cuándo volverás a ver a tu otro papá?

- Ni idea, mi mamá me pidió tiempo, y sí creo que lo necesita. Pero espero que no sea mucho. Los dos son grandes ya, y no quisiera que Pepe se muriera sin que podamos hablar de esto. ¿Se imaginan lo que habrá vivido todos estos años? Yo no puedo entender cómo un hombre puede vivir el ver a su hijo llamando papá a otra persona, e ignorando que uno es el padre. Debió de haber sido terrible para él.

- ¿Tú leíste la carta?

- No, tu mamá no me la ha enseñado todavía.

- Es que hay más. Lore y yo sí la leímos, ¿verdad Lore?

- Sí, pero no me acuerdo a qué te refieres.

- El otro hijo, el perdido.

- ¿Otro hijo? Lo que me dijo tu madre es que Sandra no es hija de mi papá (Alfonso, vaya), ni de Pepe, y no tenemos ni idea de quién será su papá.

- De eso me acuerdo, pero Alex tiene razón Álvaro. En la carta, su abuelo mencionaba a otro hijo más, uno que nunca vivió con ustedes.

- Sí, decía algo así como que mi abuela lo veía constantemente, pero que él nunca supo bien a bien lo de ese niño. ¿Qué más decía Lore?

- Que le habían dicho que murió al nacer, pero nunca vio ninguna tumba, ni cuerpo, ni nada, y eso de que estaba seguro de que ese niño vivía y tu abuela lo visitaba constantemente. Tu abuelo le pedía a tu mamá que lo buscara, a ese hermano, y lo acercara a la familia, porque le correspondía estar ahí.

- ¿Entonces tengo otro hermano?

- Pues parece que sí.

- ¡Y yo que realmente pensaba que mi mamá se había abierto por completo conmigo! ¡Hasta salí de ahí sin creérmelo de tan fácil que había sido!

- Pero es que sólo te dijo lo que ya le había dicho a Graciela, y mi abuela suponía que ya sabías. No te dijo nada del papá de mi tía Sandra, ni de ese otro hermano.

- ¿Pero quién será? Si mi papá dijo que mi mamá lo veía seguido, ha de haber estado cerca siempre.

- ¿Cómo la ves Lore? ¿Familia de lunáticos?

- Lo que realmente estoy pensando es que si su papá real estuvo siempre ahí, y lo conocen perfectamente, puede que a este hermano también lo hayan frecuentado siempre sin saber que era su hermano.

- ¡Claro tío! ¡Él tampoco debe de saber que ustedes son sus hermanos!

- ¡Caray! ¡Esto está más gordo de lo que pensé!

- ¿Qué edad tendrá? ¿Será más grande que tú, o entre tus hermanos y tú?

- ¿Y de qué papá? ¿Del mío, del de Sandra o de Pepe?

- Pepe es el tuyo.

- No. Bueno sí, pero para mí mi papá es Alfonso. Pepe es mi no papá, y sí papá. ¡Qué raro!

- ¿Y quién se va a atrever a preguntarle a la abuela ahora de ese hijo?

- Calma. Ninguno de mis hermanos saben nada, ni idea tienen de nadita. Sólo Graciela y yo.

- ¿Y les piensan decir?

- Pues evidentemente Sandra tiene que saber que no es hija de mi papá.

- De ninguno de tus papás.

- ¡Exacto!

- ¡Vaya! ¡Ustedes sí que son familia de telenovela!

- Es raro Lore, porque yo me siento de una familia normal.

- Yo también, Lore, y es que nuestra familia fue muy normal en todo, hasta ahora que los trapitos han salido al sol, pero nuestra vida siempre fue llena de amor y bendiciones. Una familia estable, armónica, de buena educación.

- Tú lo has dicho. Nuestra familia era normal, pero en apariencia, y es que ninguno conocía en realidad nada. A ver si no sale corriendo Lore.

- Para nada. Yo mejor ni le rasco a mi familia, ¡no vaya a ser que salga aún peor!

- ¿Peor que este enredo de familia que nos cargamos Alex y yo?

- Lo sorprendente es que mi abuela siempre ha dado la imagen de rectitud inquebrantable. Alguien que nunca se tocaba el corazón por nada. Como que el deber era lo primero, y los sentimentalismos eran para los débiles y perdidos de la vida.

- Pues sí. Así ven a mi mamá todos mis hermanos y tus primos, pero yo no.

- Contigo siempre fue distinta. Tú eres su consentido.

- Sí, lo sé. Y por eso yo sí la conocí como alguien amorosa y vulnerable.

- Pues estará difícil que los demás se crean todo esto, ¿no creen?

- No si la abuela misma se los dice a todos.

- ¿Y por qué haría eso? Graciela y yo teníamos derecho a saber de nuestro papá, y Sandra tiene derecho a saber del suyo, pero los demás ¿por qué?

- Porque tienen un hermano perdido que deben recuperar, por eso.

- Buena razón.

- Alex, yo creo que tu tío y tu madre deben de hablar otra vez con tu abuela, pero con la carta en la mano, para ir aclarando cada punto. Tu abuelo no aseguró que existiera ese otro hermano, sólo dijo que le parecía que estaba vivo.

- En una parte de la carta dice que le parece que vive, pero al final le pide a mi mamá que lo encuentre y le dé en la familia el lugar que le corresponde, así es que yo creo que sí estaba seguro, pero al principio sólo lo insinúa, como para ir ablandando a mi mamá con el asunto.

- Puede ser.

- ¡Vaya vuelcos de la vida!

Las copas han quedado sin vino. Las ideas se adormecen en el rocío de alcohol que les ha llegado. Alex, Lore y Álvaro descansan recostados en los sillones de un amplio departamento lleno de plantas y antigüedades.

Lejos de ahí, en dos esquinas de San Ángel, descansan dos mujeres. Una ha terminado la media botella de Anís que bebía, y se deja arrastrar por la mezcla de ilusión y miedo que la promesa de un Sapo compartido le provocan. La otra, recuesta sobre la almohada las canas hinchada de amor, del amor que está de vuelta, del que ya no se desprenderá nunca más. Ahora puede vivirlo todo. Puede incluso morir. Ya no tiene pendientes en la vida, porque el gran pendiente, el único, ha quedado resuelto ya. Hoy ha vuelto a ser la plenitud en vida. Lo que venga, que venga y ya, porque la sonrisa que lleva labrada en el alma, lo ilumina todo. Hoy ilumina incluso esa luna llena que la mira por lo alto de la ventana, y que le sonríe de vuelta. ¡Ah; la plenitud del amor!

CAPÍTULO 14

Flores en el Camino

A tus pies, la vida va dejando flores, con ellas alebresta tu vista, tu olfato, da vuelo a tus pasos

LA COLA PARA la caseta es larga y muy lenta, pero los ánimos desbordan felicidad. Es la primera salida de la Sra. Newman en muchos años, y todos los presentes están siendo cómplices en esta aventura. El mini-camión que alquiló Graciela es muy cómodo y espacioso. Incluso la silla de ruedas y el voluminoso cargamento que requiere la Sra. Newman se ha podido acomodar muy bien con el resto del equipaje.

Artemio va al volante, manejando con mucha precaución, puesto que aunque Jovita no los acompaña debido a los mareos que el embarazo le produce, en todo momento es consciente de que va ser papá, y por tanto, se preocupa más de lo normal por su propia seguridad y la de los demás. No más riesgos, de ningún tipo.

Graciela se siente satisfecha de haber invitado a Alex de regreso a su vida, pues sentirla a su lado la reconforta. También goza la presencia de Julieta y de Nitlahui. Le parece, de pronto, que el grupo que se ha juntado para este viaje es mucho más que heterogéneo. Sí, su vida ha ido cambiando de manera vertiginosa. El año pasado no habría podido imaginar que viajaría con su mozo, las enfermeras de su papá, y una señora discapacitada, mucho menos aún, que esas personas llegarían a ser las más significativas en su vida. No, el año pasado hubiera imaginado este viaje como todos los demás, acompañada de su marido y su hija, y nada más. Pero hoy está aquí, tomada de la mano de su hija, mirando por la ventana ese paisaje que transcurre con la lentitud con que avanzan los coches para realizar sus pagos.

Cuando ya han pasado la caseta y salido de la ciudad, a Nitlahui se le ocurre que sería interesante, e ilustrativo, que cada uno comparta detalles de sus vidas, y para animarlos, comienza ella misma por compartirles su historia...

- Mi mamá murió cuando yo tenía diez años, entonces mi papá se volvió a casar, pronto, no duró ni diez meses viudo. Pero la nueva esposa era tremenda con mis hermanos y conmigo. Toda una madrastra como las de las películas, mala. Era muy mala. Tenía otros hijos, y a mis hermanos y a mí no nos dejaba tocar las cosas que guardaba para ellos en la despensa y el refrigerador. A nosotros nos daban sopa, arroz, ensalada. A ellos les tocaba, además, postre, botanas, y cuanto quisieran. Me pegaba, me pegaba mucho, así es que decidí irme de la casa. Sobre todo pensaba en mis hermanos, pues si yo lograba ganar algo de dinero, pues podría comprarles zapatos, ropa, galletas... y bueno, también quería distanciarme de la señora. Entonces entré a trabajar a una casa, así, con 12 años. La señora de la casa trabajaba muchas horas en una empresa internacional, y tenía dos gemelitos de meses. Yo los cuidaba. No sabía nada de bebés, y los cuidaba. Ahora no entiendo cómo la señora fue a poner dos bebitos de meses en mis manos, si yo apenas era una chamaquita de 12. Pero el caso es que me puso a mí al frente de los chiquitos, y yo me encariñé muchísimo con ellos. No sólo me permitían vivir lejos de mi madrastra, sino que además, me la pasaba yo jugando con ellos el día entero, ¡y además me pagaban por hacerlo! Cuando crecieron y entraron a preescolar, yo ya tenía 15 años, y la señora me obligó, cosa que le agradezco, a incorporarme a la escuela para adultos, y terminar mis estudios. La verdad es que yo no entendía nada de lo que estudiaba, ni se me hacía interesante siquiera. De hecho, no creo que yo haya pasado los exámenes, sino que nos ayudaban para que más personas tuviéramos los estudios completos. Pero un día vi a una chamaquita de mi edad vestida de enfermera, y se me hizo la cosa más increíble de la vida, así es que me dije que no importaba si no entendía nada de la escuela, que tenía que acabarla para poder llegar a ser una enfermera, y se lo conté a mi patrona. Entonces mi patrona me compró un cochinito, y me dijo que de lo que ganaba, no le diera todo a mis hermanos, sino que era momento de apartar algo para mí, para mis estudios futuros. El simple hecho de que me haya dado el cochinito, para mí fue como hacerme firmar el compromiso de que realmente estudiaría para enfermera. Y así lo hice. Primero una carrera técnica en enfermería, en las mañanas, y en las tardes cuidaba yo a los bebés. En cuanto terminé esa carrera, la señora me aumentó el sueldo, ¡al doble! Con el aumento, podía pagarles sus estudios a mis hermanos, aunque ellos no querían estudiar, ya se estaban empezando a entregar a los vicios y la mala vida. Pero me les impuse, y los obligué. Y cuando los gemelos terminaron la primaria, la señora me apoyó para que estudiara la licenciatura. Así llegué a ser enfermera, y mis hermanos son licenciados los dos.

- Esa señora te cambió la vida.

- Sí, porque además me enseñaba a administrar mi dinero. Cuando los gemelos terminaron la secundaria, ella ya no me necesitaba, y yo ya tenía la licenciatura, así es que entré a trabajar en hospital, y me dieron Seguro Social e Infonavit. La señora seguía enseñándome a manejar mi dinero, y me ayudó a adquirir mi casa con el Infonavit.

- ¿Y la has vuelto a ver?

- No, se fue a vivir a Francia con sus hijos. Pero sí, gracias a que se cruzó en mi vida es que viví esos años con paz y logré los estudios que me permiten vivir bien hoy, además de que saqué adelante a mis hermanos.

- Yo creo que igual y todos hemos encontrado personas así en nuestras vidas, que le dan la vuelta y nos impulsan. Para mí fue mi papá, que resultó no serlo. Gracias a él soy quien soy, y tuve mi infancia tan llena de amor. Y tú Alex, ¿qué nos puedes contar?

- ¿Yo? Nada, he tenido una vida de privilegios.

- Pero eres hija de padres divorciados, eso es doloroso.

- ¡Uy ma! Tal vez si tuviera tres años y me tuvieran en medio de una batalla campal entre los dos, pero a mi edad, soy muy feliz contigo, y también con mi papá y mis hermanas. En cambio Lore sí que la ha tenido difícil. ¡Cuéntales, Lore!

- Pues yo también he tenido una vida de privilegios, aunque no nos ha faltado dolor en la familia. Mi hermano mayor murió en un accidente de moto, el menor también falleció unos años antes de leucemia. Mi mamá ha estado terriblemente afectada por esto. Nada de esto ha sido muy fácil, y creo que me ha transformado muchísimo. Vaya, ahora me concentro todo el tiempo en el aspecto más bello de cada cosa, porque estoy plenamente consciente de que en cualquier momento se me acaba a mí también el tiempo aquí, y a los demás, a las persona con las que me topo cada día, lo mismo. Así es que cada vez que veo a alguien, sea el que cobra el estacionamiento, la cajera del súper o quien sea, le sonrío y disfruto el encuentro, porque puede ser la única vez en nuestras vidas que crucemos camino, y puede también ser la última persona en sonreírme o yo a ellos.

- ¿No te quedan más hermanos?

- No.

- Tal vez por eso son tan amigas Alex y tú, porque ninguna tiene hermanos y se han vuelto una a la otra como la hermana que no tienen.

- Algo por el estilo.

El silencio se instala en el camioncito, mientras atraviesan otra caseta. La Sra. Newman tiene sed, y se detienen para atenderla. Artemio se baja a estirar las piernas, y admira el cielo despejado. Su hijo llegará a un mundo muy contaminado, pero en el que es posible encontrar belleza con sólo alejarse de la ciudad.

Retoman camino. Las parvadas de pájaros negros forman figuras en el cielo, verlas les da paz. Hay tanta hermosura y perfección en la existencia, que los dolores valen la pena, por más que calcinen mientras se camine a través de ellos.

- Artemio, cuéntanos algo de tu vida, además de que vas a ser papá, claro está.

- Pues sí, yo no me veía nunca como papá. Y es que mi infancia no tuvo ningún privilegio. Fíjense, vivíamos en un barrio muy pobre, lleno de vicios. Mi papá era alcohólico y golpeador. A mi mamá le daba tales guamizas, que varias veces la dejó inconsciente. Yo me escondía dentro de un cajón de la cómoda que estaba en el pasillo cada vez que lo oía llegar tomado. Un día, tendría yo como unos siete años, estaba dentro del cajón, temblando de miedo, porque alcanzaba a oír los golpes que mi papá le daba a mi mamá, cuando mi hermano, que era un año mayor que yo, salió a defenderla. Entonces el cabrón se la agarró contra él, y le pegó tanto que le partió el cráneo. No murió, pero quedó mal de sus facultades, vaya, es como un a plantita. Todavía vive. Entonces a mi papá lo entambaron, pero vivíamos con el temor de que saliera de la cárcel y viniera a matarnos. Además, en el barrio, todos los hombres molestaban a mi mamá, que ya estaba sola, con un hijo enfermo y conmigo, que era bien cobarde. Ella lavaba ropa para mantenernos, pero por salir a trabajar, no podía cuidar a mi hermano, y me dejaba a mí con él. Nunca fui a la escuela, porque no podíamos dejar a mi hermano solo. Se ahogaba con su saliva. Lo más triste eran las navidades. Nuestra cena era la misma de siempre, arroz, frijoles y tortillas. Nada de especial. Y cuando era día de Reyes y a los otros chamacos les traían carritos, bicicletas o balones, a mi hermano y a mi nada. Mi mamá me decía que salía corriendo a "perseguir" a los Reyes, y siempre volvía diciendo que no los había alcanzado. Así es que ya ven, mi infancia no tuvo nada que valiera la pena, y por eso me había prometido nunca tener hijos. Lo curioso es que ahora que voy a ser papá, estoy muy emocionado.

- ¿Y cómo has salido adelante si no fuiste a la escuela?

- Primero empecé a trabajar en un almacén por las tardes, cuando mi mamá podía estar en casa y cuidar a mi hermano, y yo ya era un adolecente fuerte que podía con el trabajo pesado. En el almacén se trabajaba mucho a deshoras, preparando la mercancía en los anaqueles, doblando cajas, haciendo limpieza, y todo eso. Así, cuando los camiones llegaban por las mañanas por el cargamento, lo encontraban todo listo, gracias a que trabajábamos toda la tarde y en la noche. Y así fui ganando la confianza de todos. A los 15 años me enseñaron a manejar el diablito eléctrico, y unos años después, el camión repartidor más pequeño de la compañía, que era una combi vieja. De ahí me hice chofer. Para esto no piden estudios. La verdad, no me quejo. Lo único que me duele mucho es mi hermano. Lo perdí aunque aún viva. No pude compartir con él juegos de infancia, ni pasión por el foot, ni travesuras. Nada. Él está siempre acostado, ausente. Es como una plantita. A veces siento que la furia contra mi papá me crece en los puños, y en esos momentos estoy seguro de que, si se me llega a atravesar, lo mataría con toda facilidad.

- Pero acabarías también en la cárcel.

- Si, esto es lo que me frena de cometer cualquier estupidez. Porque no sólo no salvaría a mi hermano ni le devolvería su normalidad, sino que lo abandonaría totalmente, lo mismo que a mi mamá. Así es que no sé qué haría si me vuelvo a topar con mi papá, pero sea lo que sea, no sería nada agradable.

- ¿Julieta?

- ¿Quién? ¿Yo? Pues no sabría ni qué decir.

- Nitlahui, ¿no me habías dicho que debería escuchar la historia de Julieta?

- Si. Yo creo que todo el mundo debería escuchar historias como la suya, porque inspiran para siempre seguir luchando sin perder la sonrisa. ¡Anda Julieta, platícales!

- Pues si ustedes gustan, yo les comparto mi humilde historia, pero es una historia común, no se vayan a hacer otra idea.

- Eso es lo que yo digo, que la historia de Julieta es demasiado común, y en eso vemos cómo está la realidad para tanta gente, pero sobre todo, cómo tanta gente sale adelante, luego de tantas y tantas trabas.

- Bueno Nitlahui, eso mismo pensé yo ahorita que nos contaste tu vida, y con la de Artemio… pero anda, Julieta, ¡cuéntanos!

- Bueno, disculpen que los distraiga yo con mi historia, pero si gustan, algo les contaré. Primero, pues que vengo de una ranchería por la sierra, pero no sé cómo se llame ni dónde quede. Éramos tan pobres que me acuerdo que mi hermana se quedó tirada un día, ahí en el monte, no más de puritita hambre. Ya no vivió. Mi mamá me quería, tal vez se le ablandó el corazón cuando me vio con los pies deformes. Era buena, pero muy pobre, y la pobreza no permite que surja el amor limpio de preocupaciones. Y además, éramos retehartos chamacos. No sé ni cuántos hermanos tenía, sólo recuerdo que todos llorábamos de hambre. A veces, sólo habían dos tortillas para todos, otras, un huevo. Sucios, así éramos. Sin agua, sin jabón, nada. Y menos aún íbamos a la escuela. No, todo el día llorábamos o nos quedábamos ahí tendidos. A veces pasaban carros por ahí, y mi papá vendía a mis hermanos. No era mala persona mi papá, lo que quería era irnos sacando de esa pobreza. Niño que vendía, niño que seguramente comería. Y dinero que le pagaban, dinero que cambiaba por frijol. A mí no me ofrecía, por lo de mis piernas, porque nadie me iba a querer llevar. Ofrecía a mis hermanos, a los bebés se los llevaba el padre, les encontraba familia. Pronto ya solo quedábamos mis papás y yo, y teníamos mucha tristeza. Entonces pasó otro carro con un joven de pelo dorado y ojos azules. Nunca había yo visto gente con esos colores, así es que pensé que era un ángel. Mi papá me ofreció al joven, pero él se negó a llevarme. No sólo no me quiso comprar, sino que no me quiso llevar gratis. Ha de haber sido bueno el joven ese, porque pareció escandalizarse de que mi papá estuviera dado a la idea de darme a un desconocido. Se fue el joven, y mi papá me dijo: Ahí se te fue la vida buena. Yo creí que era un ángel, y el ángel no me había querido llevar a la vida buena. Me sentí mala, fea. Y me enojé con Dios, porque ¿cómo me rechazaba su ángel si Él me había hecho con las piernas así?

Un día fuimos a cazar lagartijas, mi papá y yo, para tener algo que comer. Sólo encontramos una, pero era grande. Cuando regresamos, encontramos a mi mamá colgada del techo. Se había matado. Mi papá lloraba mucho, y le pedía perdón, pero ella ya no le oía. Luego tomó su pistola, me pidió perdón a mi, y se disparó. Me quedé ahí, con mis dos papás muertos.

- ¿Qué edad tenías?
- ¡Uy! No sé. Nunca supe cuándo nací. No sé ni la edad que tengo.
- ¿Y qué hiciste?
- Puse la lagartija en el piso, y corrió lejos. Yo quería correr con ella, que no me dejara sola, pero ella corrió y se perdió. Luego de unas horas, mis papás se pusieron tiesos, y me dio miedo. Salí de la casita y caminé derechito, lo más lejos que pude. Varios días estuve así, nomás caminando. No tenía nada que comer, pero el rio llevaba pescaditos. Ahí tomaba agua, pero no sabía que los pescaditos se podían comer. No comí. Me levantó una mujer, cuando ya estaba yo desmayada. Me llevó a su chosita y me dio atole. ¡El atole sabe a gloria!
- ¿Le dijiste a la señora lo que había pasado con tus papás?
- ¡Uy, no! Nunca volví a hablar de ellos. Me daba harto miedo.
- ¿Y la señora fue buena contigo?
- Pues me dio el atole, pero también era pobre y no me podía tener con ella, así es que me llevó a Tlaxcala, y ahí me dejó. Me dijo: "Aquí no vas a morir de hambre, pide dinero a la gente, o comida. Eso es, pide un pan." Y se fue. Me quedé ahí merito en la plaza, junto al kiosco. No sabía cómo pedir dinero, ni qué hacer.
- ¿Y qué hiciste?
- No me acuerdo. Nomás me acuerdo de la señora diciéndome eso y alejándose de ahí. Creo que yo sentía que no existía, que no era cierto que estaba yo ahí. No sé cuántos días pasaron, ni cómo viví entonces, porque todo se me ha desaparecido de la cabeza. Solo me acuerdo de que el piso de la plaza estaba muy caliente, y yo no tenía zapatos. Me preocupaba no tener zapatos. Pensaba más en eso que en comer. Yo estaba acostumbrada a no tener comida, sino migajas.
- ¿Y luego?
- De pronto, así como me viene el recuerdo, ya estaba yo ayudando a la señora de los pambazos. Y podía comer. Tenía frio y dormía en la calle, pero podía comer. Quería que mis papás vieran que estaba yo comiendo, pero ya empezaba a olvidar sus caras y sus voces.
- ¿Y tus hermanos?
- ¡Uy! Pues yo me pasaba la tarde caminando la plaza para arriba y para abajo, tratando de encontrar a alguno. Pero imagínese, no me acordaba bien de ellos. No sabía si los niños que veía en las calles podrían

ser mis hermanos o no. No me sabía sus nombres, solo recordaba algunos apodos.

Luego un día, un hombre me espantó. Intentó tocarme, y yo corrí llorando hasta que llegué con la señora de los pambazos. Le dije que el señor ese me quería hacer cosas, y se le fue encima con el sartén. Ella me defendió. Entonces me dijo que ya estaba yo empezando a crecer, así que no podría seguir en la calle, o acabaría cargando niño. Yo no entendía nada de eso, pero tampoco quería seguir viviendo en la calle. Entonces me consiguió trabajo con una clienta suya. Yo tenía que cuidar a la mamá de la clienta, sin sueldo, no más a cambio de dormir en el cuarto de servicio. En las tardes, iba un rato a seguir ayudando a la señora de los pambazos, y ahí comía. Era mi única comida. La señora donde vivía me decía que yo no hacía mucho, así es que sólo merecía que me pagaran con el cuarto, no con comida. A mí me parecía que tenía razón, así es que me contentaba con mis dos pambazos de la tarde, claro que uno lo guardaba para la mañana, así frío y todo. Luego, así de pronto, el esposo de la señora donde dormía se me vino encima. Me lastimó mucho. Lloré y lloré. Se lo dije a su esposa, y me corrió a patadas. Yo no era mala, pero sí coja. No entendía nada. La señora de los pambazos me dijo que seguro que salía yo con niño, y sí, me embarrigué pronto. Me quería ir a vivir con la señora de los pambazos, pero ella me decía que su marido también se me echaría encima, así que no me dejaba. Dormía donde podía, bien escondida. Pronto tuve los dolores, y mi niño nació ahí merito, en la banqueta. Todo estaba obscuro, y frío. Alguien llamó a la ambulancia, y me llevaron con mi bebé, que estaba muertito. Era muy chiquitito. No tendría más de seis meses de que se había empezado a formar dentro de mí. En el hospital, me visitaron las monjitas, y ya luego me llevaron con ellas. Ahí viví aprendiendo del amor de Dios, y comiendo bien. Trabajaba mucho en la limpieza, era como su sirvienta, pero también atendía a las madres enfermas. Viví muchos años ahí, hasta que se quedaron sin fondos, y se tuvo que desalojar la casa. Como yo no era monja, pues no podía irme con ellas, y quedé en la calle otra vez. El portero me había hablado de una curandera, La Maya, y decidí buscarla. Cuando di con ella, pues decidí quedarme y aprender todo lo que pudiera. Ella me recibió bien. Me dio un petate para dormir, me enseñó a comer distinto, y a cuidar de la gente más de lo que había aprendido con las monjas. Poco a poco me empezaron a conocer los clientes de La Maya, y a ofrecerme trabajitos cuidando enfermos. Yo iba por temporadas, pero siempre regresaba con ella, con La Maya. Fui juntando dinero, porque no sabía ni qué hacer con él. Para mí, el dinero era para comer, y yo comía, así que no sabía qué más hacer con él, y lo fui juntando. Luego un cliente me llevó a la cuidad, y ahí me quedé cuidando de su mamá por muchos años. Compré mi cuarto, así, sin papeles, pero lo compré y era mío. Luego decidí que era mucho, tener un cuarto para mí, así nomás. Lo debía yo de compartir con niños, niños que no tuvieran nada, como yo no había tenido nada. Entonces La Maya y yo buscamos y encontramos a mis dos niñas que adopté. Las hice mías, y les enseñé del amor de Dios. Les he dado escuela, comida y casa, y ahora son aprendices de La Maya. Me siento bien. No sé de mis hermanos, no los puedo buscar ni salvar ni nada, pero he tomado a estas niñas que ahora son mías. Y total, luego ese señor me recomendó con la señora Elena para cuidar a Don Alfonso. Fue Don Alfonso quien me enseñó a escribir, aunque no lo hago bien. También me enseñó a comprar los otros cuartos, para tener una renta. Nos reíamos mucho, el señor Don Alfonso y yo. Así es la historia de mi vida, llena de cosas buenas.

- ¡Y mucho dolor!
- ¡Ah, pero el dolor no se recuerda! Nunca me ha vuelto a faltar de comer, ni dónde dormir, ni gente que esté a mi lado, ¿ven? La vida es siempre un regalo.

Graciela está pasmada del impacto que ha producido en ella escuchar la historia de Julieta. Esa Julieta a la que su papá quiso tanto. La misma que transcribió la adorada carta de su padre con letra temblorosa. La Julieta de pies zambos, caminar renqueante y amplia sonrisa. La que siempre recibe con los brazos abiertos. La misma que esconde una niña hambrienta, sedienta, huérfana. Esos ojos que ríen a toda hora, son los mismos que por años han buscado un puñado de hermanos perdidos y desconocidos.

El silencio se parte con la voz de Lore anunciando "Bienvenidos a Huamantla". Salvo Julieta, los demás nunca habían estado ahí. El gentío obliga al camioncito a avanzar muy lentamente, pero todos comienzan a sentir la emoción de encontrarse en esta aventura. Primero se dirigen a la casa de huéspedes que los va a recibir. Ahí acomodan sus cosas en los cuartos y recuestan a la Sra. Newman para que descanse un poco. También aprovechan para refrescarse, pues el calor es algo sofocante.

Más tarde, avanzan en grupo por las banquetas que han sido acordonadas con guirnaldas de flores. Bien sujeta a su silla de ruedas, la Sra. Newman deja libre carrera a sus lágrimas. El sentimiento de plenitud le llega como un abrazo de la vida. ¿Cuántos años ha estado recluida en su habitación sin poder apreciar la vida más allá de la televisión, el internet y lo que le cuenta su hijo? Años de mirar las paredes sin la más mínima esperanza de poder volver a estar en la calle, rodeada de gente desconocida, siendo parte del mundo real, vivo, activo. Llora, y sus lágrimas son recibidas y abrazadas por este núcleo de personas que han hecho esto posible para ella, que brotaron en su vida como caídas del cielo.

El pueblo de Huamantla ha engalanado sus calles. Guirnaldas de flores cuelgan de tejado a tejado anunciado la fiesta. Las calles cierran el paso a los coches por unos días, y en cambio florecen con sus tapetes de aserrín teñido y hermosos diseños que denotan la herencia prehispánica y virreinal.

A la Sra. Newman le cuesta trabajo bajar la cara para mirar las alfombras directamente, pero se obliga a lograrlo, porque de reojo no logra apreciar la belleza que hay ante ella. La gente en las banquetas cede el paso a la silla de ruedas para no bloquear la mirada de la discapacitada, y ella lo agradece. No puede creer que está aquí, y que sus ojos pueden permitirse devorar las visiones coloridas de las alfombras. Y la gente, observa las caras de la gente, humilde, desconocida... y los siente hermanos. Está entre los suyos. De pronto, una ráfaga de aire alborota su pelo, juguetea en su rostro, despeinándole la piel. Ese viento libre, que corre salvaje y descontrolado por los rincones del mundo, más allá de su ventana de San Ángel. Hoy, ese mismo viento ha venido a estrellarse contra ella, como se estrella en las pirámides, despeina al mar, trepa por los árboles en la selva, y aviva los fuegos en los bosques. Ese es el mismo viento que la saluda, una vez más, en las calles de la vida. ¡Y pensar que quería morir! Tantas veces ha deseado que la muerte le llegue de pronto y la lleve lejos de este cuerpo disfuncional, pero hoy entiende porqué la muerte ha hecho oídos sordos a su llamado. Tenía que seguir en este mundo, y no sólo por su hijo, sino por este día, por esta gente, por tanta y tanta belleza que aún tenía por ver.

Lore y Alex se estremecen con las lágrimas de la Sra. Newman. Claramente se dan cuenta de que, lo que para ellas es una experiencia hermosa, para la Sra. Newman tiene una trascendencia inmensurable.

Caminan despacio, devorando con la mirada las creaciones de los lugareños. Ambas se sienten felices de estar ahí, acompañando a Graciela, y conociendo a la Sra. Newman. Alex le toma varias fotos a Lore con las alfombras de fondo, y Graciela se ofrece a tomar otras donde aparezcan las dos, Lore y Alex, juntas. Ellas posan con amplias sonrisas, luego entrecruzan miradas de plenitud que entretejen universos.

Julieta ríe y goza estar por fin aquí, en este Huamantla del que tanto había oído hablar cuando vivía en Tlaxcala. No deja de pensar que muy posiblemente algunos de sus hermanos caminen hoy por estas mismas banquetas, y los bendice desde su corazón. Es perfectamente consciente de que, de estar aquí sus hermanos, ni cuenta se daría ella. Son tantos los años que les han caído en el rostro, tanto el tiempo que los ha alejado de los días en que fueron separados, que no hay esperanza de volver a mirarse a los ojos. Sabe que los avances de las ciencias y la comunicación logran reunir a familias por años separadas, pero ella no cuenta con ningún dato. Desconoce el nombre de la ranchería en que nacieron todos, incluso el nombre de la zona y de la sierra. No sabe fechas de nacimiento, ni suya ni de sus hermanos, pero de aquéllos ni siquiera algo tan simple como sus nombres. Uno era "el chato", otro "el mocos", uno más grandecito, "el chino", una chiquita "ojos", otro "el chillón". Recuerda también al "bebé", a "la nena" y "al chiflado". Pero habían más… un par más. Hace años armonizó con la realidad de que nunca volvería a verlos ni a saber de ellos, porque no más no hay manera, pero hoy algo se le mueve dentro, pues sabe que está lo más cerca que nunca de dondequiera que haya sido la ranchería donde nacieron, y que es muy probable que algunos de sus hermanos vivan por el rumbo de Tlaxcala, y por tanto visiten este mismo día de las alfombras estos rincones de Huamantla, tal y como lo hace ella ahora. Por tanto, con la mente bendice a cada persona que ve pasar a su lado, y al otro lado de calle, en la banqueta opuesta. Sus pasos cojos avanzan seguros, como adelantándose a sostener esa sonrisa que sobre ellos se desplaza.

Nitlahui respira profundo, absorbiendo la felicidad de todos. Cuando ve a Alex y Lore siendo fotografiadas por Graciela, un dejo de envidia le estruja el corazón, pues cae en cuenta de que Graciela tiene a su hija, Julieta a las dos hijas que adoptó, Artemio va a ser papá, e incluso la Sra. Newman tiene un hijo. Pero ella, ¿por qué nunca tuvo un hijo? De pronto la invade un profundo sentimiento de soledad. No quiere ser de esas solteras que se llenan de gatos, o tomar perros para tratarlos como a niños. ¿Por qué no tuvo hijos?, se vuelve a preguntar.

Artemio toma fotos, muchas fotos con su celular, las va a compartir con su mujer cuando vuelva al D.F, y con su hijo cuando éste nazca. Ha decidido, incluso, que volverá en un par de años con su familia. El pecho se le engrandece de pensar que será un padre amoroso, y se imagina que la hermosura de estos tapetes florales de Huamantla son sólo un detalle de todo lo que le mostrará a su hijo de este mundo. Caminará con él por los bosques del Desierto de los Leones, lo llevará a la feria y se echarán de la Montaña Rusa, verán el mar de Acapulco y correrán en la arena toreando las olas. Cuando el niño sea un poco más grande, se lanzarán por la gran tirolesa de Temascaltepec, y también caminarán por las Grutas de Cacahuamilpa. Y juntos conocerán los Cenotes de Yucatán de los que tanto ha oído hablar. Sí, con su hijo y su mujer recorrerá el país. Abrirá los ojos del pequeño a las bellezas de la vida, y le inventará días llenos de aventuras. Será un papá que desborde sobre el pequeño todo lo que a él como niño le fue negado: Calidez en un abrazo, recolectar conchas junto al mar, escuchar un cuento antes de dormir, rentar go-karts, andar en bici por las calles… Apenas ahora que va a ser padre, se da cuenta de tanto y tanto que hay por conocer y experimentar. Todo lo que ofrece la vida, y está al alcance de la mano como un regalo del universo para la vista. Y tal como ha visto hacer a la Sra. Newman, Artemio deja las lágrimas correr libremente surcando sus mejillas. Su vida errática y desesperada ha encontrado contención, rumbo y certeza con la promesa de ese bebé que aún no conoce, pero ya está en camino para recorrer la vida tomado de su mano, y que con el sólo hecho de existir en el vientre de su madre, ya le ha dado un giro completo a su historia de vida. Hoy, sabiendo que va a ser padre, y acompañado por estas mujeres, Artemio siente que su vida ha sido redimida, milagrosamente. Dios lo ha tomado, por fin, en sus manos, levantándolo lejos del dolor de su infancia, del sinsentido de su juventud, para depositarlo hoy, aquí en Huamantla, a los pies de una vida de plenitud y dicha. Sí, llora. Es feliz.

CAPÍTULO 15

El Sapo

Desapareces, en la forma en que te conoces. Te expandes,
tu ser crece abarcándolo todo, siendo parte del todo:
es el Amor.

DUERMEN CON LA espalda desnuda y las alas descansadas luego del gran vuelo. Alas que de tan inmensas, ya no saben de quién son, si de una, o de la otra… En sus sueños retumba la misma frase con un frágil tono azul: *Alas que no son tuyas, alas que no son mías. Llevas, llevamos desplegadas a la espalda las alas nuestras.*

La noche ha caído de golpe sobre la posada. Madura en las terrazas, avanza por los pasillos y se cuela por debajo de cada puerta con que se encuentra. Dentro, descubre cuerpos, formas, olores, sombras. En un cuarto, el oxígeno susurra casi asegurando vida. Un cuerpo ancho, moreno, duerme los entresueños de quien está de guardia, siempre con un pendiente surgiendo a cada pausa. Las piernas chuecas, los pies descalzos y gastados, pues han andado rumbo sin zapato. Al lado de Julieta, la enmascarada señora Newman recibe el bendito oxígeno que la ayuda a reestablecerse para hacer frente, mañana, a un nuevo día. Y más allá, en el sillón, la adormecida mente de Nitlahui anuda flores de azálea con hierba de monte para hacer una corona a la niña que algún día fue, y que el tiempo escondió en el fondo de su alma.

Siguiente puerta, sueños nuevos, recorrer mundo al lado de un ser pequeño, desconocido, pero amado, profundamente amado. Sí, los sueños de Artemio son sueños de cuna, de mares que mecen y viento que acaricia.

Pero la noche debe alejarse ya. Retirarse por debajo de la puerta, dar marcha atrás. Esconderse del mundo antes de que el sol le pise las sombras y las haga brillos y destellos de humedad en la enramada. Antes de que los tapetes coloridos que reposan embelleciendo todo Huamantla, sean recorridos por un fervoroso pueblo que no sabe si festeja a su virgen, o el simple hecho de tener pretexto para hacer de las calles cuadro, de las esquinas papalote, y del agua tepache que nuble la mente y justifique los desmanes.

Y amanece. Así, con el descaro de llegar la hora que inunda de luz la tierra. Desnudando las formas, retirando los vestidos de obscuridad y sombra tras lo que se esconden objetos, sujetos, lugares y extensiones. Sí, ha llegado el día, y sin la prudencia de tocar antes de entrar, irrumpe a través de la ventana. Lore y Alex se sorprenden al abrir los ojos y encontrar entretejidas las alas que a sus espaldas ha desplegado el amor. Sus miradas hacen del encuentro un entramado de mundos nuevos, de soles, y planetas y universos extensos e inmortales. Las llama la vida.

Se bañan en un baile acompasado en el que el jabón pasa de una mano a otra, y la espuma corre libre entre los pechos y el abdomen. Se alistan.

En la terraza, el grupo ha madrugado y goza de un desayuno mexicano, casero y pueblerino. No nacen muchas palabras. Los canarios de la posada llenan el espacio con su canto, entonces las palabras sobran.

Llegan Alex y Lore, y Graciela les nota un brillo en la mirada. Juventud, a ello lo achaca.

Platones de barro presumen sus contenidos. Chilaquiles verdes, chilaquiles rojos, negros molletes, churros color canela, mermelada de chabacano, huevo al albañil, tortillas azules… y en los tarros, blanco atole de alpiste.

Lore saca la cámara y desayuna con los ojos. La mesa tipo buffet es un espejo reflejando los colores de los tapetes que visten hoy las calles de Huamantla. Una foto destacando el rebozo que cubre la mesa, otra centrando las flores de azahar que perfuman el ambiente. Otra más de los canarios detrás de los chilaquiles. La última deja ver las tabletas de chocolate con rajas de canela hirviendo en la leche bronca.

"Vengan", les dice el pueblo. Y se los dice con el solo hecho de pasar frente al portón, todo el mundo envuelto en cánticos. Y salen. La silla de ruedas de la Sra. Newman recibe lágrimas. Llora. ¡Encuentra tan hermoso el cuadro pictórico que se le presenta! Las mujeres, con sus atuendos impecables, siguen de cerca a la virgen. Y la virgen avanza siendo aclamada sin siquiera saberlo. Una imagen sin consciencia recibe más amor que el niño roto que llora en la esquina. Nitlahui y Julieta se unen a la peregrinación. Los demás, espectadores, gozan a su manera. Graciela está nerviosa. ¿Qué le deparará el día? Se aproxima el encuentro con la Maya, y no sabe si esto la entusiasma, o si la espanta.

Ríos de gente pisando los bellos tapetes de aserrín avanzan, y en su avanzar van borrando los dibujos, como la vida constantemente se borra a sí misma de la faz de la tierra reinventándose al mismo tiempo. Los cuadros de color se vuelven pies y personas. Pasos descalzos, tenis, huaraches.

Nitlahui y Julieta han regresado. Hay camino por delante.

Artemio trae el camioncito, y ayuda a acomodar a la Sra. Newman. Traen un mapa por si acaso, porque aunque Julieta ha vivido en la casa de la Maya largos periodos, eso no implica que sepa llegar con exactitud. Y es que ahí todo son rancherías. Se conectan unas con otras por ligeras venas de terracería que serpentean y brincan dando tumbos por entre los cerros. Un laberinto le ha parecido todo aquello siempre a Julieta.

El silencio sigue instalado entre todos, y es que los corazones se han paralizado, un poco por la armonía que sienten hoy con la vida, y otro tanto por el misterio de eso tan impredecible a lo que se dirigen. Pero en Alex y Lore el silencio tiene otro matiz. Es la complicidad del saberse inmensas. Eso, y los ojos de la belleza que son aportación del amor. Ese amor que hay quienes sienten que los ciega, pero ellas saben mejor. Es la mirada del amor la que impulsa, la que deja ver al otro como el ser perfecto que es, con sus pequeñas faltas, con sus errores y tropiezos. El amor es la mirada del propio Dios, pues permite ver al ser amado con los ojos limpios, desbordando aprecio y admiración, porque lo que ve es la perfección de todas sus potencialidades, de lo posible, de ese ser tan grandioso al que ha sido llamado a ser, por el solo hecho de haber sido invitado a la vida. Esa es la silenciosa mirada que ellas despliegan hoy, esa la complicidad, la grandeza.

Llegan. Artemio apaga el motor, y una nube de tierra seca se levanta en torno al camioncito. Esperan a que se disipe, porque respirarlo, sobre todo para la Sra. Newman, sería contraproducente.

La casa es humilde. Adobe y teja. Botes llenos de plantas cubren las paredes y florecen contra el barro. Una fila de cactus añejos crea una barda en el límite del terreno. Alguna que otra tuna salpica esa frontera y abre sed en sus bocas.

Y aparece. La Maya se apersona en el umbral de la casa. Los observa mientras bajan del camioncito, y fácilmente percibe el nerviosismo que impera en el grupo.

Se saludan cordialmente, y la Maya les invita a pasar. Artemio ha optado por permanecer fuera, no quiere participar en tamaña locura, pero tampoco se piensa ir, porque teme que la experiencia afecte de algún modo a la Sra. Newman, y le parece importante estar a la mano en caso de emergencia.

La Maya conduce a los demás hacia la huerta trasera. Tres mujeres, vestidas de blanco, danzan cada una con un sahumerio entre sus manos. El aroma del copal de inmediato torna el lugar en un templo. No hay voz humana, solo respiraciones. La Maya les indica cómo acomodarse en hilera, una al lado de la otra, sentadas en semi-flor de loto sobre unos rebozos que están acomodados en el piso a manera de tapete. La Sra. Newman permanecerá en su silla de ruedas, y hacia su derecha se acomodan, primero Nitlahui, enseguida Julieta, después Graciela, junto a ella Alex, y por último Lore. Una vez sentadas en silencio, La Maya se une a la silenciosa danza de las mujeres, y en cuanto comienza a moverse, lentamente, parece estar hecha del mismo copal que se levanta en humo blanco, diminuta, temblorosa nube.

Danzan. Danzan las mujeres con movimientos. Mujeres de humo, faldas al viento. ¿De qué material están hechas estas mujeres? ¿Barro? ¿Naranja? ¿Peyote? ¿Chile ancho? ¿Hoja santa? Sahumerios al cielo, sahumerios a la tierra, sahumerios a la mujer. Ahora, las danzantes se acomodan en hilera, van pasando una a una. Colocan su respectico sahumerio, aun humeante, sobre una estrella dibujada en el piso ante ellas. Cada sahumerio en un extremo, un punto cardinal.

Llegan los hombres, y con los hombres llegan los tambores y la flauta. Se acomodan entre las mujeres y los sahumerios. Comienzan los cantos en voz de hombre, las mujeres retoman la danza. El copal se expande como un velo, como un aliento que suave se acerca a las faldas, a la cintura de quienes bailan los bailes de la vida. Humo que engulle a los hombres con su canto. Los abraza, los contiene, los esconde.

El sol entre cuela sus atardeceres por detrás del cuarteto de mujeres, extendiendo sus dedos de luz hasta tocar el suelo. Y con la danza de las mujeres, los dedos de luz se mueven, juguetones, traviesos.

Se detienen, primero los cantos, en seguida la música, al final la danza.

Las mujeres en blanco bajan la cabeza venerando algún estado del ser que las demás no conocen. Y es entonces que nace el canto de mujer. Sus gargantas se abren al mundo como nuevas lunas de dulzura. Sin detener el canto, levantan la mirada. Avanzan hacia la Sra. Newman, la rodean. La Maya coloca ante su rostro una especie de pipa, y con unas señas la invita a aspirar un par de veces de manera profunda. Lo hace. Ha llegado El Sapo.

Las mujeres ayudan a la Sra. Newman a recargar su cabeza sobre una almohada atorada entre el respaldo de la silla de ruedas y su nuca. Se ha ido. La Sra. Newman es ahora viento recorriendo las copas de los árboles. La dejan ser.

En su ser viento, acaricia al marido ido, lo besa. Centra su mirada en los ojos de quien fue su compañero de vida por tantos años. Todas las preguntas que ha tenido acorazadas en el corazón en el transcurrir del tiempo, caen como hojas de otoño, secas en el sinsentido de continuar contaminando los días de la existencia. En el fondo de su marido, ve un mar de razones para partir. Encuentra confusión, miedo. Un corazón acelerado en su huida. Lo observa, ella totalmente libre de juicios. Él tiene el derecho de ser y hacer con su vida todo lo que quiera. ¡Que vuele, pues! Que vuele libre, lejos, alto, pleno. Comprensión, eso es ella hoy. Se despide con una ligera brisa. Da vuelta, lanza su corazón al mundo, y ahí mismo, frente a ella, está el amor de su vida. Se estira y abraza a Raúl, su querido hijo. Lo anima a levantarse, a hacer uso de sus piernas, y éstas se vuelven alas. Raúl vuela al lado suyo. Ambos son el viento del norte, el viento del sur. Son las brisas y tempestades que todo lo quieren, que todo lo pueden. No hay manera de dividirse de su hijo. Ambos son movimiento. Música y sonido. Le sorprende le ligereza de no tener un cuerpo tullido, de no estar presa en sí misma. Por el contrario, ahora es la libertad en toda su expresión. No puede haber estado más pleno y perfecto que éste en que su adorado hijo y ella son aves sin jaula que les contenga.

Nitlahui entra de lleno al Sapo. No hay, ni ha habido jamás soledad en sus días. Ahora comprende que el Todo ha estado conteniéndola siempre. La ha abrazado, acunado entre sus manos. Todo el peso de su historia ha sido levantado en un segundo. El Amor es su hogar, la realidad a la que pertenece y el suelo que, aunque no veía, sostenía siempre sus pasos. Se encuentra con su madre, su querida madre que le dejó huérfana. Sin preguntas, sin reclamos, la abraza. Lo único que ha deseado siempre es volver a encontrarse entre sus brazos. Ser atesorada por ella. Aquí están ambas, hoy es el día. El abrazo ha llegado. Nitlahui se siente radiante en este encuentro con el Sapo, con su madre. Sabe que en algún plano, está en casa de la Maya, pero no aquí, donde es conciencia. Está donde está su madre, y la vida hermosa. Donde nada sobra, nada falta. La temperatura es cálida, el abrazo inmenso. Abrazo que cura a esa niña huérfana y maltratada. A esa niña que cuidaba niños. Los envolvía en el rebozo que tejía con sus inseguridades y miedos. Se amurallaba en la soledad y el abandono, para ser niña en esos niños. Pero hoy ha rescatado a su propia niña, no más abandono, no más miedo. Su madre ha vuelto para abrazarla, para curarle todas las heridas. Sonríe.

Julieta ha conocido de sobra el rito del Sapo, pero desde el otro lado. Ahora se aventura lanzándose un clavado en el centro mismo de su mirada. Aspira profundamente, y al momento se encuentra fuera de su cuerpo. No más piernas chuecas, no más pasos renqueantes, no más ampollas. Liberada de su dulce piel morena, es ahora amante del sol, y a su altura se eleva. Enorme es su ser. Intensa la manera de sentirse pupila por la que fluye la divina mirada. Una caricia que besa las nubes, danza con las flores y despliega su belleza. Callada, delicada, se posa sobre el techo de lámina de aquella casita de adobe que le vio nacer. Ve niños, reconoce lagrimitas, y al instante, sus ojos se derriten de ternura. Ha reconocido a sus hermanos, aquellos perdidos, nunca más vistos. Hoy están aquí, a su alcance. Y recuerda: Luis, Manuel, Leobardo, Gracia, Guadalupe, Jon, María, Lulú, Chechu y la bebé. 10 hermanos. 10 caritas tristes con estomaguitos muertos de hambre. 10 niños traídos al mundo, a la vida, sin medios ni oportunidades, y sin embargo, son tan hijos de la vida como ella misma. Se asoma dentro de los ojos de su padre, y encuentra una desesperación terrible. Se asoma al fondo de los de su madre, y la desesperanza le impacta. Dos jóvenes padres de familia, apenas comenzando su veintena, responsables de 11 pequeños, una de las cuales ha nacido con un gran defecto. No tienen trabajo, la cosecha se ha secado por la falta de lluvias, y no han podido traer más que unas cuantas tortillas y un par de huevos. ¿Cómo fue que la vida se tornó tan desesperante de pronto? Deben salvar a los niños, buscar algún camino, el que sea. Los pequeños deben tener oportunidad de comer, es su derecho de vida. Abrir los brazos, y dejarlos ir como las aves. Cualquier mano que se tienda para ellos, será bienvenida, sin juicios, sin preguntas. Tendrán que morderse el corazón, renunciar a lo más hermoso que sus días han conocido. Julieta llora. Llora el dolor de sus padres, el amor de sus padres, la desesperación de sus padres. Entonces encuentra el amor que les ha movido a renunciar a sus propios hijos, y les perdona. Les perdona haber regalado a sus hermanos, uno a uno. Les perdona no haberles seguido, no haber encontrado otra alternativa. Y los ama. Ama a sus padres y a sus hermanos. Se esfuerza por expresarles su amor, pues no ha tenido ni tendrá otra oportunidad para hacerlo. Sí, Julieta llora.

Graciela aspira El Sapo. Desaparece de la huerta. Respiración, humo blanco. Graciela es aire que se hincha, que baila, que mueve. Ve muchos rostros, todos desconocidos, y no comprende el significado de su presencia en este momento. Un pequeño aguijón se le clava en el pecho, algo le hace falta y no lo encuentra. Se pregunta qué será, pues no lo sabe. Está inquieta. Se agita, se mueve, gime. Una cálida mano se posa sobre la suya, escucha la voz de la Maya. Le dice que respire con calma, profundamente. Que conecte con la tierra. Graciela intenta descender como brisa, baja la velocidad, se modera. La Maya le indica que le llame.

¿A quién debe llamar? ¿Qué debe decir? Vuelve a incomodarse, se siente ciega, perdida. Pero la Maya está ahí, la siente, no la abandonará en este laberinto de plantas, aire, luces. Su voz la va guiando... "Ve hacia el centro, toca tu propio corazón." Graciela mira sin ojos, ve sin mirada, su corazón sangra. "Llámalo". Graciela busca a Juan. Y Juan se presenta. Se presenta calmado, cálido. Es él, lo reconoce. Juan está entero, pleno. Graciela se fija en esa plenitud, jamás lo había visto así, radiante. Juan abre sus brazos, y enseguida surgen dos niñas blancas. Juan se engrandece al abrazarlas. Las niñas son ángeles, tienen alas y risas y corazones desbordantes de hermosura. Juan se acerca a Graciela, la mira de cerca, desnudo. Juan busca su comprensión, y para sorpresa de Graciela, lo comprende. Juan es dichoso y merece vivir su dicha. Graciela le toma la mano, la besa, y se despide. Lo deja ir sin ataduras. Lo ama, y ama su felicidad. Está bien que se marche, está bien que de vida a esas niñas, está bien que cambie rumbo y crezca y se engrandezca en el amor. Graciela ha quedado oteando sol y estrellas. Su padre, ahora lo recuerda. Esa es su congoja. Dónde está su adorado papá. Lo llama, llama al hombre que le dio la vida de grandeza, la niñez inmensa. Lo busca. Repite su nombre, lo sopla entre los vientos, entre las hojas de los árboles. Acaricia el agua con sus letras. Su valle comienza a llenarse de luz. Al fondo, una figura. Una figura vigorosa, fuerte. El pecho hinchado, las piernas seguras. Vestido en luz, Alfonso se acerca. Ha venido, ha escuchado el llamado y acudido hasta ella. Graciela apura sus torrentes, se vierte sobre su padre. Se achica y rebosa entre sus piernas. Es su padre, su adorado padre. Danza entre las grandísimas piernas de Alfonso. Y ríen, ambos ríen. Sí, su papá ha muerto, pero no se ha ido, no la ha abandonado. Su padre la ama como antes. Son el uno para el otro. Graciela es el abrazo extenso del amor de su padre Alfonso. Es ella, y es él. Amoroso baile. Limpias lágrimas surcan su rostro. Ha encontrado el equilibrio, el perdón total, la plenitud. La vida es perfección. En un solo disparo del Sapo ha soltado toda tristeza, todo resentimiento. Ha liberado a Juan, y lo bendice. Se ha reencontrado con su padre, y lo ama. Su vida, en un segundo, ha vuelto a ser la privilegiada y hermosa historia que le da continuación a su infancia. Graciela postra su rostro sobre la cálida mano de la Maya. Lágrimas caen sobre su palma.

Tomadas de la mano, Alex y Lore acercan sus rostros para aspirar al unísono. Se derriten. Sus cuerpos se hacen agua y escurren hacia la tierra. Se mezclan. Penetran la corteza del planeta, todos sus filamentos. Son polvo, piedra preciosa, fuego, lava, hielo, roca. Firmeza, eso encuentran. Firmeza en el fluir de sus ríos internos, en la fuerza en que brotan como candente magma. Son una y son dos. Son dos entretejidas. Son dos que se han fundido. Eran dos, son una. Son la tierra con su espacio, reflejo del sol y las estrellas. Son música y danza, poesía y palabra. Son semilla. Lore y Alex se evaporan, salen de la tierra junto a la hierba. Se elevan, se amplían. Se llueven.

La Maya toca el caracol. Da a todas la bienvenida de regreso a esta dimensión. El canto del caracol las invita a bajar de nuevo al cuerpo, a estirar cada parte, volver a habitar la piel. Habitar la piel requiere retomar la mente, la historia, los días. Lo saben, pero no temen. Han traspasado el umbral, caminado con los pies descalzos. Se han mirado en el espejo de la vida, observado su reflejo, escuchado los cantos de su propio corazón. Van abriendo los ojos. Las mujeres de blanco las abrazan y reciben con grandes sonrisas, una taza de té, y un baño de flores. Graciela se ha puesto de pie y envuelve con el manto de sus brazos a la Sra. Newman. Ambas lloran la felicidad de la experiencia. Nitlahui y Julieta continúan en el piso, serenas, amplias. Alex recarga su cabeza sobre el hombro de Lore. Se saben inmensas.

Sin decir palabra, porque en estos momentos las palabras sobran, ensucian y rompen, la Maya les trae sillas e invita a sentarse en torno a una mesa redonda, donde se rellenan las tazas, ya no con té, sino con atole espeso, muy condimentado. Las mujeres de blanco, los hombres y la Maya, rodean la mesa de pie, y vuelven a entonar cantos llenos de energía. Graciela sostiene la mano de la Sra. Newman, todavía con los ojos arrasados. Permanecen así un rato, después del cual se acercan seis pequeñitos, descalzos y mugrosos, pero sonrientes en ojos y cara entera. Traen consigo canastas con tunas y cuchillos. Con gran habilidad pelan las tunas y las ofrecen. Nitlahui ayuda a la Sra. Newman a comerse la suya. Con la entrada de los niños se da por terminado el rito. Ahora descansa el silencio, y las voces se llenan de agradecimiento. Ríen.

La Maya las encamina de regreso al camioncito, junto al que duerme Artemio, quien las escucha venir, y se incorpora. Le llama la atención que nadie habla, y las ve conmovidas. Respeta ese silencio, y a su vez, se guarda toda palabra. Ayuda a acomodar a la Sra. Newman en su silla, y le coloca el oxígeno. Artemio siente alivio de que todo haya acabado, y estén regresando sin contratiempos.

El camino es movido, lleno de polvo e interminables curvas. Nadie ha roto el silencio. Graciela y la Sra. Newman siguen desbordando lágrimas. Las seis mujeres se sienten hermanadas por la experiencia. Cada una distinta, cada quien su propio camino, pero todas limpias, radiantes, serenas.

Descansaran en Huamantla, para mañana regresar a México.

La posada les espera con sus colores mexicanos, las paredes llenas de grecas, los aromas escapándose de las ollas. Nadie tiene hambre. A sus cuartos les suben pan dulce y atole, eso es suficiente para quien viene de volar con la vida, y apenas aterriza en el cuerpo.

La Sra. Newman agradece y agradece, y no para de agradecer. ¡Qué experiencia! Graciela, en cambio, se siente confrontada, pues ha visto el brillo en los ojos de Juan, la hermosura de sus hijas, y le ha bendecido en su nuevo camino, lo que la compromete a continuar respetando, bendiciendo y amando así, como cuando fue viento. En su mente se arremete aún más en el abrazo de su padre Alfonso, y se prepara para recibir en la vida a Pepe, su otro papá.

Julieta ha vuelto a caminar con los pies renqueantes, la piel morena y las trenzas largas. Pero ha descansado el peso de su espalda, cedido la contractura de su cuello, pues toda la historia que venía arrastrando se ha llenado de nombres concretos, de caras, de voces: Luis, Manuel, Leobardo, Gracia, Guadalupe, Jon, María, Lulú, Chechu, y una bebé que apenas abría los ojos a la vida. Hoy recuperó a sus hermanos, no para compartir la vida, sino para nombrarlos. Desde hoy podrá bendecirles uno a uno cada noche, cada mañana, en cada respiración.

Nitlahui sabe que ha tocado las manos de su madre, sus ojos, su voz. Se siente afortunada, sin embargo, ahora se centra más en la Sra. Newman, en lo que necesita para que ninguna angustia atraviese su mente y le nuble estos momentos. Le acomoda la almohada, el oxígeno. Le refresca la frente, le ofrece tragos de atole. Y todo lo hace concentrándose en no hablar, en no pronunciar ninguna palabra que pueda acabar con el encanto de lo que viven hoy, aun.

Artemio se ha quedado impactado por el silencio de las 6 mujeres, pero más que por su silencio, por la belleza de las expresiones que sus rostros han tenido durante todo el trayecto de regreso. Algo grande han vivido, lo sabe, y él renunció a la experiencia, pero no importa, su hijo viene en camino, y será la mayor de las vivencias.

Alex y Lore descansan abrazadas y entretejidas. Por momentos se miran y sonríen, luego cierran los ojos para sentirse aquí, en esta existencia. Están juntas y son milagro. Están juntas y son estrellas. Están juntas y son amor.

La Maya ha reposado los pies de la danza, la voz de los cantos, el caracol del gran llamado, y el Sapo de la develación. Ha encendido el copal y habla con los seres de luz, agradece.

Huamantla duerme su borrachera. Las calles han sido barridas, los trajes lavados, la virgen guardada. Los cuetes se quemaron, la pólvora se agotó. Todo hibernará hasta el próximo año, el próximo pretexto. Pero hoy, hoy es noche de cruda, de cansancio del exceso. Sí, Huamantla duerme su borrachera, pero la posada se llena de silenciosa luz.

CAPÍTULO 16

La Caída

La vida es un continuo aprender a caminar,
y en ello, la caída es parte del proceso para avanzar.

CON UN RÁPIDO movimiento, el sol abre sus rayos a través de la ventana como lo hicieran los abanicos de las mujeres porfirianas. La luz, al colarse por entre los encajes de la cortina, dibuja negras grecas de sombra sobre las duelas del piso. Cálido, el calorcito mañanero parece estar hilado por ramos de camelias y de azahares. La fragancia se eleva y danza como pañuelo blanco en el medio de las batallas. Graciela abre los ojos y reconoce el lugar: ha vuelto a casa. Ha vuelto a casa y al llegar, de inmediato se ha sentido liberada del peso y la congoja de aquélla soledad que ahora, luego del Sapo, le parece sentimiento tan innecesario como ajeno. Se siente agradecida, profundamente. Haber vivido el Sapo, tal como lo hiciera su padre antes de morir, ha hecho de su corazón un derroche de paz, de amor, tan natural como le es hoy abrir los ojos al despertar. Amanece entusiasmada. Siente que la experiencia del Sapo ha transformado completamente su percepción de la vida. Además, en cuanto checó su correo al volver de Huamantla, encontró que en su bandeja de entrada le esperaban cuatro nuevas ofertas de trabajo. Se lo debe a Alex, lo sabe, porque ella no tenía energía para dar un solo paso sin el impulso de su hija, y ese impulso ha dado frutos a pesar de la poca fe que un par de meses antes tenía en ella misma. Dos traducciones en vivo, un libro y una película. Todos representan puertas abiertas con la posibilidad de que traigan una avalancha enorme e imparable. Se levanta, se baña y arregla con esmero. Desayuna algo sencillo y vuela a acomodarse frente a la computadora. Un té de jengibre con un toquecito de mezcal la acompaña. Decide comenzar por el libro, pues el tema ha llamado su atención de manera muy especial: El Perdón en la Familia.

En la pantalla se despliega la primera hoja, un murmullo quedo de lo que está por venir. Se agacha un poco, como queriendo escuchar de cerca ese secreto que el libro le dice al oído. Acercándose a la pantalla, se siente lejano cómplice del autor. La Madre. La madre no es sólo el título del primer capítulo, sino la piedra angular en torno a la que todas las voces en esa pantalla habrán de girar. La computadora la absorbe día tras día, y si come es sólo porque Jovita se ocupa de ello. Entre los dictados de la Sra. Newman y sus trabajos de traducción, Graciela no ha vuelto a pensar en su papá Pepe, ni en Juan. No ha llamado a sus hermanos, no se ha interesado por su madre, ni siquiera se ha dado el tiempo de hablarle a Alex. Tan apasionada está por sus nuevas actividades, que amanece temprano, se arregla con esmero, y se funde con la computadora, ya sea en su casa o en la de la Sra. Newman. Pronto se da cuenta de que han pasado un par de meses desde que vio a Alex por última vez, y se espanta de sí misma. ¿Cómo puede estar tan tranquila sin ver a su hija? Toma el teléfono y le marca, la invita a desayunar al día siguiente aprovechando que es sábado y Alex no trabaja.

Suena el timbre. Graciela interrumpe su trabajo y se dirige a la cocina, desde ahí va a atender la puerta con el interphone. Descuelga la bocina y se alegra al ver en la pantalla a Alex y a Lore, pero ... ¿se abrazan? ¿De esa manera? ¡No puede ser! Recarga la bocina sobre su hombro mientras observa detenidamente la pantalla. Lore le acomoda el pelo a Alex con una mano, y sostiene la otra mano de su hija contra su pecho... Alex le hace un cariño a Lore en la mejilla, acerca su cara a la de su amiga, mucho, ¡tanto! Y las ve... Lore y Alex se besan, ahí, al otro lado de la pantalla. Están afuera de su casa, ¡y se besan! El espanto ha llegado. A Graciela se le cae la bocina al piso. La imagen de la pantalla se pierde. La pantalla está en negro. Pero ella las vio, ¡con sus propios ojos! ¿Qué hacer? Ya no las puede recibir, no así. Su hija no es de esos. No la educó para eso. ¿Será el divorcio? ¡Claro! ¿Cómo va a querer un hombre, si los hombres abandonan? Vuelve a sonar el timbre. La pantalla se ilumina y la imagen de su hija con aquella mujer vuelve a aparecer. Graciela se acerca a la pantalla, pela los ojos, analiza. Sí. Ahí está. Eso no es una amistad. Se enoja, se enoja mucho. Tiembla. Sacude la cabeza, levanta las manos, aprieta los puños. Camina por la cocina, el timbre vuelve a llamar. Desde el otro lado de la mesa de la cocina, Graciela ve la pantalla otra vez, y otra vez está ahí eso que no es amistad. Eso que es cariño de pareja, pero no hay un hombre con su hija, ¡son mujeres! ¡Dos mujeres! ¡Esto no lo va a permitir! ¡Jamás lo tolerará! Otro llamado del timbre. No quiere ver, no piensa ver. Sale de la cocina furiosa, hacia la sala. Da vueltas sin saber qué hacer, cómo actuar. Suena el teléfono, y sonando lo deja. No atenderá, no así. Lo escucha gritar esperando que alguien descuelgue, que ella descuelgue. Insiste. El teléfono hace su berrinche. Ahora es su celular, no es llamada, sino un msj. ¡Que se largue! Lo toma.

<Ma, estamos afuera. ¿No oyes el timbre? ¿Te quedaste dormida? ¿A poco se te olvidó que nos invitaste a desayunar?>

Con la furia de sus dedos, ametrallando las pequeñas teclas de su celular, Graciela responde:

<¿Nos? Te invité a ti. Pero vete, te he visto por la pantalla. Si crees que vas a venir a mi casa a embarrarme tus porquerías, estás muy equivocada.>

<¿Perdón?>

<Vi que la besaste. Ya se me hacía rara esa amistad. Pero sábete bien que tú no eres de esas. Tú eres una niña bien. Y no, no te voy a abrir la puerta, hasta que entres en razón. Córrela de tu casa, déjate de estupideces y vuelve a ser tú.>

<Siento que te hayas enterado así. Esta soy yo. Nos vamos, pues, si no puedes con el asunto. No es culpa tuya ni de nadie. Soy gay y así soy feliz, inmensamente feliz con Lore. Si no quieres participar de mi vida, lo entiendo. Te adoro.>

Graciela no contesta este último texto. Avienta el teléfono sobre el sofá. Está furiosa, tiene miedo. ¿Desde cuándo actúa así su hija? Hace memoria, no encuentra nada. ¡Es culpa de Lore! Lore está convenciendo a su hija, porque Alex es una mujer sana, armónica, equilibrada. Alex tuvo buena infancia, ha sido querida. Sus padres siempre modelaron adecuadamente lo que es ser hombre, lo que es ser mujer. ¡No, Alex no es homosexual! ¡Nadie en su familia lo es! Pero menos aún Alex. No proviene de un hogar de alcohólicos, ni de drogadictos. Juan no fue un hombre débil ante ella, ni ella es de esas mujeres de "armas tomar" que someten al marido. Alex no es fruto de un embarazo indeseado. Nada, no hay ninguna razón. Tiene que haber sido Lore, ¡le ha lavado la cabeza! ¿Pero cómo? Si su hija es una mujer con conciencia, segura de sí misma. ¿Cómo dejó que alguien llegara y la convenciera de algo tan abominable, tan antinatural? ¿Dónde se conocieron Alex y Lore? ¡Ni idea tiene!

Graciela sigue dando vueltas por la sala. No encuentra reposo. No puede volver a la compu y concentrarse en la traducción. ¡La cantina! Corre, se tropieza, cae ante la cantina como se cae ante los pies de quien lleva las riendas. Se levanta. Se sirve una cuba. Regresa a la cocina por unos hielos. Los hielos agreden su mano con el frío, los tira dentro del vaso. Salpican, la mojan. Se acerca a la ventana, el sol la deslumbra. ¿Por qué la agrede tanto la vida hoy?

Aparece Jovita y se da cuenta de que algo no está bien. La patrona tiene la mirada perdida en el jardín. La mesa sigue puesta para el desayuno, pero las invitadas no están ahí. Jovita misma escuchó el timbre, y no una vez. Reconoció el toquido, y lo sabe: Alex estuvo ahí. Su patrona tiembla, aprieta la quijada, se empina la bebida. Mueve la cabeza no pudiéndolo creer. ¿Qué es lo que le cuesta tanto a la patrona? Evidentemente discutió con la señorita Alex. Jovita siente al niño moverse en su vientre. Sale de la cocina, deja sola a la señora, que seguramente lo necesita.

Graciela pisa fuerte, patea. ¡No está bien esto, no! Gruñe, con un coraje salvaje. Grita. ¡Esto no! ¡Esto no! Ha perdido a su padre, la ha dejado el marido, pero ¿y esto? ¡Cualquier cosa, menos esto! ¡Que le caiga el cáncer! ¡Que la atropelle la vida! ¡Pero que no le quiten a su hija a manos de quién sabe qué monstruosidades! Vuelve a la sala, se rompe la cabeza pensando. ¿Es culpa suya? ¿Es culpa de Juan? ¿Acaso lo sabe Juan? La furia se le escapa por todos los poros de su cuerpo. Se hace un remolino que da vueltas en torno a ella. ¡Ruge! Llora, patea, le paga al sillón. Avienta el vaso, se arrepiente, ha perdido la bebida. Va por una botella, se empina el Tequila. ¡Odia la vida! ¿Y su papá? ¿Por qué no puede estar hoy aquí su adorado padre? ¡Hoy que tanto lo necesita! Y cae, vencida, doblada de dolor. Sí, el dolor la ha golpeado en el vientre, en el orgullo, en la única alegría de vida que le quedaba. Tirada en el piso, llora y patalea, grita y reclama. Ya está harta de que la vida la zangolotee de tal manera. Los cimientos de su vida eran sus dos familias, la de origen, y la que ella misma formó por amor, ¡por amor! Pero a sus cincuenta años se está encontrado con que su papá no era su padre, su mamá no es quien creían, su marido no permaneció para toda la vida, y su hija ha tirado a la basura todo el amor y la educación que ella, con años de sacrificio, le ha dado. El Sapo parece tan vano ahora. ¡Qué importancia van a tener esos sentimientos que le despertó si estaba bajo los influjos de alguna droga! ¡Esta es la realidad! ¡Desgarradora, cruel! Se levanta. El sol mañanero entra por la ventana y proyecta la sombra de Graciela contra la esquina de la pared. La sombra está partida por la mitad. Pero no es la sombra, ¡es ella! Ella está partida. Gira los brazos como envolviéndose en un rebozo de lágrimas. Sí, sus lágrimas son los filamentos que tejen y destejen el rebozo que envuelve su vida. Y enfundada en ese rebozo incoloro, líquido, da la vuelta y sale hacia casa de la Sra. Newman.

Al llegar, la sirvienta le dice que la Sra. Newman no se siente bien. Graciela no presta atención, y se apresura hacia la recámara en la que tantas horas ha pasado desatando el teclado y siguiendo con él la carrera de pensamientos y reflexiones de su amiga.

- ¡Me ha pasado una desgracia!
- ¿Qué es lo que te ha pasado?
- ¡Alex!
- ¿Qué pasa con Alex?
- ¿Te acuerdas de su amiga, la mocosa esa?
- ¿Lore?

Al escuchar el nombre, Graciela traba la quijada. Tiembla los temblores de toda civilización caída. Retiembla como la tierra rompiéndose y colapsándose en una gran nada, un hoyo negro, eterno, inmenso.

- Vamos, mujer, ¿qué ha pasado con ellas?
- Son... son de esas... O eso creen. La ha jalado, se le ha metido a mi hija.
- ¿A qué te refieres exactamente?
- ¡Se besaron! ¡Ahí mismo, afuerita de mi casa!
- Ah, es eso.
- Sí, eso. ¡Guácala! ¡No más de pensar!
- Pues no pienses y ya, ¿cuál es el problema?
- ¿Cuál? ¿No entiendes?
- Lo que entiendo es que tu hija ama. Está enamorada, y ahora me explico mejor ese brillo que le veía en la mirada allá en Huamantla.
- ¿Cómo que mi hija ama? ¡Eso no es amor! ¡Son cochinadas!
- Cálmate Graciela.

- ¡No tienes derecho a decirme eso! ¡Sé que mi tragedia no te parecerá nada a ti, pero a mí sí, es tremendo para mí!

- Será lo tremendo que tú quieras que sea. Pero mírame, y mírame bien. Ya quisiera yo poder amar a alguien. Es más, si te dijera ahorita mismo que estoy enamorada, y que a quien amo es una mujer, ¿te enojarías conmigo?

- Claro que no. Pero sería distinto.

- ¿En qué?

- En que tú no eres Alex, no eres mi hija. Yo no te eduqué a ti. Si tú eres homosexual, no seré yo quien haya fallado. Además, en tu condición se entendería y se te perdonaría hasta eso.

- ¿En mi condición? ¿Sabes lo que yo siento de ver a mi hijo, sí, a Raúl incapacitado hasta en ese sentido? ¡Que daría yo porque pudiera tener una pareja, quien fuera, si pudiera verse y sentirse amado! ¡Si pudiera usar y sentir y entregar toda la piel de su cuerpo!

- ¡Claro! En el caso de tu hijo lo que fuera sería bienvenido, pero no en Alex.

- ¿Por qué? ¿Cuál es la diferencia?

- Que Alex no está discapacitada. Está entera, joven, guapísima, exitosa. ¡Puede conseguir al hombre que quiera!

- Pero no quiere, ¿o sí?

- Sabía que no lo entenderías. No en tu situación de vida. Tu perspectiva no está bien.

- ¿Qué es estar bien?

- ¡Ser normal! ¡Que Alex tenga una relación de amor normal!

- ¿Normal? ¿Como la de tu madre con Alfonso? ¿Como la de tu madre con Pepe? ¿Cómo la tuya con Juan? ¿Como la mía con mi marido? Alex ama, ¿Qué tiene de traumático eso si ella es feliz, completamente feliz?

- Lo siento, me voy. Sabía que no lo entenderías. Ha sido un error venir a ti, acudir a ti.

- No te vayas por favor. Necesitamos seguir trabajando. Me queda poco tiempo.

- ¿Seguir trabajando? ¿Es que no me has escuchado? ¡De verdad no has entendido nada!

Graciela sale furiosa de la recámara de la Sra. Newman y enfila hacia las escaleras. A su espalda escucha decir:

- Deja de esperar que todo se amolde a como tú quieres las cosas. Alex es feliz, ¡alégrate mujer!

Sale a la calle, entra en su camioneta, y deja que la rabia se haga puños, claxon, agua. Con los bocinazos, un policía de seguridad se asoma de la casa vecina. Graciela deja de tocar el claxon, enciende la camioneta y regresa a su casa. Se odia a sí misma. Se odia en la incapacidad de retener al marido, en el error que sabe ha cometido al educar a su hija. Todo venido abajo. Un derrumbe, una avalancha. ¡Tanto esfuerzo, tantas ilusiones! No queda nada.

Al llegar a su casa, entra en la cocina. Artemio y Jovita almuerzan ahí.

- Salgan, déjenme sola.

Ambos, rápidos y silenciosos, salen de ahí.

Graciela se va a suicidar. Sí, tomará el cuchillo, observará su brillo contra la ventana, sentirá su peso en las manos. Mirará la punta, el filo. Casi podrá percibir el sabor del metal en la boca. Lo acercará a sus muñecas, primero una, luego la otra. Apuntará a la vena, tomará fuerza, contendrá el aire y lanzará la tajada... La sangre brotará roja, viva. Los chorros serán fuente, crearán siluetas, pintarán caminos. Se labrarán en las paredes, sellarán las grietas, escurrirán al piso y correrán a la distancia gritando las voces del suplicio.

Ya sostiene el cuchillo en su mano derecha. Ya apunta a su muñeca izquierda. Ya recarga el filo contra su piel. Se habla a sí misma, se explica que ya no queda nada por lo que vivir. Ha de dar por terminada esta lucha, esta agonía. Su padre la espera al otro lado, la recibirá en el abrazo amado.

Artemio, en un movimiento rápido, ha entrado en la cocina y la detiene. No se lo permitirá. No mientras él esté ahí. No ahora que viene su hijo en camino y sabe que la vida vale la pena con todo y sus dolores. ¡No!

Jovita, horrorizada, se lanza al teléfono, le marca a Juan, le urge que venga, que se apresure.

Graciela se intenta zafar de los musculosos brazos de Artemio, en vano. Carece de la fuerza suficiente. Grita su garganta, ese grito que procede de las cavernas, de los ríos subterráneos. Y llora, como tantas veces, como tantas mujeres...

Ha llegado Juan, acompañado por la preocupación de quien no tiene detalles de lo que ocurre. De quien ha escuchado los gritos, conoce la fuente, pero no ha podido divisar aquello que causa tal terror.

- ¡La señora ha querido matarse! La detuve y contuve hasta este momento.

- ¡Gracias! ¡Gracias! Ahora déjenos solos.

Artemio y Jovita salen de la cocina. Jovita no encuentra reposo. El susto la ha bañado de adrenalina, y ahora teme por su hijo. Artemio la intenta calmar, pero al no lograrlo, decide llevarla a la iglesia. Sn. Jacinto queda a la vuelta de la esquina. Es una iglesia tan grandiosa, tan antigua, que con solo poner un pie en el atrio, uno se siente sostenido por la inmensidad. Jovita encontrará consuelo en su fe, y rezará por la señora, y por su hermoso bebé que le abulta ya el vientre como un balón entrando en la portería, anotando el esperado gol, mientras la gente celebra la felicidad.

- Cuéntame, Graciela. ¿Qué es lo que estás viviendo para llegar a tanta desesperación? De sobra sé que yo te he lastimado, a pesar de quererte tanto. Pero no creo que sea esto lo que te ha hecho estallar hoy, porque he visto el dolor que yo te he causado, y no llegaba a cabalgar estas alturas. ¿Qué se ha disparado hoy?

- Tu hija.

- ¿Alex?

- ¿Cuál otra? Ah! Se me olvidaba, tienes otras dos, como si Alex hubiera sido insuficiente.

Juan respira hondamente, tomando paciencia suficiente para dejar pasar esta bofetada.

- ¿Qué pasa con Alex? Y te recuerdo que no es MI hija, sino NUESTRA.

- Tiene una… una amiga que le ha hecho mucho daño.

- Explícate.

- Tú has desecho esta familia. Todo iba muy bien hasta que saliste con la tuya. ¡Ahora mírala! ¡Cree que es homosexual y anda por la calle besando a la tal esa!

- Graciela, Alex no *cree* que es homosexual. Lo es. Es tan gay como feliz.

- ¿Es decir que lo sabías?

- Sí Graciela, desde que era niña. ¿No te acuerdas que yo te decía que no me podía imaginar a Alex casada y de ama de casa?

- ¡Porque iba a ser independiente, no homosexual!

- En realidad, me refería más bien a que no me la imaginaba con un hombre, pero yo tampoco quería pensarlo. Me daba miedo.

- ¿Cuándo lo viste confirmado? ¿Por qué me lo ocultaron?

- Alex conoció a Lore hace como 5 o 6 años, y le encantó. De inmediato le noté algo. Una alegría que lo sobrepasaba todo, y me di cuenta: Alex estaba enamorada. Entonces se lo pregunté, vaya, que si estaba enamorada, y me lo platicó todo. Estaba muy nerviosa porque no sabía si era mutuo, si Lore se interesaba en ella. Al principio me fue muy difícil, pero me mordí la lengua, porque antes lastimarme a mí mismo que a ella. Yo lloraba en silencio y a escondidas, y ella, con la inocencia de sentirse apoyada por mí, llegaba excelsa de ilusión a contarme todo. Cada mirada, el esperado roce de manos. El primer beso. Todo. Y todo escuchaba yo con una sonrisa en la cara, y una daga en el alma.

- No me vengas con esas, que tú ya estarías con tu fulana, y si llorabas, no lo estabas haciendo tú solo y a escondidas.

- Es verdad, pero mi relación con Alex es única, y ese dolor no me lo quitaba nada.

- ¿Por qué no me dijiste? ¿No acabas de decir que es NUESTRA hija? ¿Cómo me ocultaste algo así?

- Ella me pidió que no te lo dijera. Eso le correspondería a ella y lo haría cuando ella sintiera que tú estuvieras lista para ello.

- ¿Lista? ¿Cómo se puede estar listo para esto?

- Es algo que nunca se piensa. Tal como no nos detuvimos nunca a plantearnos si sería zurda o diestra. Simplemente no lo analizamos porque el que fuera zurda o diestra no tenía absolutamente ninguna importancia.

- ¡Pero esto lo tiene!

- Lo tiene, sí. Pero lo tiene en el sentido de que hay aún tanto por hacer.

- ¿Qué dices?

- Es como volver a vivir la liberación de los negros, o el fin de la segregación. Tanta gente temiendo que los negros "tomaran el control." Su temor era que si los dejaban votar, el país se iba a ir a la chingada. Que si les permitían entrar en cualquier restaurante, todo se iba a acorrientar. Y luego, que si se permitían los matrimonios entre blancos y negros, luego se iban a querer casar con vacas o con perros. Y el colmo, que si tenían o adoptaban niños en común, los niños iban a tener problemas de identidad, porque no sabrían si eran blancos o negros, o a cuál grupo pertenecían. Y ¿qué es lo que ha pasado? Nada malo. El mundo ha mejorado en la medida en que tales ideas absurdas dejaron de regir la legalidad.

- ¿Qué tonterías estás diciendo?

- Que lo mismo está pasando en el mundo justo ahora con respecto a la gente gay. La sociedad, en su ceguera, cree que si les permiten casarse, luego lo harán con perros. Que si le permiten tener hijos, los pobres niños van a sufrir consecuencias psicológicas terribles por haber crecido (no creen que puedan educarlos) en un hogar antinatural. Puro prejuicio tonto que afecta a mi hija, como a millones de seres humanos alrededor del mundo.

- ¿Cómo puedes decir eso? ¡Claro que no es normal! ¡Y claro que estaría mal que tuviesen hijos!

- Tú piensas igual. Pero bueno, lo de tener hijos no es como que los niños están suspendidos en una burbuja esperando que el Estado o la Iglesia les den permiso de nacer. Esos niños han existido siempre, y seguirán existiendo. Lo que esperan del Estado es que se les reconozca como tales.

- ¿Según quién?

- Yo he conocido a muchos, y son tan normales como cualquier otro. Es más, son mucho más respetuosos y conscientes del dolor humano y de las injusticias que los hijos de heterosexuales.

- ¿Estás loco? ¡Alex es hija de heterosexuales!

- ¡Claro! Pero no olvides que es gay, y como tal, ha desarrollado mucha consciencia en torno a los derechos humanos.

- ¿De dónde sacas todo esto?

- Al principio me fue muy duro, y no sabía qué hacer, así es que me puse a investigar en internet, y encontré mucha asesoría y respuestas a mis dudas, además de un par de librerías especializadas. Me animé a ir a una que se llama Palabras en Papel por algo de bibliografía. Me daba pena preguntar, pero una mujer bajita y muy sonriente se me acercó y me ofreció orientación, entonces le conté por lo que estaba pasando, y no sólo me dio un par de libros al respecto, sino que además me recomendó unos grupos de apoyo para padres con hijos gay. Y fui.

- ¡¿A mis espaldas?!

- Sí. No sólo porque Alex me había pedido que no lo hablara contigo, sino porque yo mismo temía tu reacción.

- ¡Así es que ella te cubría la espalda con tu amante esa, y tú a ella!

- Si lo quieres ver así…

- ¿De qué otra manera?

- Yo la apoyaba a ella en su felicidad, mientras trabajaba mi propio dolor en cuanto a su homosexualidad, y ella me apoyaba y acompañaba en mi relación, mientras ella trabajaba su dolor al saber que yo tenía otra familia.

- Lo que está claro es que a mí los dos me hicieron tonta. Los dos haciendo cosas terriblemente escandalosas a escondidas de mí. ¡Claro que lo iba a ver mal! ¡Claro que lo iba a rechazar! ¿Qué esperaban?

- Entiendo que te cueste trabajo. No es fácil, pero sí es posible. Lo único que te pido es que comiences a ver esto como un proceso. Ahorita te sientes mal, y es válido, pero no quiere decir que te vas a quedar estancada ahí por siempre. Te vas a mover, tus sentimientos van a cambiar, así que empieza por reconocer que lo que sientes hoy, es hoy y nada más. Cada día será nuevo.

- Haré y pensaré lo que quiera.

La conversación entre Juan y Graciela continúa. Aunque Graciela se aferra a sus ideas, logra calmarse. Juan comparte con ella su experiencia, y le ayuda a abrir su mente un poco, lo suficiente para dar entrada a cierta luz. Espera hasta sentirse seguro de que el cuchillo con su filo de metal se ha desvanecido de las ganas de Graciela. Las agujas en el reloj de la pared van dando lentas vueltas mientras atestiguan cómo Juan y Graciela se reencuentran en torno a algo en común: su hija. Se han acercado nuevamente, y se miran con respeto. Hacía años no se prestaban tan respetuosa atención mutua. Y sonríe el reloj, porque hoy constata que el paso del tiempo no sólo trae muerte y fin, hay también renacimiento. El renacimiento trae consigo cambios, y ningún minuto se repite, pero la humanidad puede sonreír, porque en cada vida y en cada generación, las alas se renuevan en el hecho mismo de aletear.

CAPÍTULO 17

Giros

Confía en que la vida, cuando te dé la oportunidad del vuelo,
te dará alas para tomar altura, y pies para volver
al suelo

GRACIELA SABE QUE ha caído otra vez en la vorágine del vivir sin sentido, sin propósito, sin compañía ni alegrías. Ha vuelto a vegetar en la cama, únicamente levantándose de vez en vez para para bailar las danzas del alcohol. Debe frenar. Debe hacer algo o enloquecerá. La Sra. Newman, con su desdicha, volverá a ser fuente de vida para Graciela. Sí, han pasado dos meses y no la ha visitado, vaya, ni siquiera se ha tomado la molestia de llamarla. Tampoco ha recibido a Nitlahui las dos veces que ha pasado por aquí. No puede perdonar a su hija, pero algo debe hacer. Se levanta por fin, y se arregla, para alivio de Jovita. Vuelve a desayunar en la cocina, abrazada por el sol mañanero. Pregunta a Jovita cómo va sintiéndose ahora que se acerca su fecha. Todo bien, todo comienza a brillar de nuevo si la patrona vuelve a la vida.

Graciela está parada, una vez más, frente a los macetones que adornan la entrada de la casa de la Sra. Newman. La sirvienta abre la puerta y, al verla, deja escapar una exhalación de sorpresa, enmarcada por una mirada de susto.

- ¿Qué? ¿A poco ya no soy bienvenida aquí?
- Disculpe usted, señora. Pase si gusta, pero el joven no se encuentra.
- Raúl nunca está cuando yo vengo, ambas sabemos eso. Voy a retomar mi trabajo con tu patrona.
- ¡Santa Madre del Cielo!

La sirvienta se persigna.

- ¿Qué pasa ahora?
- La señora se nos fue.
- ¿A dónde?
- ¡Ya se la llevó la flaca! ¡Se la llevó al panteón!
- ¡¡¿Me estás diciendo que murió?!!
- Eso mismo. Su cuerpo ya no resistió más.
- ¿Y por qué nadie me avisó?
- Doña Nitlahui la fue a buscar allá, a su casa de usted, pero no le dieron licencia de pasar. Y pues ella la dejó a usted. Decía que usted tenía su propia muerte. Pero pase, le sirvo su té que tanto le gusta.

Dentro, Graciela encuentra cierto caos. Cajas de cartón y desorden. ¡Que desolación! Quisiera guardarse en una de esas cajas, cerrarla, sellarla con cinta canela, y quedarse quieta y empacada sin tener que moverse, sentir, ni dar la cara a nadie. La sirvienta le ha contado que Raúl, devastado por la muerte de su mamá, y con su abuela allá en el asilo y con una mente rendida al Alzheimer, ha decidido rentar la casa y mudarse a un departamento en un primer piso.

- Pobre Raúl, ¿qué le queda ahora?
- Pues, se tiene a él mismo.
- ¿Y el libro? ¡No lo terminamos!
- No se preocupe usted, señora. Donde usted dejó, don Artemio y Raúl continuaron.
- ¿Artemio?
- Sí, a instancias de Nitlahui, Artemio tomó su lugar frente a la computadora.
- ¿Sabe manejar la computadora?
- Pues si no sabía, aprendió. Pero como además es rete fuerte, pues bajaba a la señora al jardín, y ahí es donde trabajaban.
- Entonces no solo no me necesitó, sino que le fue aún mejor…
- No señora, no diga eso. Mi patrona la extrañaba mucho, pero decía que usted se tomaría su tiempo, pero regresaría. Y mírese, ya regresó.
- ¿Ya para qué?
- Para Raúl. Él no tiene más familia que usted.
- ¿Yo?
- La señora dijo que moriría en paz porque su hijo no quedaría solo.
- ¡Dios mío!
- Y el libro se va a publicar. Ya están en esos arreglos.

Graciela se levanta con la mente en blanco. Ella vive, la Sra. Newman no. En su último encuentro discutieron. Eso fue lo que la Sra. Newman se llevó de Graciela. Esa la última mirada, la última palabra, el último adiós. ¿Se despidió? No. Recuerda que algo le gritó su amiga mientras ella se destrampaba con toda su furia escaleras abajo. ¿Qué fue lo que le gritó? Apenas lo recuerda:

- *Deja de esperar que todo se amolde a como tú quieres las cosas. Alex es feliz, ¡alégrate mujer!*

Se siente mal. Abandonó a su amiga. Su amiga que enfrentaba la muerte, y ella no lo vio. Y no lo vio por llevar la mente tan enredada en sus propios problemas. Pero no puede compararse lo que ella ha vivido en relación a la condición de Alex, y lo que vivía su amiga cada día. Cada día hasta que llegó el último día. Y la necesitaba, se lo dijo. Le pidió que se quedara a trabajar porque el tiempo se acortaba. Graciela no prestó oídos esa vez. Ahora ya no hay marcha atrás.

Se despide. En la puerta de la calle vuelve la mirada hacia la casa, esa casa que guardó a su dueña como a un secreto. La envolvió y escondió de la vida, de los vecinos, de cualquier mirada. Esa casa que la fue engullendo en vida, se atragantó con ella. Graciela pasa las manos por los macetones con azaleas, siente el barro, húmedo, salvaje, casi desbocado. Siente. Siente y puede ver. Da un paso. Sus pies avanzan sosteniendo su peso. ¿Qué es estar vivo? Ella está viva. ¿Qué puede hacer con su vida? ¡Raúl!

Graciela voltea a ver al cielo. Siente la presencia de su amiga en la luz del sol, en el azul del cielo, en las nubes. Y le habla.

- Perdóname mi egoísmo. No alcancé a ver que te despedías. Te abandoné. Pero sé que te has ido sin rencor, sé que me comprendías. Te prometo que tomaré a tu hijo como propio. No le faltará familia, es un gran joven. Desde la cama y sin moverte, hiciste un gran trabajo con él. Sé que moriste confiándomelo, o confiando en que yo saldría de mi cueva, de mi estupidez, y estaría a la altura. Desde hoy, Raúl es mi adorado hijo.

En el camino de vuelta a su casa, va observando las grandes casas de San Ángel. Unas, en su antigüedad, confiesan que han existido desde que San Ángel era un pueblecito lejano, al que se acudía en tranvía para pasar gratos atardeceres de fin de semana. Otras construcciones, en contraste, son de una arquitectura mexicana moderna, revolucionaria. Y ve con los ojos del aprecio. A veces es tan duro estar vivo. Cargar con el propio cuerpo, la propia historia, pero vale la pena. Simplemente con abrir los ojos, ahí está la belleza. Los empedrados juegan con los reflejos del sol, las flores rompen la monotonía cromática, y asoman sus caritas llenas de color. Las enredaderas se ciñen a bardas y paredes no dejándose caer, y los árboles juegan con el viento y con los pájaros. Sí, la belleza está en San Ángel, pero también en la vida. ¿Y cuál es el objetivo de tanta belleza? La belleza existe como canto del milagro de la existencia, con el único objetivo de ser apreciada por los ojos que la miren, y hoy, esos ojos son los suyos, los de Graciela.

Por la tarde llama a Raúl. Platican largo y tendido. Ambos lloran por momentos. Hablan de la Sra. Newman, de los planes de Raúl, del cariño. Quedan en verse el sábado por la tarde, para que Raúl descanse de la mudanza y ella relaje los nervios después de una traducción simultánea para la que no cree tener cabeza.

- ¿Sabes lo que te diría mi madre? Que tienes piernas que te llevan a dónde vas, brazos que te sirven para abrazar, para expresar. Que tienes un cuerpo que te permite servir y ser útil, así es que debes acudir feliz de la vida a esa traducción, porque en el simple hecho de poder hacerlo, en eso está la felicidad.

Se despiden, cada uno debe de prepararse a su manera para lo que el sábado por la mañana les traerá. Artemio, Nitlahui y la sirvienta ayudarán a los de la mudanza para instalar a Raúl en su nuevo departamento, pero aún hay mucho que organizar y empacar. Y no es fácil, porque empacar cuando alguien se ha ido, es poner punto final a su historia. Es tomar todos los recuerdos y los suspiros, hacer con ellos diversos paquetitos. Envolverlos en lagrimitas de agradecimiento y de despedida, y acunarlos en cajitas de cartón que tendrán distintos destinos. Algunas irán directo a las brasas, y desaparecerán dentro del enrojecido baile de la flama. Otras irán a surtir desconocidas manos, y con ellas, comenzarán hilando historias nuevas. Otras más, se pegarán al cuerpo, y viajarán allá a donde nosotros vayamos. Las hay inmensas y ensordecedoras, pero están también las pequeñas, cotidianas, y levemente encantadoras.

Raúl tiene un gran reto estos días, sortear recuerdos, catalogar destinos, alimentarse de imágenes, olores, sensaciones que ya se van, y que no vuelven.

Graciela pasa estos días sumergida hasta el fondo en el tema de la conferencia. Absorbe todo el vocabulario altamente especializado que encuentra. Se previene, en lo posible, con las preguntas que al público se le podrían ocurrir, y analiza las respuestas más factibles. Ensaya una y otra vez traduciendo simultáneamente conferencias que abre en internet, y que giran en torno al mismo tema. Aunque se sabe preparada, le da mucho miedo la incertidumbre que da el hecho de no tener control sobre los caminos y giros que la conferencia pueda dar y que, por lo tanto, pudiera tocar palabras que ella no domina, o simplemente desconoce. ¡Hay tanto vocabulario nuevo a partir del nacimiento de los últimos avances en tecnología, que teme quedarse sin palabra!

Pero lo hace, y lo hace bien. La lluvia de aplausos cae como telón de fondo, como lluvia fresca, como hojas de otoño. Caen con la ovación de un público que se rinde ante los pies de quien sobre el pódium ha develando lo antes imposible. Graciela suspira. Ella ha participado, ha sido el medio que permitió al conferencista conmover al público a tal grado. Han terminado, y los aplausos le dicen que ha hecho un buen trabajo, pues el mensaje le ha llegado al público logrando el impacto deseado.

El conferencista, en agradecimiento, la invita a tomar un café con él, pero ella se disculpa, pues ha quedado de ver a Raúl en Coyoacán. Luego se le ocurre que al Sr. Hach le podría gustar pasear por Coyoacán, y lo invita a acompañarla. Él acepta feliz, pues esta es la primera vez que visita México, y quiere conocer cuanto le sea posible.

En Coyoacán, un grupo de lobos aúlla en bronce eternamente. Aúlla celebrando la libertad de ser, porque aquí, es este rincón de esta ciudad, la gente camina con total libertad. La diversidad se festeja a sí misma. Todos pertenecen, todos son válidos en sus maneras de existir. Hay hombres que visten faldas, y mujeres con corbatas. Hay familias llenas de niños, y las hay llenas de perros. Pero todos aquí, se sienten libres, seguros, aceptados. El Sr. Hach está encandilado con la cantidad de puestos. Sus toldos crean pequeñas ciudades. Ofrecen sus tesoros de frente, y por detrás, se aspira la hierba prohibida que se eleva en aromáticos humos disfrazados de incienso. Frente a la gran iglesia, la música andina mueve a la gente a bailar con su alegría. Esquites, elotes, buñuelos, churros y algodones desbordan fragancias que guían al hambriento a saciar las ansias del instinto. Al otro lado de la gran plaza, por detrás de la avalancha de puestos, un grupo de tamborileros llenan de ritmo baldosas y jardineras. Raúl, Artemio, Graciela y el Sr. Hach se aproximan. La gente quiebra las caderas junto con los tambores. Hay tanta gente reunida alrededor de los tambores, que deben pedir permiso para que Raúl pueda pasar hasta adelante en su silla de ruedas. Un grupo, de unas 15 personas, bailan al centro en consonancia con los tambores. En ese grupo, una joven en camiseta negra y pantalón gris, tapizada en tatuajes, se acerca a Raúl, y sin pedir siquiera, lo lleva con ella al centro, lo toma de las manos, y baila con él y para él. Graciela está feliz, encandilada por lo que ve.

El Sr. Hach le señala, divertido, a una mujer muy particular que baila al centro de todos. La mujer es de edad avanzada, viste un vestido veraniego, amarillo con sandalias del mismo color, y un sombrero negro. Perfectamente maquillada, sus ojos cerrados, danza en otro mundo, lejos, en su propio espacio. La miran, la observan.

La mujer sombrero siente la metralla de las miradas, y abre los ojos, que lanza al encuentro de los de Graciela.

Se miran. La mujer sombrero da unos pasos hacia Graciela, sin perder el contoneo de su danza, la toma de la mano, y la lleva a bailar a su lado, al centro del grupo. Graciela, cohibida, se deja llevar, se divierte. La mujer sombrero rompe la tarde al centro de la plaza, su rebozo es de mota, el de Graciela de nostalgia. La mujer sombrero cierra los ojos y parte hacia sí misma, Graciela le sigue. En cuanto cierra los ojos, las flores de la vida, la gente, los puestos, incluso las ardillas… todo, todo desaparece dejándola a ella montada sobre la música, y la música penetrando su cuerpo en todas direcciones. De pronto está a lo alto, flotando, y en seguida descansa sobre el oleaje de los mares y del viento. La mujer sombrero se le acerca, la abraza de cerca. Graciela puede sentir el roce de sus senos, también sus caderas. Sus mejillas en contacto, la mujer sombrero continúa su danza, ausente, presente. Saca de su bolsillo un churrito de mota, lo prende sin perder el ritmo, le da un jalón y se lo acomoda a Graciela entre sus labios. Graciela titubea. Artemio está ahí, Raúl está ahí. ¡El Sr. Hach está ahí! ¡Y tanta gente! La mujer sombrero abre los ojos. Hermosos, maquillados, negros y profundos. Su mirada no pregunta, su mirada ordena. La mujer sombrero no le está dando una opción, sino que la ha acorralado contra la vida. Pero su mirada, aunque autoritaria, le dice que está con ella. Graciela se deja llevar, aspira profundo y se entrega. Cierra los ojos y sigue con su danza. Una hermosa presencia de pelo azul danza con ella, danza en ella. ¿Quién es esta presencia que se le está labrando en el alma? Se le está metiendo tanto, que cada uno de sus ademanes la dibuja, que cada aliento que toma la contiene. Tanto, que si abre los ojos su mirada la derrama. Se siente amada, Graciela, por la presencia de pelo azul.

Graciela tiene alas, aterriza. Regresa al lado del Sr. Hach y puede sentir que no la juzga. Raúl vuelve junto con ellos, y los tres buscan a Artemio. Tardan en verlo, pues se ha apartado. Caminan hasta su lado, y se dan cuenta de que está alterado. Observa fijamente a la distancia, nervioso. Y las señala.

Alex y Lore pasean tomadas de la mano, con la sonrisa inmensa, y el abrazo despreocupado y natural. Se acarician, se bromean, se abrazan, se separan, se adoran. Se adoran ahí, frente al mundo. Graciela está petrificada. Su hija no esconde nada. ¡Su hija actúa como si nada! El Sr. Hach intenta atar cabos, no lo logra. Raúl sonríe, ha captado quién es esa mujer hermosa, enamorada, dichosa.

Graciela quiere estirar las manos, tapar a su hija haciéndole casita. Que nadie la vea, que nadie lo sepa, que nadie... Pero el mundo la ve, el mundo lo sabe, el mundo es su casita. Nadie se escandaliza. Quienes las ven, les sonríen o hasta, incluso, les hacen una señal de aprobación. El mundo no se cierra para ella, no le está dando la espalda, mucho menos se asquea. ¿Por qué nadie reacciona ante eso? Pero Graciela alcanza a ver algo más... Algo... Pela los ojos inmensos, retrocede tres pasos, se da la vuelta y se aleja. Raúl lo ha visto también. Alex está embarazada, Lore está embarazada. Ambas caminan despreocupadamente enamoradas, y evidentemente embarazadas. Raúl se quiere acercar, tiene el impulso de irse a presentar, pero se frena. Se frena por Graciela. Se frena para no confrontar más a quien hoy está con él.

Artemio da unas breves explicaciones al Sr. Hach, y éste toma del brazo a Graciela y la invita a pasar al bar del Pajarraco. Artemio y Raúl se despiden. El Sr. Hach pide un par de cervezas mientras su compañera está paralizada, totalmente ensimismada. Abre los ojos tan grandes, que parece haber visto un muerto recién salido de una leyenda del viejo barrio. Haciendo malabares con su mal español y algo de inglés, el Sr. Hach se expresa.

- ¿Hace cuánto ha sabido de su hija?

- Unos meses, no sé.

- Yo también tengo, no un hijo, sino dos, y ambos son gays.

- ¿Por qué pasa eso?

- ¿Por qué nacieron gemelos? ¿Por qué son pelirrojos? ¿Por qué son zurdos? ¿Por qué son gays? Porque lo son, y ya.

- Pero, ¿qué puede uno hacer?

- ¿Ama usted a su hija incondicionalmente?

- Pues, creo que sí.

- Entonces eso no cambiaría por el hecho de que ella escoja amar a una persona o a otra, ¿o sí?

- Pues no estoy segura.

- Si no está segura, quiere decir que usted condiciona su amor a su hija a la persona que ella ame. Es decir, que el amor de usted a su hija depende de quién sea esa otra persona, ¿o me equivoco?

- Pues poniéndolo así, suena terrible.

- Lo es.

- Pero ¿entonces qué? ¿Debo apoyarla como si nada?

- ¡Como si nada no! La apoya como su hija amada que es. Así derecho. La ama y punto.

- Pero ¿y la demás gente?

- ¿Se trata de ella, o de usted? ¿De quién tiene miedo de ser juzgada?

- No, pues de nadie, a decir verdad.

- Pues asunto zanjado. Ama usted a su hija sin condiciones, la recibe en su vida y la abraza con amor y con todo lo que la vida de su hija implique, siempre que sea constructivo, y el amor lo es. Lo que a usted le cueste trabajo, usted lo debe trabajar, no ella. Cada quien tiene que recorrer su camino, y éste le toca a usted. Pero si quiere a su hija en su vida, no puede ponerle límites, no puede esperar que su hija se presente sin su pareja cuando la vea, porque le estaría pidiendo que se parta en dos, y que la mitad (ahora la más importante) de su vida no es bien recibida por usted. Eso no es posible, si la ama, la ama sin condiciones y aprecia y ama a quien ama a su hija. Además, según he visto, no se trata solamente de la pareja de su hija, sino que viene familia en camino.

Graciela suspira. ¿Qué pensará su madre, sus hermanos, cuando se enteren? Pero se adelanta. Debe esperar a hablar con Alex. Julieta, Nitlahui, la Maya, e incluso Alex, le han dicho que ante cada situación se pregunte siempre cuál es la respuesta más amorosa que puede dar.

La cerveza ha dejado apenas un ligero rastro en el tarro. Éste se ha vaciado. El Sr. Hach paga la cuenta. Caminan un rato por la plaza. Graciela agradece la presencia del Sr. Hach, se siente acompañada, se siente comprendida. No es fácil esto que vive. Tomados del brazo, caminan entre ardillas y árboles callados. Llevan los pasos lentos que traen vueltas y más vueltas alrededor del sol, pues de tanta vuelta, uno se acaba cansando.

El día en el parque se ha ido como se van los años, demasiado vertiginoso y líquido como para hacernos imposible el asirnos a él. La tarde comienza a arrastrase a los pies de las baldosas. Las nubes se dejan llevar sin imponerle rumbo al viento, pues es el viento quien decide hacia dónde las ha de llevar, así como la vida es quien decide por dónde habremos de girar, y a nosotros solo nos corresponde cómo habremos de responder, y qué haremos con los giros de la vida.

El Sr. Hach y Graciela se despiden, prometiendo mantenerse en contacto. Él toma un taxi hacia su hotel, ella vuelve a su camioneta. Camino a casa Graciela siente una necesidad apremiante de tirar ancla, establecerse otra vez en la vida, reunirse y formar familia. Un nieto viene en camino. La nueva puerta abierta, el increíble sendero. Volver a descubrir la vida con ojos niños. El asombro, la naturalidad, la belleza humana, el milagro de los milagros.

CAPÍTULO 18

Renacimiento

En la vida hay que tener presente que todo cierre abre la puerta a un nuevo comienzo

SOLEDAD QUIERE HABLAR urgentemente con Graciela. Sandra se ha enterado de que Alfonso no es padre de sus hermanos, y está como loca. Se ha tomado una cantidad alarmante de ansiolíticos, y teme que necesite hospitalizarla. Ha estado marcando a su casa y a su celular, y nada. Álvaro llega de prisa. Al ver los paquetes tirados en el piso, adivina la cantidad de pastillas que su hermana "santa" se tomó, y se la lleva a urgencias a un lavado de estómago. Sandra está por conocer un pedacito del infierno.

En la sala de espera, Soledad y Álvaro hablan por primera vez de Pepe. Soledad se siente divertida, pues cree que ya ninguno puede estar seguro de quién ha sido su padre. A ambos les causa gracia el asunto. De alguna manera sienten alivio de que su madre haya resultado ser de falda floja.

- ¡Y nosotros que la creíamos incapaz de amar, y tú eres hijo del monte!

- Del monte y de una gran pasión, no se te olvide.

- Pero ¿te imaginas qué gran hombre fue nuestro papá? Porque encima de aguantar a mi madre, no era realmente papá de varios de nosotros, si no es que de todos, y nos tomó como suyos, incluso más que mi madre. ¿Qué haremos con Sandra?

- Pues ya que nos la entreguen, la llevamos a su casita y que se quede con su linda familia, seguramente rezando y rogando por el perdón a todos los pecados de mi madre, ¿no?

- Pues sí, esa es su vida. Sobre todo desde que conoció al padrecito ese.

- ¿Cuál?

- ¿No sabes? Un francesito de pelo largo que se viste como profesor de Oxford, con sombrerito y todo.

- Y ¿qué tiene de especial, además de la facha?

- Ella cree que él le ha ayudado a ahondar en su fe, así es que este golpe seguramente lo llorará y rezará con él.

- Pues si a ella le sirve de algo... Pero Sandra todavía no sabe que ella tampoco es hija de mi papá.

- Pues para mí que ni lo sabrá. ¿O qué? ¿Quieres que se nos mate?

- No, ella sí yo creo que no debe saberlo. Mejor que crea que ella sí es fruto de la unión de nuestros padres ante Dios, y viva tranquila y descansada.

- Pero la decisión de que lo sepa o no, no es nuestra, sino de mamá.

- Sí, pero mi mamá ha resultado ser más lista y viva de lo que creíamos, ¿no?

Elena encontró, por fin, el descanso tan anhelado durante tantos y tantos años. Quince sin verlo. Quince años de envejecer lejos de su abrazo. Tantas canas, arrugas, alegrías, tropiezos... sólo una cosa permaneció siempre intacta: El amor.

Se han frecuentado todos los días, recuperando momentos robados de la vida. Devorándose uno al otro con la desesperación de quien no ha tenido alimento, y de quien sabe queda poco tiempo. Han redescubierto sus cuerpos, aceptado los cambios, las rutas nuevas, los pellejos que trae la piel. Han desmoronado entre sus manos humedades del cuerpo y humedades de ojos conmovidos. Y platicado, ¡Cuánto han platicado todo este tiempo! Pero por más que han platicado, renovado la raíz que los atan uno al otro, hay un pendiente que Elena aún no ha tratado. Caminan por el jardín, están por despedirse y Elena decide que ha llegado el momento. ¡Ya qué más da! Lo toma de las manos, se acerca a su rostro, y le confirma que no sólo Álvaro, sino también Graciela. Ambos son hijos suyos.

Pepe deja escapar el aire en un descanso. Es tan hermoso saberlo al fin, así, abiertamente. Que las sospechas abandonen las sombras y a la luz se tornen en vibrantes y desnudas verdades. Ha llegado el momento de reclamar para sí el amor y la familia.

Elena añade algo más. Hubo otro hombre, al cual prefiere no nombrar ahora. Ese hombre pasó por su vida como ocasional cometa, y dio origen a Sandra, y unos años después, en un segundo tropezón, a Gonzalo. Pero ni Sandra ni Gonzalo saben nada aún, y por ahora Elena no juzga prudente decirle nada a Sandra, con Gonzalo ha decidido hablar de una vez por todas.

Días más tarde, Elena se reúne con Gonzalo. Él ha venido feliz, sus padres han muerto, y de la familia que le queda, su tía Elena es su preferida. Siempre se ha sentido tan cercano a ella, mucho más aún de lo que se sintió con sus propios padres. Siempre fue el consentido de su tía Elena. Lo visitaba cada semana, le compraba ropa, le pagaba la escuela. Su tía Elena fue su confidente, su guía en la vida. Ahora es todo un hombre, un hombre hecho y derecho. Viudo, sin hijos, anhela sentirse en familia. Y está aquí hoy, en la casa de sus tíos, esperando en la biblioteca que su anciana tía abra la puerta y se haga presente para abrazarla, para sentirla extensión de su madre, y adoración de su vida.

Y llega. Elena abre la puerta y le sonríe con esa ternura que sólo él le conoce.

- Tía, ¡que gusto! Gracias por la invitación, me hacía falta verte.

- Sí, últimamente ha pasado más tiempo sin que nos veamos, pero no te voy a engañar, te he invitado porque hay algo muy serio de lo que tenemos que hablar.

- Suenas preocupada, ¿estás enferma?

- No, no lo estoy, pero probablemente tú estés a punto de tener un infarto.

- ¿A qué te refieres?

Elena se levanta haciendo tiempo. Intenta acomodar las ideas, encontrar las palabras. Sirve té para ambos, y un par de bocadillos que Catita les ha preparado.

Gonzalo espera en silencio, juntando cuanta paciencia le es posible. Observa a su tía, y le ve preocupada, nerviosa. Gonzalo recorre con el pensamiento cuanto camino encuentra intentando dar con una explicación a este momento, pero no lo logra.

Elena se dirige a uno de los libreros, toma un álbum de piel, y se sienta al lado de Gonzalo.

- Tengo algo que decirte que va a cambiar tu vida y tu perspectiva de todo.

- Pues dime tía, que para eso estoy aquí y soy todo oídos.

- Te adelanto que va a ser un shock, tanto que he aplazado este momento por años, por no herirte, por no moverte las entrañas. Pero al pasar los años, y con sucesos que han pasado desde la muerte de Alfonso, todo para mí ha cambiado, y ahora que eres todo un hombre, creo que tienes derecho de tener conocimiento de todo, y tienes derecho también a este dolor, porque este dolor implica la verdad de tu vida. Ahora que soy anciana, creo que vale más la pena la verdad con dolor, que la mentira que no duela.

- ¿De qué me estás hablando, tía?

- Yo crecí en una época muy distinta de la que les ha tocado vivir a ustedes. Teníamos otras ventajas, pero también muchas desventajas. No había la libertad de buscar cada uno sus respuestas y su camino, sino que estaba uno obligado a recorrer el camino ya preestablecido, predeterminado por aras de quién sabe qué.

- Te escucho.

- El caso es que yo tuve mis amores.

- Mi tío Alfonso.

- Tu tío Alfonso fue un buen hombre, y sí, le tuve cariño, pero no, él no fue el amor en mi vida, él fue parte de ese camino predeterminado que yo tenía que recorrer sin chistar siquiera. Mi matrimonio, digamos, fue para mí más una carga que otra cosa. Por él tuve que renunciar al amor, y a uno de mis hijos. Fue hasta que murió Alfonso que pude liberarme al fin de esa predeterminación que me ató y castró durante casi toda mi vida.

- No te entiendo muy bien.

- Yo amaba… amo, de hecho, a otro hombre. Pepe, lo conoces.

- ¿A Pepe?

- Sí, él ha sido el amor de mi vida, y aunque a la distancia, ha permanecido.

- ¿Y?

- Graciela y Álvaro son en realidad hijos de Pepe.

- ¡Órale! ¿Y ellos lo saben?

- Sí, lo saben ya.

- ¡Vaya tía! ¡Me saliste coscolina!

Elena ríe ante este comentario, lo que aprovecha para darse un respiro, algo de tiempo, para ella, ya para que Gonzalo vaya abriendo su mente.

Catita entra con más bocadillos, y Elena le pide que traiga chocolate caliente, pero del mero de Oaxaca, porque el otro no le sabe igual.

- Tía, ¿mis papás sabían eso?
- Mi hermana sí, tu papá no.
- ¿Y?
- Se escandalizaba, claro. Pero como yo vivía arremetida entre una hacienda y otra, pues la gente no se enteraba, y era lo único que tu mamá pedía.
- ¿Y qué te animó a contármelo hoy?
- No, si todavía ni empezamos. Ese es el preludio apenas.
- ¡Ah caray!

Elena abre el álbum y comienza a recorrer las fotos. Todas en blanco y negro. Fotos de una nitidez increíble. Gente de otra época, gente de hacienda y gente de mar. Acapulco virgen. Sus tíos y sus primos, y hasta él mismo, remontando las olas en el yate. Pescadores ofreciendo su producto. Redes al aire. Pescados colgando de los anzuelos. Atardeceres de arena, niños al sol y a la sombra.

Gonzalo ha comprendido que su tía está haciendo tiempo, mientras crece en ella el valor de decirle eso, algo. Centra su mirada en las fotos, dejándose guiar por su encanecida tía Elena.

Hombres de camisa remangada preparando bebidas. Mujeres tirando tortilla para el taco de camarón. Castillos de arena, cubetas, palitas de plástico. Y el jeep. El jeep azul convertible en el que sus primos y él se divertían y empapaban cuando su tío Alfonso aceleraba persiguiendo los encajes de olas que llegaban hasta la playa.

Gonzalo recuerda lo feliz que era con sus primos y sus tíos todas las vacaciones de Acapulco. Las anécdotas de la tintorera, la leyenda del Perro Largo y el timonel llamado "el lobo".

- Tía, ¿cómo se llamaba el yate?

- Tláloc.
- ¡Claro! El Tláloc. ¡Qué momentos pasamos ahí!
- Toda una vida.

Han llegado al final del álbum, y Elena lo cierra, como cerrando otro capítulo en la vida. Ha llegado el momento.

- Gonzalo, yo amé a Pepe, y tuve dos hijos de él, pero hubo también otro hombre, no tan amado, pero si recibido como un suspiro de corta duración en dos largos periodos de tiempo en los que Pepe se vio obligado a alejarse de mí.
- ¿Quién?
- ¿Qué tan abierta tienes la mente?
- Bastante, yo creo. Además, eres la adoración de tía, así es que para nada te juzgo, al contrario, me da gusto que me cuentes.
- Joaquín.
- ¿Qué Joaquín? ¿Lo conozco?
- El hijo de mi hermano Pedro.
- ¿Mi primo?

Elena vuelve a ponerse en pie. Tiembla. Camina hasta la ventana, deja que su mirada se pierda en la lejanía de su inmenso jardín.

Gonzalo se levanta, camina hasta ella, la abraza por la espalda.

- Tía, te respeto y te admiro.
- Eran otros tiempos. Era más difícil todo. Esto. No había cómo prevenir hijos, ni lo pensábamos realmente. Uno quería a alguien, y un hijo era la consecuencia natural. Se festejaba, por tanto. Pero cuando la persona a la que uno amaba no era su marido, la cosa se ponía tensa, por decir lo menos. Y los hijos que nacían de esos amores, bueno, eran queridos sí, pues eran la expresión del amor, pero también la ponían a uno en evidencia.
- Me imagino. ¿Pero mi tío Alfonso lo sabía? ¿Sabía que Graciela y Álvaro no eran suyos?
- Lo sabía sí.
- ¡Y los adoraba!
- A Graciela sí, con Álvaro ya no pudo.
- ¿Y supo que anduviste con Joaquín?

- Lo supo. Dos hijos nacieron de ahí.

- ¿Cómo? ¿Dos de Pepe y dos de Joaquín?

- Te digo que eran otros tiempos.

- ¿Quiénes son los de Joaquín?

- Sandra, que no lo sabe ni le pienso decir, y tú.

- ¿Yo? ¿Mi mamá también anduvo con Joaquín?

- No Gonzalo. Tu mamá no podía tener hijos, tú naciste de mí.

- ¡¡¡¡¿Qué?!!!!

- Después de que nació Sandra, Joaquín se fue de la hacienda. Tenía 18 años el mocoso. ¿Te imaginas el escándalo que tuvimos que callar? ¡Era hijo de mi hermano! ¡Mi sobrino! Algunos años no nos vimos para nada, vaya, yo no estaba enamorada de él, sino de Pepe. Joaquín fue una buena compañía, pero me dejé llevar, y él también. Después de Sandra, nació Soledad, esa sí de Alfonso, porque Pepe no aparecía y Joaquín ya había corrido muy lejos.

- ¿Y?

- Cuatro años más tarde nos encontramos en la hacienda de Veracruz, donde toda la familia había ido a festejar las bodas de oro de los abuelos, y pues ahí... Y yo con tantos años sin ver a Pepe, y tan sola... Joaquín ya era más grande, y bueno, sólo estuvimos dos veces, a escondidas, pero borrachos de locura.

- Y me concibieron, supongo.

- Sí.

- ¿Y por qué eres mi tía y no mi mamá?

- Tu mamá no podía tener hijos, y Alfonso se molestó muchísimo cuando me notó la barriga. Él y yo ya no teníamos nunca nada, así es que lo supo. Me amenazó con el divorcio, y en esa época hubiera yo quedado desamparada y sin mis hijos. No encontré salida. Él se fue de la hacienda varios meses, así era nuestra vida. Entonces a mi hermana se le ocurrió inventar que estaba esperando, y fue engañando a tu papá como pudo, hasta que dijo que se iba a aliviar conmigo en la hacienda. Naciste tú, y ella regresó contigo en brazos.

- ¿Y Alfonso? ¿No preguntó por mí?

- Le dijeron los caballerangos que había parido un bebé muerto. Nunca me perdonó, y menos aun cuando años despúes Pepe se acercó a mí de nuevo, y tuve a Álvaro. Desde entonces se separó de mí. Se acomodó en otra recámara, y nunca volvimos a ser marido y mujer. Éramos vecinos de cuarto, padres de los mismos niños, pero nada más. Una relación cordial, nunca pasión ni amor.

- Entonces, no eres mi tía...

- No. Por eso era yo quien pagaba tu escuela, todos tus gastos. Por eso te frecuentaba tanto, eras mi hijo y no te iba a abandonar.

- ¡Dios de mi vida!

Gonzalo se deja caer sobre el sofá. Está anonadado. ¿Cómo puede ser verdad todo esto que le está contando su tía? Si el creció con sus primos y sus tíos, una familia de lo más normal. Dos tíos, seis primos. Clarito como el agua. Pero esa agua, al parecer, era transparente en la superficie, pero en el fondo había fango, mucho, mucho fango. Y mucho embrollo.

- Tía, no sé ni qué decir.

- Nada, no hace falta. Sé que es duro para ti saberlo, como lo fue para mí el vivirlo.

- Y ¿por qué me lo estás diciendo?

- Por culpa de Alfonso. Él desató una avalancha antes de morir. Yo intenté pararla, pero no pude, me sobrepasó. Pero la verdad, ahora se lo agradezco. Pepe ha vuelto a mi vida y comenzará, por fin, a tomar el papel de padre que le corresponde. Y tú, pues a ti te corresponde el papel de hermano. Si lo quieres tomar, es tu derecho.

- Entonces Joaquín no es mi primo grande, ¡es mi papá!

- Es tu primo, y es tu papá, pero él no lo sabe.

- ¿No supo que yo era su hijo?

- No, jamás se lo dije. Era un chamaco que apenas comenzaba su vida, y por dos encuentros furtivos que tuvimos... decidí no desatar más escándalo.

- Y esconderme a mí.

- Esconderte no, darte una mejor oportunidad.

- ¿A mí o a ti?

- A ti, a mí, a Alfonso, a tu madre, a tu padre.

- Sigo sin saber qué decir. Vaya, me gustaría alguna prueba, porque todavía lo siento inverosímil.

- ¿Prueba? Sólo la genética. Pero Joaquín no lo sabe, te lo recuerdo.

- ¿Y cuándo le piensas decir?

- He determinado no decirle nada a Sandra. A Joaquín, no sé todavía si se lo quiero decir a estas alturas. Él no anda muy bien del tejado. Ya le falla, le patina.

A Gonzalo le ha caído un balde de agua fría en la cabeza. Suspira, se levanta, se sienta, se vuelve a levantar. Tiene la vista perdida a la distancia de los años. Se ve a sí mismo niño, querido hijo único de su padre y de su madre. Consentido a más no poder por su tía. Tiembla.

- ¿Decías que me daría un infarto? ¡Vaya que sí!

Gonzalo pasa el día en casa de Elena. Pregunta, calla, observa, analiza. Pero ríe, Gonzalo ríe de las hazañas de su tía, de la sorpresa que le tenía guardada bajo la manga. Ríe, porque vaya bromas que se gasta la vida.

Elena sonríe. Este era el único trago al que temía, y en vez de amargo, resultó ser poesía.

El timbre suena. Catita atiende y en seguida entra Pepe. Al instante mismo en que ve a Gonzalo, comprende que Elena se ha decidido y ha actuado. La verdad de la vida ondea como blanca bandera a lo alto del asta.

Elena recibe a Pepe con un abrazo. Gonzalo los ve juntos por primera vez, así, de esa manera. Se les ha pintado la cabeza con el color de las nubes. Tal vez porque llevan más tiempo que los demás soñando sueños humanos. O quizá se deba a que va nevando dentro del reloj de arena que les cuenta los granitos, los copitos que les quedan por delante. Al final, no les importa ya ni cuanto tiempo el calendario les otorgará, pues a partir de hoy, han descansado ya. Ningún pendiente. La vida está plena tanto para partir, como para continuar. En algún momento en los últimos meses, Elena intentó dar explicaciones, pedir perdones, reparar errores, pero Pepe le puso un alto contundente y definitivo. Le dijo que era tiempo de dejar de buscar la armonía en el pasado de la vida, pues ha llegado la hora de hacer espacio para la nueva armonía, la que ha llegado ya, hoy, aquí. Esa armonía no proviene de fuera, de la demás gente ni de las circunstancias. La nueva armonía se busca dentro de uno, se toca apenas y con ella, se ilumina al mundo entero.

El día ha sido hermoso, tal como la vida. La familia se va ajustando a la nueva realidad, o a la que siempre estuvo ahí, lejos de la luz.

Por la tarde, Elena y Pepe han quedado solos. Pasarán, por primera vez, la noche en esta casa que es un monumento a la historia de la familia, y de la vida en San Ángel. Elena se retira al baño, mientras Pepe le prepara una sorpresa.

Cuando Elena sale del baño, decenas de velas blancas bailan con sus flamas encendidas. Tres lágrimas brotan en sus ojos. Ser recibida por tantas velas es ser recibida con una calidez inesperada. Escucha la madera del piso crujir bajo los pasos de su adorado Pepe que se aproxima, y recibe ese abrazo que es su hogar.

La noche madura, cierra los ojos. Recuesta sus sueños sobre la tierra. Extiende su abrazo, hace rocío de sus sudores. Entre sus senos corren los vientos, y por su silueta se descuelga la luna. Avanza de su cintura a las caderas, y luego da vuelta y se esconde tras su espalda. La noche comienza a soltar su propio cuerpo, se entrega a los pies de la madrugada, mientras los corazones humanos sueñan y cantan.

Pero hoy, hoy la luna se ha vestido de largo.

CAPÍTULO 19

El Vuelo

Toda jaula está construida con barrotes, incluso tu propia jaula, la que rara vez alcanzas a percibir. Cada idea que ha sido labrada en tus huesos, cada lágrima, cada juicio, todo se ha ido tornado en uno más de los barrotes que crean tu jaula. Deja ir los barrotes, y el vuelo se iniciará suave, involuntario, natural.

LA NOCHE SE ha desvanecido en el aire como los hacen las pequeña humaredas, sin dejar rastro alguno de tanta belleza, y dando brutal y tajante entrada a la luz que es brillo y color. Ya se han retirado las luciérnagas, apagado su incesante parpadeo que parece bajar las estrellas al alcance de la mano, que alientan a buscar luz en la obscuridad, encendiéndose a nuestro paso, así, pequeñitas y disimuladas. Y ahora que ellas se han ido, los cantos de los pájaros conquistan el cielo mañanero. Alex y Lore atraviesan el jardín de la casa de Elena.

La abuela Elena les ha convocado a todos al desayuno dominguero, pues esta familia ha de remontar de nuevo el vuelo. Tantas historias han abandonado las cavernas, salido al sol, florecido. Tantas reacciones tan diversas de cada uno, que le parece importante destacar que, sea quien sea el padre de cada uno, lo más importante, lo más profundo, lo central en la vida de cada uno es el Amor, y todos son amados.

Hoy ha llegado el día en que por primera vez se reunirán en familia con la verdad por delante. Desea que el aire sea fresco y no se envicie con los juicios y prejuicios que arrasan con todo, que destruyen, matan, mutilan.

Lore y Alex encarnan en este momento toda la esperanza de su sierpe, de esa rama de mujeres-brujas que han luchado, atravesando loqueros, hogueras y un sinfín de torturas, para que hoy, este día, haya mujeres en el mundo que puedan pararse firmes por lo que creen, por lo que son, por lo que viven, construyen, sueñan, ríen y hasta por lo que lloran. Y ambas se saben sus herederas. Herederas de todos los caminos, los tropiezos, lo avances... herederas de toda la luz que brilla hoy, esta mañana, para ellas. Hoy les es posible vivir honestamente, ahí donde se respira libremente, se corre por la amplitud del mundo sin esconderse de nadie, de nada. Hoy pueden vivir una desnudez congruente con el alma.

Graciela y Raúl salen a su encuentro. Se abrazan. Es el primer abrazo desde que Graciela lo supo.

- ¿Mi nieto?

- Tus nietos mamá. Las dos estamos esperando. El papá es el mismo. Es un amigo nuestro que también es gay. Tal vez te cueste trabajo saber que es gay, pero es un tipazo, y de una familia que te encantaría. Vive también aquí en San Ángel, y su casa es como un museo. Él fue el donante, para las dos.

- Pero mi nieto va a ser el tuyo, ¿no?

- Los dos son igualmente míos, ma. Lo pensamos mucho, y no sólo quisimos que fueran hermanos por parte del papá, sino también nuestra. Serán como gemelos, casi, porque todo lo ajustamos a concebir entre los mismos días, así es que tenemos prácticamente la misma fecha probable de parto. Pero los dos serán mis hijos y tus nietos en igual medida, porque a mí me implantaron el óvulo de Lore, y a ella el mío, así los dos bebés son de las dos. El bebé que ella está esperando es mi hijo biológico, genético. Y este es mi hijo biológico, gestacionalmente hablando. Así que son dos, que nos fueron implantados el mismo día, y lo más probable es que nazcan con sólo unos días de diferencia, si no es que nos programan las cesáreas el mismo día, que ya ves que ahora todo lo quieren hacer así.

- Pero ¿qué les dirán a esos niños?, ¿No se van a confundir?

- No tienen porqué. A su papá lo conocerán como tal, y van a convivir con él como yo convivo con el mío. A Lore y a mí nos sabrán sus madres. A Lore le dirán mami, y a mí, mamá. No es confuso, como no es confuso tener dos abuelas.

- Pero los van a molestar en la escuela, seguramente.

- Hemos estado viendo varias escuelas, y ya hay muchas que abiertamente apoyan la diversidad en las familias, incluida la sexual, así que escogeremos entre esas escuelas.

- ¿Tu papá sabe?

- Sí, y se ha puesto feliz.
- ¿Y los papás de Lore?
- También, ya hasta nos regalaron las cunas.
- ¿Cómo se conocieron ustedes dos? Nunca me has contado.
- En un antro gay.
- ¿Una disco?
- Un antro, no es tan *fresa* como una disco.
- Y qué hacías ahí.
- Acompañaba a mi tío Álvaro.
- ¿A un antro gay?
- Ma, tu hermano también es gay. Él ha sido como mi padrino de reventones.
- ¿Cómo? Álvaro no es gay, si lo he conocido toda mi vida.
- Ma, es tan gay como yo. Además, a mí también me has conocido toda mi vida, ¿o no?
- ¿Por qué he sido yo la última en enterarme?
- Porque nos daba miedo tu reacción. Aunque no crees en Dios, tus ideas siempre han sido rígidas. Siempre has dado por hecho que las cosas deben ser de cierto modo. Que lo que no es como tú crees que debe ser, está mal, y hay que cambiarlo, gente incluida.
- ¿De dónde sacas que soy así?
- Pues de tus comentarios cuando sale el tema de la homosexualidad, el divorcio y cosas así. No parecería, porque tu moral es como religiosa, pero no crees en nada de la Iglesia, entonces uno se esperaría que fueras mucho más abierta, pero hasta ahora no lo has sido. Por eso yo sabía que mi papá tenía otra pareja y otra hija, y que esperaba una segunda, y lo supe antes que tú. Porque cuando alguien tiene un aspecto en su vida que de entrada sabe que tú vas a rechazar, pues mejor se lo queda uno callado, porque no todo ha de ser una batalla. Hay cosas que son, sólo son.
- Pues sí, sí he sido así. No lo veo mal. Es más, supongo que tú también estás comprometida con Lore de por vida. Eso es lo que yo quería vivir con tu papá, un matrimonio hasta la muerte, y no está mal querer eso, ¿o sí? Porque no se trata de que yo le impusiera esa idea a él. Los dos nos casamos para toda la vida, tal y como supongo que tú quieres hacer con Lore. Y esto está bien.

Elena les saluda nerviosa, emocionada. Parece ser que, al fin, la vida es esa plenitud que al nacer es nuestra promesa. Se ha apurado y esmerado para quedar hermosa. Esta será una mañana muy especial. La más especial de todas. Hoy vendrá él, a ésta, su casa. A la casa que fue de Alfonso. Y no viene como una visita más, sino como el hombre que ha sido extrañado, necesitado y profundamente amado. Entrará firme, como padre que es de Graciela y de Álvaro. Y ella le dará su lugar en la familia, porque éste es su hombre, su vida entera. Y porque ahora sí, por fin, Alfonso está más allá de cualquier dolor, y el amor que Pepe y ella se tienen hoy, no lo dañará más.

La casa ha sido sacudida, barrida, trapeada y hasta almidonada. Los floreros han renacido con sus racimos inmensos. El piano brilla en una esquina. El jardín no esconde su belleza, ni los pájaros en las jaulas sus cantos.

Está nerviosa. Mucho.

Llegan Álvaro y Soledad, intrigados por lo que pueda suceder hoy en la casa de Jardín. ¿Cómo se comportará Pepe, ahora que sabe, que saben todos, que es él el padre de Álvaro y Graciela? ¿Se animará su madre Elena a pronunciar el nombre del papá de Sandra?

Llega Eugenio. Eugenio con sus interminables canas a cuestas. Eugenio siempre distante, frío como su madre.

Soledad ayuda a su madre a acomodar los platos, en los que se ha servido mango, en cada lugar de la mesa que se ha dispuesto para todos en el jardín. Observa a su madre, y la encuentra con una felicidad inusitada. Trae una pila que no para. Y lo sabe, ¡su madre está enamorada! El témpano de hielo ha sido derretido. La armadura se ha desintegrado escama a escama. Ese ser luminoso tan hermoso estaba ahí, dentro de su madre, esperando la oportunidad de salir y brillar al mundo. Hoy, ese ser ha llegado, está aquí y es su propia madre.

Gonzalo se presenta con un inmenso ramo de flores. A todos les da gusto ver al primo. Gonzalo baja la mirada. Primo. Eso ha sido siempre, y eso seguirá siendo.

Sandra llega al último. Aún viste de negro la muerte de su padre. Ese padre con el que nunca logró comunicarse de forma significativa. Lleva un peinado de chongo, con un par de flores de seda amarillas como único adorno. Saluda a su madre con una pesadez actuada. Cada uno de sus gestos carece de la mínima naturalidad. Sandra vive en un mundo de supuestos que no le permiten contactar con lo real, lo vivo, lo cercano y vibrante.

Elena los convoca a la mesa. El desayuno se servirá. Los sirvientes que desfilan uniformados, con guante blanco, ofrecen café y chocolate caliente. De la canasta de pan vuelan las conchas y las orejas. Al mango le sigue un pastel azteca, acompañado con crema, granos de elote y queso rallado al gusto. La plática que se desayuna en este momento es tan superficial como el pasto que cubre la tierra. Un hermoso adorno a una hermosa mesa. Soledad, Álvaro, Graciela, Lore, Alex y Elena platican alegremente. Sandra, Gonzalo y Eugenio, en cambio, se quedan de lado. Será, quizá, que los demás son cómplices de los secretos, y por haberlos sacado al sol, hoy se sienten ligeros, liberados.

Ha terminado el desayuno, Elena les invita a pasar al quiosco del jardín de rosas, en el que se les servirán té, café y unos bizcochitos. Eugenio comienza a olerse algo. Su madre no actúa de manera normal, ni este desayuno lo ha sido en forma alguna. Algo se trama. Curioso, se deja llevar.

Sentados en el quiosco, Elena les agradece su presencia, y pasa de inmediato a comunicarles que hay algo fundamental que quiere compartir con ellos. Sandra pega un brinco escandalizada, ¿acaso su madre ha enfermado de muerte? Eugenio espera que el tema sea algún dinero olvidado de la herencia.

- Su papá fue un muy buen hombre. A cada uno lo quiso como suyo. Como su propia alma y razón de vida. Todo el esfuerzo y el sentido que impuso a sus días, estaba enfocado a hacerles felices a ustedes, profundamente felices.

Sandra la interrumpe:

- Y a ti, mamá. Tú eras su principal tesoro.
- Te pido que solo me escuches, pero me escuches bien. El tesoro de Alfonso fueron ustedes, cada uno. El amor de su vida, todos lo sabemos, Graciela. Pero no nos engañemos. Entre él y yo había cierto cariño, solo eso.

- ¡Mamá! ¡No digas tonterías!

Elena voltea hacia Sandra con una mirada fulminante. Le recuerda que ya le ha pedido que no la interrumpa, y añade que por favor de verdad escuche sin tratar de arreglar lo que oye, sino respetando y entendiendo lo que hay de fondo. Y continúa:

- Eugenio y Sandra: su papá y yo no fuimos felices juntos. Lo que fuimos es, pues mediocre y mutuamente aguantados. El sentido de vida de él eran sus hijos, y el mío, otro amor. Así, como lo oyen, se los platico.

Sandra se ha puesto de pie con el horror transfigurando su rostro.

- Los he llamado hoy porque en esta familia hay mucho, pero mucho que aclarar, y por aquí es por donde estoy empezando. Si alguno se quiere ir, puede hacerlo. Y sepan que si deciden salir de mi casa hoy, espantados y escandalizados, siempre podrán regresar, con la única condición de que lo hagan de manera respetuosa. Aun así, les sugiero que no se vayan hasta que terminemos de hablar, porque hay mucho que decir. Pueden irse, pueden quedarse. Pero si se quedan, les pido no me interrumpan. Agarren sus pensamientos, los que vayan brotando, y guárdenlos por un momento. El que quiera llorar, llore. El que quiera vomitar, que vomite. Pero hoy ya no quiero ni puedo seguir viviendo con tanta espina en el corazón. He amado a otro hombre por muchos años. Y él me ha amado a mí. Su papá Alfonso lo supo siempre, y espero aprecien el buen hombre que fue. No solo se quedó conmigo sabiendo que yo le había sido infiel. Sí Sandra, le fui infiel. No se trató únicamente de un amor platónico. Pepe fue mi amante, lo ha sido siempre. Pero detente, espera. No te vayas aún. Veo el horror en tu mirada, pero te pido me escuches porque hay más, y porque escucharlo te ayudará a conocer mejor a tu papá Alfonso, y darte cuenta de cuán gran hombre fue. Si no te quedas a escucharme por conocer mi historia, quédate por conocer a tu padre. Eso, siéntate con Eugenio, y mírense. Los dos se ven asustados. Siento que esto les duela, pero para qué seguir escondiendo el polvo bajo la alfombra. No Sandra, no trates de intervenir todavía. Esto será prácticamente un monólogo, porque quiero que me escuchen en silencio, si es que sus mentes logran el silencio mientras oyen mis palabras. Alfonso los quiso a todos, pero a Graciela más que a ninguno. A Graciela que no era hija suya, y él lo sabía. Sí Sandra, esta soy yo. Ahora me ves como a una pecadora, pero he sido mujer. He sido una mujer palpitante, enamorada. Una mujer llena de carne, de ansia, de cariño. Pero Pepe no es sólo papá de Graciela. No Sandra, no se trata de ti. Álvaro fue un renovado encuentro entre el hombre que he amado y yo. Yo, que me escondía tras las cortinas. Yo que quería correr tras de él, pero nunca me atreví a dejar a mis hijos. Sí, mis hijos, ustedes, me fueron tan importantes que renuncié al amor por no perderlos a ustedes. Qué nunca me sintieran amorosa es otra cosa. Y es que ustedes veían más allá de mis ojos, escuchaban más allá de mis palabras. Yo estuve partida por el amor, y ustedes lo sabían. Lo sabían porque eran niños sanos, avispados. Lo sabían porque veían el dolor en mis ojos. Sentían mis lágrimas estrellándose contra el piso. Sí Sandra, sí Eugenio, esta soy yo. No tan rígida como me habían creído, ni tan recta. No. Sólo una mujer que ama a su hombre, a ese hombre que no es el que duerme a su lado. Y ahora lo saben. Pepe ha regresado a mi vida y no saldrá más. No saldrá más porque Alfonso ya no puede lastimarse con ello, y no saldrá más porque es el padre de Álvaro y de Graciela y le corresponde tomar su lugar como tal.

Sandra se ha apartado escandalizada. No ha dicho ni una palabra. Su boca ha caído como ave desplumada, y las lágrimas se van haciendo río en el cauce de su rostro.

Eugenio observa detenidamente a todos, a cada uno, y ata cabos. Se da cuenta de que todos lo sabían menos Sandra y él. Se siente fuera del juego. ¿Por qué la vida lo ha tratado siempre de forma diferente?

Álvaro se pone de pie. Se sirve más café, agrega dos cucharadas de azúcar, menea el contenido. Levanta la cabeza, busca con la mirada a su hermana:

- Yo también tengo algo que decirte Sandra, y a ti Eugenio. Soy gay. Lo he sido siempre. Desde que tengo memoria. No ha sido mi familia, no ha sido el hecho de haber sido concebido por un padre y criado por el otro. No ha sido que mis hermanas me cuidaran, ni que me faltó modelo masculino. Crecí con todas las ventajas y privilegios de un niño amado y bien educado. Pero nací gay como nací zurdo. Es hora de que lo sepan, por lo menos, es mi hora. Y coincido con mi madre, si quieren retirarse de mi vida por saber esto, no tengo inconveniente, pero siempre serán bienvenidos de regreso si así lo quieren. No para cambiarme, no para llevarme “por el buen camino”. Son bienvenidos a mi vida si pueden aproximarse con un respeto absoluto por quien soy, y con ganas de aprender a apreciar lo que es mi vida. Si no, quédense lejos, que ahí seguramente estarán bien.

Sandra toma de la mano a Alex, e intenta jalarla para que se vaya con ella, porque no debería escuchar nada de lo que se está diciendo ahí. Alguien debe proteger a Alex que es apenas una joven. Pero Alex la detiene…

- Tía, yo sé lo de mis abuelos, y sé de Pepe. Me parece que cada persona tiene el derecho de buscar y crear su propio camino, y de rectificarlo cuantas veces lo requiera, porque para eso se nace. Y el dolor que esto pueda conllevar para otras personas, no es sino un llamado de la vida al despertar de la conciencia. Adoro a mi abuela, y la apoyo. Adoro a mi tío Álvaro, y no sólo lo apoyo, sino que le agradezco. Le agradezco que haya sido mi ejemplo, mi escudo. Adoro que me haya acompañado en el camino, pues yo también soy gay. Tía, tus hijos lo saben. Soy gay y voy a ser madre de dos pequeños. Uno crece en mi vientre, el otro en el útero de Lore, pero ambos con el mismo cariño. Ambos son igualmente mis hijos.

A Graciela le parece que Sandra está por desmayarse, y se aproxima a ella.

- Entiendo que sientas que el mundo se desvanece bajo tus pies. Que no hay de qué asirse, que no hay ningún sostén. Todo lo conocido se desmorona. Todas las estructuras se derrumban y te sientes desfallecer. Lo entiendo porque eso mismo sentí yo cuando supe que mi marido tenía otra mujer y otras hijas, y me dejaba. Y lo supe al tiempo que mi papá moría, y moría diciéndome que yo no era su hija. No estás sola en esto, créeme. No estás sola, y sin embargo, cada quien debe recorrer su propio camino y vivir su propio dolor.

Elena alcanza a ver que Pepe ha llegado y camina por el jardín hacia ellos.

- Ha llegado Pepe, padre de Graciela y de Álvaro. El hombre que ha sido, es y seguirá siendo mi compañero de vida. Si alguno se siente incómodo con ello, es libre de retirarse, pero que quede claro que no permitiré, por ningún motivo, ni una falta de respeto. Quien no quiera que Pepe esté presente aquí, que se retire a sí mismo, pues el lugar de Pepe a partir de hoy y para siempre, es a mi lado.

Sandra tiembla de cuerpo entero. Sostiene a duras penas su bolso entre los brazos. Se aferra a éste como si de un escudo se tratase. Eugenio la abraza, y en silencio los dos se retiran. Al irse, pasan al lado de Pepe. Pepe camina con los pasos lentos y cansados. No lo miran. Evitan el contacto y se fuerzan a acelerar su salida de la casa. Pepe ha percibido su rechazo, pero no se enreda mucho en ello. En el quiosco lo espera Elena, su amada Elena.

Sube los escalones. Con cada uno siente que recupera un trozo de su vida: su mujer añorada, su hija, su hijo.

Los rosales dejan escapar bocanadas de aroma. *Los huele de noche* se han revelado, y suman sus fragancias a las demás. En el quiosco se ponen las vidas al día. Graciela ha comenzado a trabajar y va tomando confianza en su propia capacidad. Álvaro acaba de conocer a un hombre que le ha puesto alas. Raúl se siente acompañado, bienvenido en esta familia no tan normal. Los bebés de Alex y Lore comienzan a moverse, y todos lo celebran. Elena y Pepe necesitan un instante para ellos, y salen del quiosco para dar un paseo por el invernadero.

Gonzalo se aproxima a Álvaro, lo mira con otros ojos, y fomenta la plática con quien, ahora sabe, es su hermano.

Paco ha llegado tarde. Se lo ha perdido todo, pero Raúl, con tan solo presentarse, se ha sentido entrevistado y ha ido revelándole cada detalle como lo recuerda.

Graciela, Alex y Lore, caminan hacia el jardín de los pájaros. Entran en la jaula de los Cenzontles. De pronto, Graciela siente que los pájaros están tristes. Tristes en las alas, tristes en el canto, tristes en el vuelo.

- Estos barrotes frenen el vuelo de los pájaros y no debería ser así.
- Así he visto a mi tía Sandra hoy. Tantos barrotes en su mente no le permiten el vuelo.

- Sí, y exactamente de la misma manera estaba yo. Y supongo que a tu papá yo le ofrecía una bella jaula, pero jaula al fin. He tenido que romper tantos esquemas, que ha sido como limar a mano los barrotes de mi celda para lograr salir a respirar en libertad.

- Mamá, Lore, ¿y si abrimos estas jaulas?

- Los pájaros son de tu abuela, ¿no? ¿No sería entonces ella la única con el derecho para hacerlo?

- ¡Llamémosla!

Alex sale en busca de su abuela y Pepe. Los encuentra fundidos en un abrazo que rompe la eternidad y el silencio.

- Abuela, ahora que has liberado tu historia y que tienes toda posibilidad de vivir en amplitud, ¿no te parece que debemos darle la misma oportunidad a los pájaros de tus aviarios?

Elena y Pepe acompañan a Alex. Se reúnen en la jaula de los Cenzontles. Los observan y se ven reflejados, tal como les refleja el espejo.

- Mamá, ¿le piensas decir a Sandra que ella tampoco es hija de mi papá Alfonso?

- No, no la ayudaría en su vida. Y a mí tampoco.

- ¿Y nos dirás a nosotros quién es su papá?

- Tú papá es y ha sido siempre mi vida. El papá de Sandra fue un error y no merece ser pronunciado.

- ¿Es decir, que nos quedaremos picados?

- Es decir, que esta parte de la plática nunca existió.

Graciela abre la puerta de la jaula de par en par. Pepe, Elena, Alex y Lore alientan a las aves a buscar el vuelo más allá de los barrotes. ¡Libres!

Las plantas y flores del jardín se acercan para recibir a los pájaros en su primer vuelo abierto. Las nubes les animan a remontar hasta bañarse en ellas. Graciela les mira arrobada. Ahí va ella hasta las nubes, cocida en las alas de cada uno. Se eleva y se deja ser. Es altura, es extensión. Es la vida inmensa y renovada.

¡El verdadero vuelo comienza!

AGRADECIMIENTOS

A TI, QUERIDÍSIMA MUJER, por prestarme tu historia una hermosa tarde de café en ese rincón de nuestro pueblo, y permitirme construir estas páginas, cimentadas sobre cada punto de quiebre, de muerte y renacimiento, que tus días han tenido. Te aprecio profundamente.

A tu hija, siempre presente desde aquella noche de concierto en que nuestras vidas se encontraron para acompañar el camino.

A Roberto Bravo Beltrán, por compartir conmigo paso a paso esta aventura desde el punto de vista literario.

A la diversidad de hijos que la vida me ha dado: Rodrigo, Patricio, Ignacio, María y Paula, por llenar de música la casa, de cosquillas mis tardes, de adoración mi alma.

A Andrea Anaya, querida hija de la que las circunstancias me separaron, pero a quien llevo en el alma.

A la pequeña Ana Julieta García Fuentes, que se ha instalado en mi corazón, renovándome en su abrazo, en su vocecita fresca y su manera de acunarse al centro de mi vida.

A ti, mujer de pelo azul, porque te amo.

NOTA DEL AUTOR

QUERIDO LECTOR, AGRADEZCO que me hayas acompañado leyendo *Los Giros que da el Viento.* Me imagino que en algunos momentos la historia te ha parecido totalmente inverosímil, al cabo es una novela. Sin embargo, la historia central de esta novela está basada en una historia real, así como las pequeñas historias secundarias. Cada personaje está basado en una persona que existe en México, y a las que he tenido la suerte de conocer, ya que sus historias de vida han llenado mis días de admiración y aprendizaje. La historia de Graciela, con las cuatro grandes sacudidas de vida (divorcio, homosexualidad de la hija, desempleo, y enterarse que no es hija de su papá y que posiblemente su primo sea en realidad su hermano) es una historia verídica.

Lo son también las historias de Nitlahui, de Julieta, de Artemio, de Álvaro, de Eugenio, de Sandra, de la Sra. Newman con su hijo Raúl, y de Alex con Lore. La hilación de historias, los detalles y las formas han sido mi única contribución. La riqueza de las historias de toda esta gente, está en la vuelta que cada uno le dio a su vida, para surgir fuertes y resplandecientes de cada trago amargo, dolor y hasta tragedia.

A cada una de estas personas las admiro profundamente. Tengo la alegría de gozar de la presencia de algunos de ellos en la cotidianidad de mi vida, sin embargo, a la mujer y el joven que están representados por la Sra. Newman y su hijo Raúl no he tenido el placer de conocerlos personalmente, sino que es mi madre quien les conoce y quien me ha extendido parte de la grandeza de sus vidas. A ellos, sin conocerlos, los abrazo cada día. Aclaro que la señora representada por la Sra. Newman vive aún., a estas fechas de publicación de la presente.

Así es que, querido lector, independientemente de lo que haya sido para ti esta lectura como expresión literaria de mi autoría, lo que has tenido entre tus manos, lo que tus ojos han leído, son grandes lecciones que han llegado a ti desde otras vidas que han valido la pena ser vividas. Espero que de todos estos aprendizajes de vida, alguna semilla haya quedado en tu alma.

CPSIA information can be obtained at www.ICGtesting.com
Printed in the USA
LVOW10*1449290415

436590LV00004B/59/P